TRENT'ANNI...
E LI DIMOSTRO

三十了
又怎样

Amabile Giusti
［意］阿尔比尔·吉斯蒂 著
李静平 译

陕西新华出版传媒集团
太 白 文 艺 出 版 社

图书在版编目（CIP）数据

三十了，又怎样？/（意）阿尔比尔·吉斯蒂著；李静平译. — 西安：太白文艺出版社，2018.9
ISBN 978-7-5513-1493-0

Ⅰ. ①三… Ⅱ. ①阿… ②李… Ⅲ. ①长篇小说－意大利－现代 Ⅳ. ①I546.45

中国版本图书馆CIP数据核字（2018）第162720号

三十了，又怎样？
SANSHI LE YOU ZENYANG

作　　者	[意] 阿尔比尔·吉斯蒂
译　　者	李静平
责任编辑	王婧姝　曹　甜
特约编辑	盛　利
整体设计	Metis 灵动视线
出版发行	陕西新华出版传媒集团
	太白文艺出版社（西安北大街147号　710003）
	太白文艺出版社发行：029-87277748
经　　销	新华书店
印　　刷	三河市华润印刷有限公司
开　　本	960mm × 640mm　1/16
字　　数	168千字
印　　张	18
版　　次	2018年9月第1版　2018年9月第1次印刷
书　　号	ISBN 978-7-5513-1493-0
定　　价	29.80元

懂得去爱的人，总有一天会找到爱情。

我想的东西，我做的事，都是为了你。你没有发现吗？你怎么可能不懂我的心思呢？

简·奥斯汀《劝导》

1

那女人在冰箱中翻找着，手臂穿过一堆不太新鲜的奶酪和西红柿，艰难地拽着一听啤酒——啤酒被牢牢冻在结霜的冰箱壁上了。

我死死地盯着她，眼睑由于怒火而微微抽动。现在本应是我甜美入梦的时间，但隔壁的人却一直敲锣打鼓般地大闹，吵得墙壁都在微微震动。此情此景下，谁还能安然入睡？所有的噪音——狠狠关门的声音、粗野的尖笑声、弹簧床发出的震动声，还有混乱的叫喊声——激起了我的怒气。不过我没料到，竟会在我的冰箱前看到那位刚刚还大喊大叫着的女人。她有着很漂亮的臀部曲线，双腿像长颈鹿的脖子般修长，头发上还扎着我的粉红色发圈。

她站在那儿，露出绝不超过二十五岁的美丽脸庞，艰难地与被冻住的啤酒罐斗争着，嘴里嘟囔着要换掉冰箱这该死的破古董。

我很想告诉她，护理电器是我的家务事。另外，我的房子，我的地板，我的冰箱，我的粉红色发圈，如果她再敢这样肆无忌惮地乱用，我恐怕会勃然大怒地抓住她的衣领，把她像扔足球一样扔出去。啊，衣领不行，她只穿了一条丁字裤……然而以上都只是我的臆想罢了，事实上我只是静静地站在那儿，吞下已到嘴边的咒骂，怒火中烧地看着她，像看着一堆有机肥料。我的怒火无法尽情燃烧，因为一种更强烈的情感压制着它——绝望的嫉妒。

这位年轻的小姐有着令她引以为傲的挺翘臀部，当意识到房间里还有第二个人时，她转了过来。她的乳房十分坚挺，挺得很高，以至于几乎触及下巴。而且正面也很是漂亮。弧度完美的火红色短发，碧绿的眼眸，丰满的嘴唇，牙齿像美白牙膏的广告模特一样白。

没什么好说的，我讨厌她。

讨厌她，讨厌她和卢卡上床，讨厌她对我的冰箱指指点点，讨厌她在房子里裸着走来走去，最重要的是，讨厌卢卡。

卢卡又一次成功地勾搭上女人了，不过我毫不惊讶：他是个典型的万人迷。所有的女人都想与他发生一夜情，而所有的男人都唾弃他，除了那些同性恋者——他们也十分乐意分一杯羹尝尝滋味。

他如同红木衣柜般挺拔的双肩，蜜饯樱桃一样红润的嘴唇，希腊雕像般优雅的背脊，无一不彰显着他高贵的气质。他的眼眸时而闪烁着碧绿的亮光，时而黝黑得深不见底，光线和情绪的不同都会使他眼球的颜色微微发生变化。他总是略带笑意，笑起来又有种致命的性感。他总是微微歪着头，透过长长的睫毛注视着这个世界。修长的手微微挑起有点儿乱的栗色头发，几乎披及后颈。他的头发相当浓密，如果做一项统计调查，全世界至少得有五百个男人因为他浓密的头发而秃了头。简而言之，卢卡的确魅力十足。

前段时间，我的朋友都确信我们之间一定会碰撞出一些激情的火花。然而，从我们开始同住一所房子算起，已经过去整整六个月了，我们之间发生过的最亲密的事情，就是有一天我再也忍受不了他的洗衣篮里堆积成山的内裤，我终于鼓起勇气用夹沙拉的夹子把它们一个个拎起来，然后甩到洗衣机里。

而此时此刻，这位小姐厌恶地斜睨着我可笑的红睡衣——波尔齐亚姨妈送给我的圣诞礼物，还有我钢丝绒般乱糟糟的头发。

“您还有比酒（啤酒）吗？”她带着奇怪的口音问道，手指着冰箱里那听被冰霜绑架了的啤酒罐。

“很高兴认识您，我叫卡洛塔！”我失控地朝她喊道，声音几乎歇斯底里。

这时卢卡走了过来，他也几乎全裸：只穿了一条贴身的三角裤。

我双眼紧紧盯着他，心想：现在终于能听到一句郑重的道歉了。

她把手放在他手上，就像在卡拉OK厅抓住了麦克风。她笑了，大笑着。他们就像一只母鸡和一条鬣狗，做作地撕咬着，奔跑着。

如果现在我手里有个保龄球，我一定狠狠地击倒他们。我对他们的厌恶太过强烈，以至于发出了放射波，因为卢卡身体突然震了一下，而后转向了我。那位小姐依旧紧紧地握着她的麦克风，而那麦克风的主人问道：“谁把你吵起来了？”

这问题真是妙极了！我真想立刻一拳打倒他，连同他那位穿着丁字裤的坏女人一起。他弯下腰，开始拽啤酒罐，我看着他的背影，虽然怒目而视，却始终保持着缄默。她放开抓着他的手坐在了桌子上，随意地晃着两条长长的腿，伸展着光裸的脚，完全漠视我的存在。

“或许是你们听不到的某个维度的声音吵醒了我吧。”我咬着牙讽刺道，“还有你，能把屁股从那儿挪开吗？那是我做早餐的地儿。我可没那么多消毒液拿来消毒。”

那个把卷舌音发成平舌音的蠢女人仍然对我的讽刺毫无反应。

她嬉笑着摆弄着自己的脚，在我的幻想中，那只脚正被我的牛排刀千刀万剐。

卢卡将啤酒递给她，并轻轻揉着自己冰冷的手。

“可怜的卡洛塔。”他低声道，“明天你可得早起，要不然我们会把你吵醒的。”

他慢慢走过来，轻轻拥抱着我，就像他平常戏弄我那样，用他的双臂箍紧我的肩膀，把我稍微抱离地面。这对他来说倒是轻而易举，因为我既不是巨人也不是胖子。

我的身体开始情不自禁地颤抖，但我毫不屈服，脸上装作惊恐万分的样子，却在他猝不及防时向他脸上打了一拳，逼他放开我。卢卡突然把嘴凑过来——嘴唇对嘴唇的一吻，轻盈又温润，还带着点儿孩子气——那陌生女人的脸立刻变得僵硬，盯着我的眼神杀气腾腾。

这使得我心里似乎有点儿难过。我很想劝告她，卢卡从来都不属于她，在他赐予她第二次云雨之后，或许还需要上个厕所，而后她就会被甩到房子外面，就像那张沾满面包屑的桌布一样。

这么看来卢卡真是品行恶劣，他的床头柜里收藏了各色各味的避孕套，然而那些被征服的女人从来无福消受两次。第二天他甚至都记不得这位小美人的长相，他不会给她打电话，更不会找她，而他接到她的约会电话时，却轮到我言不由衷地说着谎哄走她。

卢卡放开了我，我却感到一丝失望——我似乎又喜欢上他了。其实我一直都喜欢他，或者说，爱慕他。但我不想在他面前表现这种情感，因为在他看来，他在我心里和那个立在我母亲家喷泉里的裸体小孩雕像没什么两样。他从不知道，我将我的枕头命名为卢卡，给予过它无数次的亲吻与爱抚，如同一个小婴儿对待她的毛绒玩具那样爱护它。他总是忽略很多事情的真相，就像现在，他以为我只是因为被吵醒而生气，而事实上我所承受的折磨要比那强烈得多：我的梦中情人和一个他刚认识的女人上了床，而我只能眼睁睁地看着这一切。

我一直戴着不同的面具：喜悦的、滑稽的、噘着嘴的、喋喋不休的、神经质的……这样就可以迷惑他、扰乱他，不让他看到那可怕的真相——我渴望得到他，就像一棵快死的枯草，渴望清凉而甜美的水哗啦啦地浇灌在身上。自从他出现后，我才感觉到生命的完整，我的生命早已被他的一切填满。他地狱般混乱的生活，他的笑声，他抽雪茄时呛人的烟味，他敲键盘时发出有节奏的嗒嗒声，他完美如花岗岩上的雕刻线条般的肌肉——都毫无防备地被他无死角地展现在我眼前，就好像我是他养的一条小猎犬，而不是一个双眼明亮、激素旺盛、情感丰富的女人。在他看来，我们之间似乎没有性别的界限，可这对我来说并不重要，因为我已经爱上他了。

其实我的愤怒似乎还来自对于性欲彻头彻尾的失望：我很久没有风流一夜了。

母亲觉得我实在太过古板，她希望我能改变一下自己，把我那长长的尼姑裙剪短一点儿，下定决心让我变成一个既活泼又开放的女孩。这位已经结婚二十五年的女士告诉我，她曾经和她的莎莎舞老师有过一些越轨行为，这对我还真是很有“参考意义”呢。然而我又能怎么样呢？那些和我约会的男人并不能引起我任何心动的感觉。他们亲吻我的时候，我的脑袋里想的却是电话账单，而他们抚摸我的时候，我只有一种本能反应：抬起膝盖狠命地一顶。

卢卡只是温柔地拍拍我的脸，那只母狮子就立刻从背后紧紧地抱住了他。他挣扎着，像条努力逃脱雨幕的狗。

“接下来不会再有声音了，快去睡觉吧，小花蝶。”他向我保证道。

毫无疑问，我们都喜欢对方。

他走远了，他的背脊似乎发着华丽的光。

那女人也意识到了有点儿不对劲，她还不算傻，心里隐隐存着些疑惑，而当他避开了她的手，这种疑惑就转变成了愤怒的苗头。

我看着他们消失在房间的另一端，即使我知道他一定会尽力信守诺言，但我还是感到失落和愤怒，嫉妒的猛击让我无所遁形，只能默然无语，心中酸楚无限。

我在柜子里翻找着，却只找到一小块巧克力，估计是五年前和我一起搬到这房子里的。不过无所谓了，就算沾满墙皮我都能吃得下去。我握着战利品，把自己反锁在房间里，恶狠狠地嚼着巧克力，好像在惩罚它一样。我绝望地吞咽着，等待着肠胃的惩罚，不出意外的话，几个小时后急性肠炎就会大驾光临。

我坐在床沿，面对着衣柜镜端详着自己。这就是我：卡洛塔·莉埃迪，无药可救的墙头草，冲动的说慌者，精通于自虐的顶级专家。

我这三十年过得像几个月一样转瞬即逝。我没有男朋友，甚至没有一个蓝颜知己。我刚丢掉了一份工作，即使那点儿微薄的工资还抵不上乞讨来得多。明天我得装成刚毕业的大学生去参加一场面试。我鼻子上甚至还有颗痘。

想到这里我又咬下一口巧克力。痘是青春的标志，再来一颗我都不介意，总比长鸡眼或疖子强。

我挤出一个微笑，却看见了眼角的两条细纹。真该死，我还真是什么都不缺，甚至鼻子里的绒毛似乎也变多了。那耳朵呢？不会恰巧耳朵也变大了吧。人们可说过，人老了耳朵就会变大。我唯一的安慰就是我的乳头的颜色仍然像未熟的杏子般可爱，乳房到目前为止也顶住了地球引力。但是最终，它们也会下垂，身体所有的部位都会下垂，终有一天我的屁股会下垂到脚踝那里。

时间真是个大浑蛋。那些流逝的时间从未使我畏惧，因为我一直狂热地支持着一个理论：衰老是长寿的必要因素。

我不害怕时间本身，我害怕的是空虚。时间不断流逝，而我一无所有，并且从未留下任何痕迹。快到人生的第三十年了，我却吃着过期的巧克力，套着滑稽的睡衣，注视着镜子里正在坍塌的脸，我爱慕的男人把我当作房子里养的花花草草。

我努力挤出的微笑在此刻终于崩塌殆尽。

我的头发也可以和其他部位一样坍塌下去。我有一头凌乱而狂放的鬈发，颜色介于栗色和橙色之间，发丝混乱得就像在我脑袋上刚经历过一场政变。这发型唯一的好处就是能让我显得高一点儿，如果再戴上一顶大礼帽，我就正好能顶住娜奥美·金宝[①]的下巴。

我咽下最后一口巧克力，舔了舔手指。突然我的胃开始火辣辣地滚烧起来，就像刚喝了一口火山岩浆一样。

胃疼是几乎每晚发作的老毛病了。

其实只有三个人被我登在报纸上的租房广告吸引上门，所以我没有很多选择。

第一位是一个穿得像花蝴蝶一样的女人。刚进来三秒钟她就开

① 英国黑人名模。——译者注

始喋喋不休：家具的形状，还有床摆放的位置，用她的话说，都十分不符合风水。而接下来的半个小时，在我终于忍不住起身送客之前，她一直在讲着什么“青龙、白虎、朱雀、玄武”之类的胡话。

第二位是一个四十几岁的男人。他浑身散发着烂树叶子的味道，即使在讲起园艺艺术的时候，依然没有将眼睛从我的屁股上挪开。我想，大概他修剪出来的植物也都是屁股形状的吧。

第三位就是卢卡。

我清清楚楚地记得，在那个倒霉而又奇妙的早上，卢卡闯进了我的生活。那是个炎热的夏天，我的头被热气蒸得昏昏沉沉。我还是和往常一样处于沮丧之中，兜里没钱，手里没活，身边没人，仔细想想和现在比起来也并没有什么不同。我的闺密都在度假，整个城市都在度假，而我，身处这偌大的罗马城，面对着毒辣到几乎要晒脱一层墙皮的阳光，独自瘫在公寓的顶楼。电视机里重复播放着不知什么节目，好像是一群穿着比基尼的美女，还有个披着一头大波浪、说话直爽的主持人。我对此的记忆并不十分清晰，那时候我并没盯着电视看，而是坐在沙发上解决着我的“大业”——一盘煮菠菜。这就是我——借着巧克力酱、奶油、小饼干和去核橄榄来排解痛苦的女人。我穿着短裤和T恤，紧紧抓着一罐意粉酱，思考着我的人生到底有多无趣。而就在这时，卢卡现身了。

当然了，他不是突然降临在我的房间里，但是“现身”这个词用得绝对没错。他摁了门铃，敲了门，问道：“早上好，我刚看到了报纸上的租房广告，能和你聊聊吗？”

事实上，他现身的地方是一个普通得不能再普通的门槛，然而在我看来，却是这宇宙中最生机盎然的地方。我发誓，有一瞬间，我看到了从楼梯平台破土而出的木槿花，从天花板降下的兰花雨，还有一只吟唱着异国小调的天堂鸟。他的皮肤泛着古铜色，穿着白色的T恤、膝盖破洞的牛仔裤和帆布运动鞋，肩上斜挎着军用背包。他对我泛起微笑，我感觉心被咬了一口。

我呆立在那里，像个傻子似的盯着他，仿佛刚遭了雷劈，嘴里含着刚塞进去的橄榄，嘴唇因惊讶和局促半张成一个“O”形。在我一团糨糊的脑袋里只剩下一个念头：我该化妆了。

“怎么了？你还好吗？”半分钟过后，他终于忍不住问道，每个音都发得很长，好像在和一位耳背的老奶奶讲话。

我根本没法回答他，因为我嘴里有一枚害怕又紧张的橄榄，它本来想乖乖地滑进我的喉咙里面，但最终选错了路以至于卡住了。我开始像头驴一样嘶叫，卢卡立刻把包扔到地上，上前从背后环抱住我，把双臂紧紧压在我的胸前，然后突然收紧，好像我是个破布做成的娃娃。

总的来说，我们的初次相遇就是这样。多亏了卢卡，那枚橄榄才没把我噎死，而是被我吐在了地毯上。

“你应该庆幸我知道海姆里克急救法。”他注视着我说。我感觉他现在就像一名企业律师——每天除了平板电脑什么也不用碰的那种律师。而被他注视着的我，则像一个刚挤完牛奶的傻农妇。

“海姆里克？童话里那个魔笛手吗？”我喃喃自语道。我随即轻咳了几声，揉着疼痛的腹部，下巴上还流着口水。

“那是哈梅林。你还是坐下吧，杯子在哪儿，我给你倒杯水。”

他轻轻地拍着我的背，给我倒了杯我用来招待客人的饮料，看了看四周，兴致勃勃地调侃了下躺在碗里数周已发霉的梨，问我是否还有空房。

“当然有。”我用沙哑的声音回答。

“愿意给我吗？”

“现在就给你。”

“棒呆了，合同呢？”

“嗯？什么合同？”

“租房合同啊。”

“啊，当然，当然，租房合同。”

“你不问问我什么身份吗？我可能是个疯子，或者是个贼，谁知道呢。”

我真想告诉他，他那镀金般的前臂就是最有力的身份证明。他的微笑，他的双眸，他的手，他露出的膝盖，让我已经什么都听不进去了。但是我不能表现得像个饥渴的傻蛋，要冷静，摆出职业房东的姿态，不要去想这位新房客有多鲜嫩多汁。

“嗯，当然了，我正准备问。”我神情严肃地说道——也严肃不到哪儿去。我还在咳嗽，肋骨也在隐隐作痛。

据他所言，他在一家酒吧工作，那里的鸡尾酒是全罗马最美味的。在此之前，他也做过很多工作，走过很多地方。空闲时间他就写书，是那种很严肃的书。他想成为一名作家，如果可能的话，最好是著名作家。

我们签订了合同，他付了我三个月的定金，然后我们握了手。从那之后，我们变成了好朋友，可惜的是，只是好朋友。

他是个阳光又有趣的男人。没错，从传统意义上来说，他的确表现得像个饿虎扑食的浪子，但是我坚信，他内心深处住着一个柔软的灵魂。他唯一的不良嗜好就是把女人像纸巾一样随意使用，随意丢弃。除了这个坏习惯——他的房间常日处于灾难性的混乱——他算得上是最佳房伴了。

不过因为他在隔壁的彻夜狂欢，几乎每晚都会让我叫苦不迭。我曾经和他说："你都32岁了，就不能表现得像个大人，尝试着真正地爱一场吗？至少让我看到，在我房子里转悠的是同一个女人。"

他微笑着耸耸肩回答："卡洛塔，爱情并不存在。爱情是青春愚蠢的产物，确切地说，是一种可治愈的疾病。我如此想，正是因为我已经不是个小男孩了：我遇见过太多的女人，其中没有一个让我如痴如狂，让我有与其一起入梦的渴望，让我专注地听她说闲话。"

突然隔壁似乎传来说话声，是那女人愤怒的独白——她被毫不客气地驱赶了。而后传来她踏在地板上的脚步声，还有"男人都是蠢菊（猪）"的口音版叫骂。她说的没错，一点儿都没错。她觉得受到了侮辱，可我对于她被赶出去感到由衷地开心。我甚至默许她带走我的发圈，不过真希望发圈和她那丁字裤一起崩开。

卢卡打开了淋浴，我都能想象得到他搞出来的小水池，还有房子里湿漉漉的脚印。不过无所谓，我终于能睡觉了，整个公寓能尽情地进入梦乡了。

我刚躺下，闭上双眼，突然响起敲门声。随后卢卡推开房门，全身只裹着条浴巾。他想干吗？难道想与我同床共枕？仅仅是他裸露的手腕已让我脸红心跳，何况还有那结实的肘部、白嫩的耳垂……

"睡了吗？"他声音很大，就算我现在真的身处梦乡，也会被硬生生地拉回现实。他根本没等我回答就进来了，身上滴下的水滴让我联想到童话故事《小拇指》里的面包屑。“我想祝你明天一切顺利，因为明天我可能没法见到你。现在我要去打个盹，然后写写东西。”

“谢谢。”我看着被滴湿的床回答道。

“抱歉吵到你了，但你懂的……”

“不，我不懂。”我反驳道。我现在几乎是个老处女，这种禁欲的生活已经持续一年多了。

“你太固执了。或许你可以考虑和别人约个会什么的。”

他看着我，眼睛里闪着奇异的光芒。他头发上的水滴在枕头上，我真怕一会儿台灯会短路。

“然后被丢到房子外面去？就像你那可怜的‘完美屁股小姐’一样？不，谢谢了，不劳操心。”

“你尽可以把他请到这儿来，这样你就可以把他丢到外面去啦。”

“反正你就是不相信会有个人和你地久天长，对吧？”

“当然！”他大喊，“我从来不曾遇到那样的人！”他语气中带着难以掩饰的厌恶，我想，他大概宁愿活吞一只蟑螂也不愿听到这个问题。“一旦给予女人希望，她们就会得寸进尺，不再满足于性欲，而开始索取关心。”

“你似乎忘了我也是个女人。”

我有点儿恼火，不是因为他说的话冒犯了我所属的女性群体，而是因为，他好像把我当成一个可以在酒吧里谈天说地的哥们儿了。

“不，你不算女人，至少你不是我想象中的那种女人。”

“真是感谢你的恭维。”

“傻女人。”

他俯身靠近，眉眼带笑地抱住了我。他不会知道他给我带来了多少痛苦，也不会知道我完完全全就是他想象中的那种女人。

我的心率都要直冲上 1000 迈了，因此我不得不佯装咳嗽，否则卢卡就会发现，其实我就是那群可悲的雌性生物中的一员——我们不能满足于单纯的性欲，会渴求男人的关注。我们不想匆忙而怒气冲冲地套上衣服，咒骂着走下男人房子的楼梯。

我注视着他，远远地，默默地感受着他的气息，就像一条狗轻轻嗅着埋在地下的松露。他皂角味的香气，他海藻般湿润的皮肤……见鬼，我真的爱上他了，我还是快点儿把他赶出去吧。

希望明天我能被公司录用，然后把我派到全国各地，最好让我加几个夜班，这样我就可以避开卢卡下一次的床上约会了。啊，或许我可以给房间加强隔音。不，不行，即使听不到我也会痛彻心扉：想象的画面已足够将我带入深渊。

他和我谈论着爱情，谈论着他痛苦的内心，我的脸上却装出一副厌恶的表情，无数次地把他推开。终于，他起身伸了个懒腰说要去睡了。他轻声哼着歌逐渐走远，我叹了口气，关上了灯。我很晚才入睡，嘴里还残留着巧克力的香甜。

2

艺术产业总部基地位于阿皮亚，大楼披着一层黄色的外壳，总共五层。这座楼似乎显现着人们对于未来的野心，至少其天才的设计师的意图正在于此。其实大楼不过是水泥和钢筋组成的复杂集合体罢了，从结构上看，它更像一座巨大的火炉。

我来回不安地踱着步，喃喃自语道："我可以，我可以，我可以的。"我可是上过高级美术课程班的高才生，而不是那种只会切菜和缝纫的庸妇。只不过我没怎么认真地上过课……多年来我忙碌于参与各种媒体工作——学校舞台表演布景、电视节目销售、短视频制作、当下时尚资讯宣传，等等。其实我负责的工作是微不足道的：寻找道具，挑选拍摄地点，还要负责拍摄和录制。到目前为止我只做过一些小视频的剪辑，但也同样需要毅力：拿着微薄的工资，却要怀抱着巨大的希望，淋漓尽致地发挥着创造力和强大的适应能力。没人能击败我，我意志坚定，充满想象力，解决问题信手拈来，而且一直保持着渴望与野心。没错，尤其是现在，我十分渴望得到这份工作。我太需要它了，绝不允许有一点点的退缩。尽管我天性并非如此，但我已经准备好了，不管是拳击、摔跤还是击剑，我都一往无前。

直到走进等候室我才发现，竞争似乎没有我想象的那么激烈。事实上，根本不存在竞争，我是唯一一个候选者，我的耳边似乎传来了枯草在沙场上摆动的瑟瑟声。

办公桌前坐着一位婊气十足的秘书，她顶着玛丽莲·梦露的银白色发型，正低头摆弄着手机，当我走近才发现她在玩游戏。我轻咳一声，试图引起她的注意。她抬起头打量着我，暴躁地瞪着碧蓝色的眼睛。

“我来应聘道具管理员的职位。”

她又从头到脚地打量了我一遍，最后摇了摇头。“你太瘦弱了。”她粗鲁地评价道。

“这份工作需要采购大件吗？”话音刚落我就想起了以前的事。为了筹备野生皮制品的一次展览，我把人类抢救的一只海象和一艘修复船的龙骨的纸质艺术品独自搬到走廊。那两件都是沉甸甸的，与其原型大小完全一致。时至今日，即使只是想想那天的经历，我的坐骨神经都会隐隐作痛。

“不，并不是因为这个。”她微微弯腰倾向我，声调里散发着阴谋家的味道，“是因为我们的导演，他太沉重了。”

那一瞬我的脑海里浮现肥胖版的林肯·莱姆[①]坐在轮椅上的形象。“很抱歉，我是来应聘道具管理员的，不是保姆。”

“不，不，那个烂人健康得很，我最好还是和你说明白吧。他的沉重体现在另外一个方面。他生活作风有些问题，怎么说呢，让人恶心。”

---

① 美国作家杰夫里·迪弗笔下的侦探。——译者注

这些话从一个毫不亲切的人嘴里说出来，还真是令人惊慌。

“什么意思？”

然而那女人却不打算继续这个话题了。她似乎感到自己说了太多的真心话，于是闭上嘴，从抽屉里抽出一张纸，在上面写了很多的问题，甚至有一些非常冒失的问题。问题的主要内容并不只是我以前的工作经历，甚至还有我是否已婚，是否有子女等一些不得体的问题。

有那么一瞬，我的心中激起了愤怒的火花，甚至想让她哪儿凉快哪儿待着去，但这种冲动很快就化为了灰烬。昨晚我大概只睡了两个小时，今天很晚才醒来，醒来后不得不在十分钟之内打理好自己，匆忙地、强忍着吞下滚烫的咖啡。现在我只想早点儿结束与这个女人的面试。因此我强忍住骂人的冲动，机械地答完了所有的题。

突然她问我：“手机号码？”

“我没有。”

“您没有手机？”她瞪大了眼睛看着我，好像我长了六只眼睛，脑门儿上还长着根驴尾巴。

“是这样的，我曾经有过三部手机，但它们落在我手里的下场，就像被阿提拉[①]踏过的草原一样，所到之处，寸草不生。第一部手机被我扔到速冻比萨店的炉子里去了，等我意识过来，时间已经过去了很久，而我正在用一块四季比萨跟朋友打电话。第二部手机被我掉进马桶里了，为了它我把厕所水箱都拆了。第三部是真的被我弄丢了，可能我经历了一场无声无息的抢劫，或许是被偷了，可怜的小宝贝，没用多久就没了。所以从那之后我就决定，不再让这些无

① 古代欧亚大陆匈人领袖，残暴善战。——译者注

辜的手机在我手中白白丧命。”

“如果您在街上想联系谁的话怎么办？”

“唔，我一般没有这种紧急需求。不过，假如真的有需求，我会去找个电话亭。或者还有第二种办法：发个心灵感应，然后乘车去找他。”

“您得买部手机。必须保证24小时内我们能联系到您。”

“我又不是心脏病医生。”

“随您的便，但没有手机显得您很无能也很不专业。”

“就比如说，不能像您一样玩手机游戏了，是吗？”

那女人装作没听到我的讽刺，抬手示意让我坐下等着。我在这个空荡荡的等候室里转来转去，打量着四周。墙边放了一排伪造成铁刀木质地的塑料椅，有只苍蝇在空中坚持不懈地画着“8”字，企图找到逃离这房间的出口。我想赶走它，但那只苍蝇始终徘徊在我面前。

我坐下来等着。那只苍蝇突然飞到了窗户前，愚不可及地想冲破玻璃。它一直撞着同一个地方，撞得让我心生同情。我不禁想到自己：我一直在做着不可能成功的事情。即使知道这种尝试会让我痛苦，依然忍不住再试一遍，不撞南墙不回头。我得做点儿什么。于是我起身将窗户拉开了一条缝。那女人停止了玩手机，抬起头疑惑地看着我。我引导着那只苍蝇，让它飞向那股灌进来的新鲜气流，它又撞了几下玻璃后，终于飞出了窗口。

就在这时，那女人告诉我可以进去了，并给我指了下门。

“把这个拿给他看。”她把那张调查问卷递给了我。

跨过门槛的时候，我的脑子冒出个想法：这导演或许真的是个浑蛋，因为这里居然连个竞争者也没有。或许我应该偷偷溜走，那只苍蝇都比我早发现了这一点。

但另外一个想法马上跳了出来：我需要这份工作。我早已习惯面对困境，我那臭名昭著的大家庭早已赐予了我抵抗压力的外壳。在被波尔齐亚姨妈折磨了将近三十年之后，即使是凶猛的萨拉丁[1]也不会引起我的一丝惧意。

于是我踏进了房间。

我以为我所面对的是一支高举着龟甲形大盾的军队，然而我只看到了两个男人。一个坐在写字桌边缘；另一个站在窗前看着外面，留给我一个背影。

坐在桌边的那个男人可以说魅力四射，看到他之后，我的忧惧在一瞬间就像那只飞出窗户的苍蝇一样，消失得无影无踪。他有一副北欧男人的典型容貌，那一头金发在阳光下闪闪发光，双眉柔和，如同天鹅的羽毛般动人，瞳孔闪着蒂芙尼蓝[2]的迷人光泽，坚挺而优雅的鼻梁，几乎透明的皮肤。他外面套着灰色的西装，里面穿着T恤，上面还画着一只小青蛙。他的气质如同天使般高贵，性格干练而温和。他礼貌地请我进来，微笑着迎上来与我握手，手劲有力却适当。他的意大利语虽然说得很好，却依然暴露出一种非母语的语调，听起来更像是德国人。他的名字是弗兰策·艾斯纳，是这里的执行制片人。我把调查问卷递给他，他逐字逐句看了起来。

这时，另外一位面试官依然望着窗外的远方，留给我他消瘦的

---

① 埃及民族英雄，在反抗十字军东征中表现出卓越的军事才能。——译者注

② 蒂芙尼蓝被誉为全世界最昂贵的蓝色，来源于蒂芙尼首饰品牌的蓝色礼盒的颜色。——译者注

背脊。他的臀部被黑色牛仔裤紧紧地包裹住，干瘪得像加州产的李子。他身穿宽大的毛衣，颈部围着经典的帕瓦罗蒂式白围巾。

弗兰策根据调查问卷问了我几个问题。我稍微美化了下我的工作经历，尽我所能地添油加醋，把微小的成就夸大成巨大的谎言。我突然问道："这次是什么样的演出呢？"

弗兰策顿了一下回答："这次我们负责的是《玻璃动物园》的第二次拍摄，由剧作家田纳西·威廉姆斯[①]所创作的《玻璃动物园》。您听说过这部作品吗？"

我当然知道，那是我最喜爱的作品之一。我已经忍不住开始想象采购道具的美妙过程了，尤其是那些小巧精致的玻璃动物模型。在剧中是胆怯的劳拉收集它们，而在剧外是我收集它们。啊，或许，或许还有老旧的唱片和40年代的留声机，光是想着它们我就已经如痴如狂。我要得到这份工作，我必须要得到这份工作。

但弗兰策接下来的话让我警铃大作。

"不过，这部作品需要一点点改编，嗯……你懂的，总要有些改变，才能适应潮流，嗯……这都是导演和编剧的意思。"

这么多的"嗯……"可不是什么好兆头。

这时，仿佛是由着上帝的旨意一般，窗前的男人终于转了过来。我本想着：他可算转过来了。然而看到他的脸以后，我却觉得他还不如不转过来。

他非常消瘦，那臀部的形状已经预示了这一点。他脸部的轮廓像是直接在水泥里被粗粗地雕刻了一下然后拽出来的。他的眼窝凹

① 美国剧作家。主要作品有戏剧《欲望号列车》《热铁皮屋顶上的猫》《玻璃动物园》等。——译者注

陷，像两口深井，眼睑周围画上了大约三百千克的黑色铅粉。他可能本来想画一个烟熏妆，不过在我看来，现在他更像是庇兄弟[①]中的一员，或是一只恶心版的熊猫。

他慢慢地往前走，好像每走一步他就会随时随地碎裂一样。在我看来，他这么走不是因为他走不快，而是想借着这慵懒的步伐表现他艺术家般疲累的气质。不过他可骗不过我：他的双眼验证了那个女秘书说过的话，他有着深沉而冰冷的眼神。

“原版的作品都快被看烂了。”他冷冰冰地说，“我的新版本会更加新潮，更加与时俱进。艺术一直都在前进，我们不可盲目地服从于过去。”

我很想和他说我不是很赞成名作的重拍，但是现在我还在面试阶段，在这个时候得罪这位骨瘦如柴的烟熏妆火柴人可不太合适。

“有趣。”我假装激情满满，“您能再说点儿吗？”

他愣了一下，随即板起脸，手指勾起围巾的一角慢慢摩挲，审视着我。

“弗兰策，你确定她不是竞争对手派来的？”

“我不同意你的看法，罗基。”弗兰策答道，同时悄悄对我眨了眨眼，“我们的作品马上就要登上舞台了，短时间内很难找到合适的道具。而且按照你的要求，道具必须要贴合原作。卡洛塔小姐的面试进行得很顺利，此外，也没有其他候选者了，因此我倾向于相信她。”

“我不知道。”那个男人依然反对，“我觉得她不是很合适，我不喜欢她。”

真是巧了，我也想告诉他，他也很令我烦不胜烦。他拿起写满

① 动画片《唐老鸭》中有着巨大黑眼圈的反面人物。——译者注

我个人资料的调查问卷，快速地浏览了一遍，整个过程的眼神中隐隐流露着不屑的神情。

“真的不合适。”他再次说道，好像已经找到了证明他言辞的论据似的，“我需要的是一名出类拔萃的员工，而她的工作经历太过平淡无奇。这都是些什么人？她根本没有完成任务的能力。另外，她来自卡拉布里亚大区，那里的人天生就是懒虫，那里的辣香肠倒是不错，但其他的东西一无是处。”他拖着长音结束了发言。

本来只是心里微微不适，越听我的怒火烧得越旺，拳头也开始隐隐作响，现在我想把他的脸揍成和他的屁股一样扁。我的耐心已经消耗殆尽。

“喂，你，傻帽罗基。”我咬牙切齿地喊道，握紧拳头，满脸带着愤怒，我不再使用尊称，以此来表达我的轻蔑之情，“至少你的真名应该是罗科吧，因为据我所知我们的祖先可是邻居呢。啊，对了，我深表怀疑，你对作品的重编其实就是个不好笑的笑话，不过不管在什么情况下，我都会把工作认真做好。我曾经为了一个音乐节目站到三米高的地方上好一个挂锁，即使这个任务对我来说什么狗屁意义都没有，我还是尽心尽力地完成了！嘘，闭嘴，我不是玛塔·哈里[1]，不在中央情报局工作，也不是什么商业间谍。不管怎样现在我要走了，我怕我再待一分钟，可能真不知会从哪儿找出来一斤辣香肠，然后把它们统统塞进你的食道。”

我面红耳赤、慷慨激昂地说完了，而后立即甩头走了出去，连再见都没有说一句。

我真的气得要死，可现在我该想想怎么给爸爸打电话借钱了，

① 20世纪有名的间谍之一。——译者注

我都好几个月没工作了。在秘书小姐疑惑的目光下，我推开这座钢筋水泥大楼的门来到了大街上。

下雨了，细密连绵的雨点打在我身上，我的棉布外套被完全打湿，就像吸了水的海绵一样。雨水沿着长发慢慢滴下来。我开始奔跑，城市在我身边流动。聒噪的汽笛声，淅淅沥沥的雨声，萧萧的风声，全都被我甩在后面。一队日本游客正在拍摄着铺路的鹅卵石，一群年轻的小伙子骑在五彩摩托车上尖叫着疾行而过，电车呼啸而过的声音犹如巨大的手风琴发出的悲鸣，混浊的台伯河在桥下缓缓地流动着。我就像一只淋雨的蜘蛛，找不到任何一个避难的洞穴。

不知为何，在这痛苦的思绪中，我突然想起了我的母亲。我怎么会是她的女儿呢？

我是如此的瘦小而结实，但她，长得就像维纳斯、朱诺和莫妮卡·贝鲁奇[①]的结合体。不过再想想我父亲，我才真的相信血源的真理：他就是我平凡外表的来源地。他是个文弱而沉默的男人，在他平淡的一生里，只说出过一个带着失望情绪的词。那是四年前的事了，他偶然发现他的妻子正和一个叫贡萨洛的男人偷情，而他只发出了一句懒洋洋的“天哪”。接着她和那个男人一起去地中海上的游轮约会，回来的时候她暗暗希望自己不会被发现，但父亲立即向她提出了离婚。她万分震惊，完全不明白他怎么会产生这样愚蠢的想法。

我的母亲是个怪人，她激情四射，却从不知道她对周围的人造成了多大的伤害，尤其是对她的前夫和她的大女儿，不过对她的小女儿她倒很是亲近。啊，我忘了向你们介绍埃丽卡了。她比我小五

① 出生于意大利的女演员兼模特，代表作《西西里的美丽传说》。——译者注

岁，继承了母亲的一切特点：迷人的外貌，挺拔的身姿，紧实的胸部，修长的双腿，顺滑的长发，还有，很是善于忽视别人的感受。为了更好地描述她，我给你们举个例子。在我二十岁的时候，还未偷尝过禁果的我和一个大学同学试了一次。对于那次经历，我唯一的印象就是一阵阵的号叫以及刀割般的疼痛，而在同一时期，埃丽卡已经是个中好手了。她简直就是女版的卢卡，只不过她对我只有深切的鄙视之情。在她看来，我就是个穷困潦倒的可怜虫，对社会一无是处，而她却是万众瞩目的封面模特。她并不是另一个克劳蒂亚·雪佛[1]，不能游走在高档时装的走秀台上，也不能只说句“这是我应得的”就被恭恭敬敬地聘请。不过她真的拍过很多商品广告：内衣、婚礼礼服、化妆品、珠宝，甚至还有花园装饰品。她摆好姿势，收紧小腹，挺高胸部，身着昂贵的紧身胸衣——价格差不多相当于一个石匠一年的工资。就算穿着浮夸的白色礼服，她看起来也像一位高贵的公主，而我坚信，除了她，所有的凡间女子穿上那件礼服，看起来都只会像一个巨大的多层蛋糕。她的嘴唇能显现唇膏最饱满的色泽，她的手指能展现钻戒的独一无二。她还能身着舒适、宽松的T恤和牛仔裤，半跪在草地中央摆出采雏菊的姿势，或是躺在小屋旁的吊床上，拍摄户外家具、雨伞和豪华凉亭的广告。

埃丽卡非常喜欢展示自己，这点连她自己也承认。每个圣诞节她都会把一个大家都没见过的男朋友带回家，不过到了新年，她身边的男人又会换成另外一个人。波尔齐亚姨妈对此十分困惑，她总觉得埃丽卡身边是一个叫作“泰霉勒”的男人，不过埃丽卡发毒誓说她从未和名字这么可笑的男人约会过。波尔齐亚姨妈这么想是有些

---

① 德国超模。——译者注

原因的，她已年过八旬，还有点儿耳聋。

埃丽卡是个真正的蠢蛋，而且不管她承不承认，她同时也是个真真正正的放荡女，并且是个高调的放荡女。在帕里奥利区有一套住宅，住宅的墙上印满了她身体的画像：乳房、肚脐、点缀着一串珍珠的背脊、轻轻踩在玻璃立方体上的裸足。

我们已经好几个月没见面了，每次打电话的时候她也只是谈论她自己，结束语也总是一句充满了同情及暗示的："你依然没什么新鲜事好说的吧？"这是她的礼貌用语，其实是暗指我永远也找不到一个像样的男人罢了。即使我真的找到了，也会被她就着凉拌蜗牛吃了。

我真的必须不惜一切代价找到工作。其实我有大学文凭，我创意十足，我才华横溢，但长年以来，那些好机会即使落在我手里，也像鳗鱼一样滑溜溜地握不住。

我开始加快奔跑的步伐，雨渐渐停了下来，青紫色的阳光透过一抹烟雾微微地照在我身上。历经一小时后我终于到了目的地，我已精疲力竭、饥肠辘辘。

我住在特拉斯泰韦雷区的一座小楼的顶层，这是一座粉红色的公寓，一扇扇窗户泛着浅绿色的微光。我进了家门，把大衣脱掉甩在椅子上，摁下了座机语音留言的按钮。

一大串都是昨晚那女人的来电留言——原来她的名字是桑德拉，不过被她说成了桑德那——所有的留言只有几分钟，可留言实在数不胜数，一个接着一个。那可怜的女人好像忘记了她昨晚曾经被人无情地赶到楼梯间，现在还在祈求着再一次见面，而且反反复复地说着自己的电话号码。

我撇撇嘴，开始听其他的留言。一个声音响起，我突然情不自禁地发抖——那是母亲的声音。

我坐在椅子上，等待着她对我暴雨般的打击，然而她只是说过会儿再打给我，她有非常重要的消息要告诉我。“希望你现在有些有意义的事情可做。”她最后说。天，我开始头晕了，感觉如同一只脚站在火焰里，另一只脚浸在迷雾中，眼睛突然泛起泪意。

我站起来，想找点儿东西塞到嘴里，希望家里还有些芝麻椒盐卷饼。我已经不那么喜欢吃橄榄了，可是现在我很想念它的味道。我仔细找了找，很遗憾，什么食物都没有。

厨房的门上挂着几年前我画的一幅画，纸张已经被潮气微微侵蚀了。那是一棵樱桃树，上面画满了栩栩如生的樱桃——这些樱桃不能吃真是太可惜了。

卢卡回来了，手上提着个塑料袋，袋口微微露出一角金灿灿的法棍面包。他似乎注意到了我脸上的泪痕。我不得不承认，平常他是个很敏锐的人，不过一旦周围出现裸女之类的物体，他的目光就会被牢牢吸住，再也看不见其他的东西。他把袋子放在桌上，朝我走过来。

“怎么了，小花蝶，”他问道，“不顺利吗？可别告诉我你对副导演的玻璃眼球开了什么过分的玩笑。”

“还真差不多。”我耸耸肩回答道。

“真是服了你了。上个月你就错失了那个法国香水的广告，原因是什么？就是因为你闭不上你那张嘴！”

“我还闭不上鼻子呢！那个人连一瓶香水都不可能卖出去！这是

铁铮铮的事实！他闻起来简直就像一条泡在臭鼬汗水里的腐烂沙丁鱼！我实在受不了了才让他去洗澡，鬼知道他为什么大发雷霆把我赶走！啧，不提这些破事了，你都买了些什么？”

“我买了些面条，几个无公害西红柿，一瓶葡萄酒，还有几个橙子。啊，当然，还有面包。我把冰箱清理了一下，希望你不会生气。”他边说边指向那具老旧的钢铁恐龙妖怪的模型，那上面吸满了猫头鹰形状的磁铁。

“你太棒了！”我欣喜地喊道，他怎么会这么完美，如果我是猫，我愿意九条命都耗在他身上，“你真是个居家好男人！”

“到死都不可能的。”他惊恐地说，“我天生不适合结婚。一辈子都和同一个女人在一起？光是想想我都觉得毛骨悚然。”

“你现在一晚换一个女人，难道这就天生适合你吗？”

卢卡打开水龙头洗了西红柿，切了丁，又在锅中倒好水。

“你什么意思？”他打开煤气灶，心不在焉地问道。

“你每天晚上换一个女人，除去那些太老的、太小的、结婚了的、同性恋的，总有一天你会找不到新的人，然后就要从头再轮一圈。”

“并不除去那些结婚的女人。还有，反正第二天早上起来我谁的脸也记不住，我也就不那么在意从头开始了。啊，对了，那些太小的总有一天也会长大的嘛。”

“你真是个禽兽。我真希望有一天你也会遇到一个如此对待你的女人……我想看到你向她绝望地乞求爱情的样子。”

“乖，你一辈子也看不到的。”

“谁知道呢。对了，那位穿着豹纹丁字裤的小姐打电话过来了。”

“谁？”

“啊，就是……昨天那个有口音的女人，还记得吗？”

“有口音？”他笑起来，把西红柿丁倒进锅里，随即拔掉葡萄酒瓶塞子，“我没怎么注意她说话的样子。”

“当然了，你肯定注意不到，你见过的女人太多。其实她叫桑德拉，她想再和里（你）见一面。[①]”我把电话号码告诉他，他却恍然大悟地叫道：“原来她叫这个名字！昨晚她向我告别的时候我根本没听懂……”

“那时候你正赶她出去。”

“……是啊，我昨晚一直试着回想起她的名字，我想绅士些，而不是和她说‘再见，好梦，某某某小姐’，但我最后还是把她叫成丽贝卡了。这名字从哪儿来的？”

“啊，三天前和你一起过夜的那女人叫丽贝卡。”

“你怎么知道的？”

“家里座机的语音留言！卢卡，你从不留下手机号码，那些可怜的女人，被你勾引上床后又被抛弃，一直对着我哭哭啼啼、骂骂咧咧！”

卢卡笑着坐在了沙发上，他太迷人了，我不自觉地停下对他的抱怨，着迷地看着他。

这时电话铃声突然响起，语音留言里传来母亲的声音，响遍了整个屋子。我只听到一句“喂？”就已经开始微微颤抖。

“卡洛塔？宝贝，在家的话给我回个电话。”听起来像温柔的请求，但实际上那是张最后通牒。她下一步可能就会说：“警告，立刻举起双手，啊！”

---

① 对那女人口音的模仿。——译者注

“妈妈……”我对着电话装出在忙的样子，现在只是勉强挤出空来接电话。

“我很清楚你在干吗！你可不是那种在外面吃午饭的事业型女人。”

“你想干吗？”

“三周后抽出空来，贝阿特丽切要结婚了。”

我瞪大了眼睛……我一定是听错了。从我记事起，贝阿特丽切表姐就是一个虔诚的加尔默罗会[①]修女，她曾下定决心为主坚守童贞。我清晰而惊惧地回忆着她，她从小就是修女，牙齿凸出，笑容看上去惨不忍睹。母亲所指的一定是另一个人。

“抱歉，谁？”

“你表姐贝阿特丽切！你失忆了？”

“她不是隐退于修道院了吗？”

“没错，但只隐退了不长的时间。你一点儿都不关心家里事。她整了牙和鼻子，还用继承的遗产做了激光脱毛手术。她遇到了个西班牙小伙子，现在决定要结婚了。”

我无比震惊，贝阿特丽切简直是变了个人。

“这么晚才通知我，看来我的出席对她来说真的是很重要啊。”

“别太挑剔了！理解理解她吧，看在她肚子的分儿上。”

“肚子？什么肚子？她肚子没做好整形吗？”

“我指的是那对双胞胎！卡洛塔你傻了吗？还是喝醉了？”

“什么？双胞胎？妈妈，我完全没懂你在说什么……”

---

① 一称“圣衣会”“迦密会”。天主教托钵修会之一。创建于巴勒斯坦的加尔默罗山，故名。女修会和男修会分别于1869年和1947年传入中国。——编者注

“她已经怀孕六个月了，身材现在看起来和桶一样。她不太确定是否能在分娩前举行婚礼，但你帕尔马姨妈很不希望婚前生子。”

“啊……”

“她能怀孕真是太好了。时光飞逝，再一眨眼她可就进入更年期了。还有，卡洛塔，你不觉得现在是时候挑个好男人了吗？”

“妈妈！”我满脸通红，眼睛不自觉地瞟向卢卡。他正往锅里下着意大利面，谢天谢地，我母亲这些无稽之谈他一个字也没听到。

“宝贝，毕竟你也没有丑得惊天动地嘛！”她语气中突然带了些母亲的慈爱，“只要我推你一把……我已经帮你找到了个可以托付终身的男人了。”

我开始发抖，胃溃疡突然在这时袭来，我的胃开始火辣辣地烧起来。

我想起在我十八岁的时候，曾经有过和这一模一样的场景。那是在学校的舞会上，我却没有约任何舞伴。我根本不在乎那场愚蠢的舞会，举办者竭力模仿着美国电影里年底派对的场景，而我尊敬的母亲觉得我有必要进入舞池。她强行把一个牌友的儿子塞给我当舞伴。那个十七岁的男生，表面纯洁无害，实际上却一直试着把手伸到我裙子下面。这回好了，在贝阿特丽切表姐的婚礼上，一个差不多的只是年龄大一些的男人会一直缠着我，并在我母亲的建议下试着和我交往。一想到这些，我就面红耳赤。我用手朝脸上快速地扇着风，试图让它降降温。卢卡走到我身旁，用手顺了顺我的头发，指向面条暗示我快熟了。我向他投去一个绝望的眼神，拿远话筒，低声地和他抱怨我母亲有多唠叨。而与此同时我的母亲似乎很满足我的沉默，她或许觉得我在专注而尊敬地等着她的下一句话，于是开始谈论年轻时生育的种种好处。

“我在二十六岁的时候就怀了你。再过几天你就要比那个岁数还大三岁了，你知道不知道？你想让你的孩子叫你奶奶吗？”她喋喋不休地说着。

“再见，妈妈。”我果断地挂掉了电话。卢卡正给面条调味。我放下话筒后，才发现出了一身冷汗，这感觉就像刚看完《驱魔人》一样。

我正要进卫生间用冷水洗洗脸，电话又响起来了，肯定还是母亲，真想假装没听到。但如果母亲在语音留言里大喊大叫，卢卡肯定会听到的。我怒气冲冲地拿起话筒，用最大的声音喊道：“如果我真怀孕了我肯定马上告诉你！但请由我来决定谁来做我的丈夫！”顷刻后，我意识到电话那端并不是母亲，因为一个男人的声音响起来了：“……您好？请问是卡洛塔小姐吗？”

“……没错，是我……您是？”

“我是弗兰策·艾斯纳。”

是那位执行制片人。那个对我眨了眨眼睛的温柔的金发男人。

“抱歉……”我对他叹道。卢卡开始好奇地盯着我。

“我们今早见过，您还记得吗？”

“当然记得。”我深吸了一口气，仿佛一条濒死的鱼在水中吸了最后一口气。那导演要以侮辱的罪名起诉我了，可我没钱付给我的律师。呵，我在瞎想什么，我根本就没有律师。

“请您抽空来我这里一趟，如果您感兴趣的话，这职位就是您的了。”

“啥？”我目瞪口呆。艾斯纳先生简直要忍不住询问我是否喝醉了，他并不想在今天下午雇用一个醉醺醺的女人。

“我说过的，您的简历十分有趣，而且我很擅长说服罗基。啊，悄悄告诉您，他来自普列西区，说不定你们以前还真有可能是邻居呢。唔，有空的话来看看合同吧，约在下周可以吗？”

我没有回答，而是将话筒夹在耳朵和肩膀间，默默地开始跳起尊巴舞。突然我想起了些不妙的事，那些事情困扰着我，就像脚跟下硌着一颗小石子一样让我浑身不舒服。

“我一定会去的。不过……导演曾谈论过他对于这部作品的改编，还有那些待采购的、非同寻常的道具……他具体是什么意见呢？”

电话那端响起了爽朗的笑声。

“虽然罗基做的某些事情的确还有待商榷，但他真的是个特立独行的天才。”他说道，“就像我和您说过的，他重编了整个故事，将故事情节与现代气息完美融合。因此，原始的剧本难免需要些更改。举个例子，劳拉在我们的剧本里，仍旧是个懦弱却具有浪漫气质的姑娘，不过她不再收集那些玻璃小动物了。”

“不收集玻璃动物？那玻璃独角兽也没有了？”

“是的。她现在收集芭比娃娃。”

“啊？”

“她拥有一群非常稀有且经典的芭比娃娃。那就是她的小幼儿园，她的庇护所。”

我有几秒钟被震惊得不能讲话。独角兽从我的脑海里飘散，取而代之的是一些朦胧而遥远的回忆。那年我九岁，梳妆镜冷冷地与我对视，就像我背后的母亲一样。整个早上母亲都在绝望地试图梳顺我的头发，她用了各式各样大小不一的梳子，各种香油香脂，还向头发保护者菲比·凯茨[①]祷告。然而完全没用，我的头发什么道理都听不进去。我所有的表姐，在我那个年龄都宛如仙女，秀发柔软得如同丝绸。而我却顶着头灌木丛般的头发，鼻子上长着雀斑，哪个男生逗一逗我立刻撸起袖子揍人。母亲那时候还不知道，她的努力不久后就会得到慷慨的回报，因为小埃丽卡出生了，并继承了她全部的美貌——然而那时她还得忍受着她那个平庸的女儿。她突然愤怒地扭头离开，留下我一个人呆呆地站在镜子前，好像其实都是我的错，好像是我与我的头发密谋来让她难堪。我看着镜子里的自己，忍不住掉下两颗泪珠，只有两颗，每只眼睛一颗。这时爸爸来到我身边。“你美极了，我的甜甜圈小宝贝。”他对我说，“我们去兜兜风好不好？外面阳光正好，晒晒太阳能散去所有的不开心。”我们乘车驶向市中心。当我用手攥着爸爸的大拇指走在街上时，一个橱窗吸引了我的注意。那是一家玩具店，里面有个旋转展柜，形状像个放水果的多层大盘子一样，在那上面，一群芭比娃娃沐浴在阳光里。她们很漂亮，或者说，美极了。她们优雅地穿着柔软的海洋风情服，有着我母亲最爱的顺滑头发。

我把鼻子和手贴在玻璃窗上，看着她们旋转。在某个时刻，当我因眼睛随着旋转而昏昏欲睡之时，我的心脏突然停止了跳动——一个芭比娃娃，披着褐色的稠密短发向我微笑，似乎还眨了眨眼睛。她穿着鲜红的、画着小草莓的衣服，头上还戴着金色的首饰，她真的是光彩照人。我看向爸爸，不用任何言语，他已全然明白。那就是我的芭比娃娃，绝无仅有。我将她当作纪念品保存，而我从未试

① 美国演员。其母亲的中国血统赋予她黑色的头发和东方的神韵。——编者注

着去梳顺她的头发。我很感激，是她让我明白，世间每个人都有她发光发亮的地方。

如此，在想到这一番经历之后，我不讨厌导演的想法。他虽然是个粗鲁的人，但他对剧本的重新解读令我着迷。这有点儿疯狂，但什么能比我要去的那场婚礼更疯狂呢？我知道，这份工作就是为我准备的……

“等您来了我会把脚本给您，您尽可以安静地读完。我们两个月后就要登上舞台了，您觉得我们能做到吗？”

“当然能做到！”我信心十足地喊道。

我们约在下周一见面，挂掉电话的时候我喜气洋洋。

卢卡满脸疑惑地看着我，我跑过去抱住他。光是这样我就已感到飘飘欲仙，像有人抓住我的脚把我倒立过来一样。

“我简直不敢相信！他们雇用我了！”我大叫着，毫无保留地告诉他一切，然后在房间里跳来跳去，根本停不下来。我蹦蹦跳跳地跑去洗手，然后又回到桌子前和卢卡坐到一起。他笑着，为我感到高兴。我甚至忘记了母亲，忘记了贝阿特丽切表姐的婚礼。我不在乎我已经比母亲生我时的年龄大了三岁，也不在乎我的孩子叫我奶奶。我有工作了！我能买得起在橱窗里看到的那双跟高十二厘米的靴子了！我不会穿那双靴子的，但我要让它们乖乖地待在我的鞋柜里！我酒兴正酣，把最后一滴葡萄酒也倒进杯子里。

“到底哪个让你更开心？”卢卡好奇地注视着我，“可以去采购有趣的道具还是勾搭上了那位执行制片人？”

“喂！”我醉醺醺地瘫在椅子上，感觉整个世界都在摇晃。我本来想绷起脸假装生气，却又忍不住笑意，“应该两个都有吧。”我在撒谎，虽然弗兰策有着迷人的高颧骨，但我并没有为他停留过一丝思绪。

“你多久没交男朋友了？”他残酷而直接地问道，手里还剥着橘子。他表情冷酷，露出他每晚赶走那些女人时候的表情。气氛突然严肃起来，可我们却不是在谈论什么疾病。他吞下了橘子瓣，喉咙动了一下，然后开始收拾桌上的碎屑。

“那是我的事。”我回答道，并开始试着转移话题，“我来收拾桌子，你今天早上什么都没写出来吗？”

“你还没明白我的意思吧？我们之间是不同的。”他似乎隐隐发怒。难得看见他这样，但是他一皱起眉来似乎显得更加迷人了。他还在歪头收拾着碎屑，没有看我。

“没什么不同，除非你承认自己是大男子主义者。”

“这和大男子主义没关系。”他抬起头注视着我，眼里隐隐带着怒火，“我们真正的不同就是，你这个傻姑娘寻找的是陪伴你一生的男人，可这样下去你承受的可能只是现实赐予你的一记响亮的耳光。你相信真爱的存在，于是你把自己等成了一罐番茄干，等待着有一天，一个英俊的王子会来到你身边，把戒指戴在你的手指上。而我对于女人没有任何期望，我只是在她们身上自娱自乐，只要她们也愿意和我一起玩。如果有谁不符合我的条件，我可不会在枕头上啜泣，是吧？我根本不会多花时间去想她们。”

“我没在枕头上啜泣！”

“卡洛塔……”他静静地注视着我，摇了摇头，“你知道吗，你现在看起来就像一个在寻求慰藉的小公主。对于你，性欲不仅仅是制造快感的工具。你总幻想着有一天可以在专属于你的骑士怀里入睡，是不是这样？”

“啊，或许是。不过……”

“这个世界充满了像我卢卡一样的男人。你记住，世上所有的男人都是这样，和你交往了一段时间后，立刻把你狠狠地赶到楼梯间，即使你的信息塞满了语音信箱也听都不听，还得靠着你奇怪的口音来想起你的脸或者你的声音。”

他满脸严肃，他在试图警告我，然而他与往日不同的生硬语调使他看起来很是辛苦。我不知道该说些什么，他那一番劝导明显充满了失败主义者的味道。

“你错了。”我反唇相讥，试着让自己看起来自信满满，然而桌子下的腿却在微微发抖，“世界上也充满着愿意将肩膀借给我倚靠的男人。我不知道他们在哪儿，可他们一定不像你这样。我总会找到他的，我很确定。我不是什么无助的公主，虽然我很久没有交男朋友了，可这并不意味着我会对任何一个路过的男人示爱。”

这番言辞可真是直接！

我也许是喝醉了，或者是被心里的想法刺激到了——那个与我狂野一夜后借肩膀给我睡的迷人王子不会是他。卢卡微微一笑，转头做起自己的事情。他把我比作一罐番茄干，这可不是什么恭维。可我现在刚得到工作，心情大好，于是我甚至还亲切地敦促他回房里继续写作。他开玩笑地拍了拍我的脸，迈步向房间走去。在进房间前他回头对我说：“我把自己当成照顾你的哥哥，所以觉得我有义务来擦亮你的眼睛。有的时候，你看世界的角度实在太过于梦幻。这是个糟糕的世界，亲爱的卡洛塔。”

“我对此十分清楚。还是谢谢你和你那精彩的比喻。”

“不错，最起码我还告诉了你点儿东西。现在我去写东西了，要是谁来找我，告诉他我死了。”

他所写的东西完全保密，藏得很深，写好的篇章被锁在抽屉里，电脑也上了锁，禁止他人偷看。我猜一定是什么强烈的、暴力的、激情的，甚至于色情的东西。我敢这样猜，不是因为我偷偷看过他的作品，而是因为他每次走出房间时，看起来就像刚刚吸完美沙酮一样。他把手插在头发里，向我提出各种荒诞、离奇的问题。他把我当成女人世界的资深顾问，而他所描述的那个女主角，既有着《洛城机密》[①]里那无可抵挡的女性魅力，又有着昆汀·塔伦蒂诺[②]作品里那染着血的新娘的风采。

很多时候我只是木木地盯着他不做回答。我很生气，他不把我当成女人，却问我女人怎么想，毕竟我既不是木偶剧院里那些戏剧作品中的女人，也不是《五十度灰》里的那种女人。

“不然你让我看几页？”我在他抓狂地要吞下整个房间之际问道。

“现在不行。”他重复着，如之前那几百万次一样回答道，“等我写完了。那么，我还想问你一个问题。”

又开始了，现在他又想出个问题来。第无数次，我开始准备迎接他所想象出的半疯半癫的女人，要不像只刺猬一样喜欢乱搞，要不嗜好用中国的长剑切割开爱人的身体。

“我希望我的女主角有着独特的性格，所以你的建议是？”

“哎？”

我知道我现在就像张卡带的老唱片，可我真的没办法发出流畅

① 1997年的美国犯罪电影。——译者注

② 美国导演、演员及奥斯卡获奖编剧。——译者注

的声音了。

“你为什么要问我这个鬼问题？”我抱怨道，尽力回过神来。

卢卡带着他没解决的疑问，笑吟吟地回了房间。我把盘子放在水槽里，听见钥匙“咔嗒”响了一声。我深吸一口气，试着抹去脑子里幻想卢卡舔着我膝盖的该死场景。这幻想让我深陷其中，一段时间之后依旧脸红心跳。我举起了酒瓶，为我番茄干一样的枯萎人生灌了口酒。

3

整个早晨我的心情都十分沉重，我的灵魂似乎附在了《日落大道》里葛洛丽亚·斯旺森的身上，而我将走下那赫赫有名的楼梯①。只不过与她不同的是，我并没有为了名声与财富而将卢卡击毙在浴缸里。

可现在我必须得告诉谁一声——我有工作了！再不说我就要爆炸了。好吧，如果我和母亲说，她的回答一定是："找找垃圾并不能被定义为一份工作。你那工资微薄得可怜，在你这岁数，不如找个老公，然后再生几个小屁孩，而不是忙活这些白痴才干的事。"而如果埃丽卡知道了这件事，她定是沉默不言，面带微笑，就像一只猫在盯着面前的麻雀，随时准备着拔光它身上的毛。

我最好还是跳过她们两个吧。

那么不如打给焦万娜好了。她是我最好的朋友之一，也是我所认识的最美丽的女人。她甚至比埃丽卡还要美，因为她迷人的外表并没有被先天的愚钝拖了后腿。她比我小几岁，为最著名的设计师做艺术化妆，总送给我一些抗皱面霜、胶原蛋白面膜和海藻泥之类

① 斯旺森走下楼梯后被警察抓捕入狱。——译者注

的东西。

可惜的是，我正好碰上她工作的时候。她快速地打断了我的话，向我低声道："我正给一个模特化妆呢，没法分心。那贱女人比宜家的衣柜还高高在上。她正因脸上的一个疖子勃然大怒，不喝带汽的水，说我身上香水味太浓，还要求周围必须保持绝对的安静。"

拉拉，我第二个且最后一个朋友，电话一直占线。这种事情在她身上并不少见：她是个非常优秀的房产中介，是个忙得焦头烂额的母亲，还是个永远怒气冲冲的前妻。给她打电话，得到的回复通常都是："您好，您所拨打的电话暂时无法接通，请稍后再拨。"

我的朋友名单到此为止，不得不承认我的社交生活很是惨淡、寥落。多么可气，多么可悲……我心怀着重要的事，却无人可吐露，好在我突然记起了那本被我用来塞门缝的老旧电话簿，于是我决定闭着眼睛来选择要打给的那个人。当手指停在一家丧葬公司的号码上时，我想，还是算了吧，我现在的满腔热血可能会促使我分期付款买下一口豪华棺材，谁知道呢。

我看了看表，想到了爸爸。他几天前出国去参加一场花卉展览，如今也该回来了。他无疑会因我的幸福而感到幸福的。他会听我说说话，也会为我而骄傲。

然而电话没有人接听，只是徒劳地嘟嘟响着。爸爸可能在家，只是没有接听而已：他沉溺在他在阳台上创建的植物天堂里，那里有玫瑰、大波斯菊、山萝卜，几棵八角树，用花盆种植的棕榈树，还有他倾注大部分心血栽培的文心兰。电话丁零零的声音传到他耳朵里，就变成了远处某只蜜蜂发出的嗡嗡声。好吧，这样我只能徒劳地在原地对自己指手画脚，为了防止我把所有塞满奶油的多哥三明治一扫而光，我叫了辆车，准备动身去找他。

爸爸住在普拉蒂区一座小楼的顶层，那座小楼虽历史悠久，却被精心保养着。其深色的外表让它看上去像一块被烤焦的巨大饼干。其俯瞰全景的阳台甚至可与巴比伦的空中花园比肩。爸爸很喜欢园艺，他和母亲住在一起的时候，曾有一个小温室——他为之付出了全部热烈而又纯真的情感。分居后，母亲把他的所有东西都毁得一干二净——她在原来是养鱼池的地方，建造了一个小喷泉，里面站着个裸体小男孩雕像，还立着座白色大理石质地的小凉亭——很像为战争中的烈士所铸造的陵墓。母亲将所有植物连根拔起，鱼池里也浮满了日本鲤鱼的尸体——因患上痢疾后都立即死去了。

我走出电梯，按响门铃，却突然吓了一跳：门开了，出来的是个女人。

女人？谁？看起来不像女佣。女佣都是一手拿着抹布，耳朵上还挂着蜘蛛网。而这位女士，五十来岁，湛蓝色的眼睛，俄罗斯套娃般红红的脸颊，羞怯的神情，身着羊毛斜纹衣服，还赤着脚。赤脚？一个赤脚的女人在我爸爸家做什么？我或许是走错门了？

我边暗自嘟囔着边环顾四周，以确定没走错门。没错，就是这里，顶层。

“啊……我……”我不甚确定地开口。

“你应该就是卡洛塔了。”那女人喃喃自语道。转眼间爸爸出现在她身后，手上戴着园艺手套，露出孩子般的笑脸。他有点儿尴尬，脸颊上甚至还浮现出两抹深深的红晕。那女人对他低声说了些什么，而后握了握我的手，温和地微笑着，然后像她刚来时那样赤着脚，迈着小碎步离开了。

“她是我一个邻居，”爸爸急忙对我澄清道，“偶尔来帮我打理打理花。”

厨房的锅里卤着鲜嫩多汁的肉，平底锅上还煎着大虾。我简直忍不住要拷问拷问他了，这些很明显并非出自他的厨艺。他是个植物魔法师，但在烹饪的时候会变得手忙脚乱。不过此时此刻，我一点儿都不想计较这些，不管怎样，知道他现在过得幸福，对我来说已足够。我能看见他眼睛里闪现的微小的光芒，他被美好的事物包围着：鲜嫩的花，修剪过的草坪，晶莹的露珠，宁静而充满感激的内心。他有些发胖了。而这些，在我们共同经历了如此多的动荡之后，无疑令我感到莫大的欣慰。我愿意等他自己把所有一切解释给我听，当然，前提是真的有得可解释。

阳台上，大自然的气息笼罩着我。他所居住的这间公寓设计风格十分简朴，没有画，没有地毯，家具都很朴素。而在他的这个天台小花园里，所有的植物都湿漉漉的、热热闹闹的，似乎在咯咯笑。在这里，爸爸放弃了他一向简朴的风格，使温室布满了巴洛克风格。虽然现在时临深冬，但阳光透过玻璃照射进他建造的小温室，使得这里仿佛正处盛夏时节。

我拽过来一把有点儿脏兮兮的躺椅，舒服地躺在上面。正当我要开口告诉他我的小事业要成功起飞时，他突然大叫道：“埃丽卡见到你一定会很开心！”

我的身体微微一震。的确，我永远不可能在“知心姐姐”排行榜上名列前茅，而埃丽卡连“模范妹妹”的海选都过不去。我无法伪装自己，嘴巴咧开一个瘆人的假笑，如同佛兰芒画家画像里面的人那样。幸好爸爸正忙着照料他的橘树，并没注意到我表情的僵硬。

我并不是讨厌我妹妹，只是“就要看见她了”的这个想法一闯进我的脑海，我就无比后悔把赞安诺[1]落在家里了。不，更准确地说，我特别后悔没把自己落在家里。

“太幸福啦，我和两个女儿欢聚一堂。”爸爸在一棵荷威椰子树旁忙活着，欣慰地说道。我准备再次开口和他说说我的工作，我伟大的新闻。嗯……为了宣布这个消息，我可真是吊了好大一个胃口。然而这时门铃响起来了。我起身去开门，迈着葛洛丽亚·斯旺森般悲怆的脚步。

埃丽卡直直地盯着我，好像看到一位散发着硫黄味道的外星人一样。她连招呼都没打，只是扬了扬她高贵的下巴就进了门。她迈着慵懒的猫步，身上的香味飘满了整个屋子。顺滑的头发长及臀部，身上披着的羊绒大衣柔软得像橡皮糖一样，双手戴着皮手套，即使进了屋也没摘下。

爸爸摘下沾满泥的手套，开心地迎上来，她则小心翼翼地注意着不弄脏自己。她远远地接受他的见面吻，样子像极了那些做贴面礼的做作女士。

我对于埃丽卡的拜访感到十分奇怪，她通常两个月只打一通电话给爸爸。不过她来此的目的很快就会真相大白了。

在爸爸离婚后带走的东西中，有几张古老的挂毯，是从我母亲的母亲那儿传下来的。坦白地说，我觉得那些挂毯很丑：在我很小的时候，它们被挂在墙上，我总是很小心地不去碰它们，因为害怕挂毯上面的画会像变色龙的舌头一样突然把我卷走。我可不想和画

① 治疗抑郁症的药物。——译者注

里那些拘谨、古板的人度过一生。画里的女人身着红色长袍围坐在草地上，似乎在野餐，但她们坐姿僵硬得像是在尴尬地蹲马桶一样。而那些冷冰冰的男人则站立着，肩上扛着步枪，好像随时准备一枪射进我嘴里。即使时至今日，当爸爸把它们卷成轴状拿出来，我看着依然不舒服。但埃丽卡倒是十分喜欢它们。或者令她喜悦的是，她发现这些挂毯比她想象的还要值钱，于是请爸爸送她一张。而爸爸则应该像我一样讨厌挂毯上的这些画，拿走它们也只是为了表达对我母亲的母亲的尊重，于是欣然地接受了埃丽卡的请求。

埃丽卡挑了挑，正好选中了画有我小时候最害怕的那张画的挂毯，然后把挂毯放进一个纸筒里。他们聊着天，埃丽卡全程戴着手套，就像个不想在现场留下任何指纹的小偷。

突然爸爸转向我："你想告诉我的好消息是什么？"

什么？现在说？我的脸涨得通红，埃丽卡则斜眼盯着我，目光中带着好奇，还有些许厌恶。我完美的妹妹为何如此蔑视我？我做过什么让你痛苦的事情吗？我到底做过什么？

为了不让她如此蔑视我，我开始编造一大堆谎言，对我的工作添油加醋：令人瞠目结舌的工资、签订的合同、承诺的奖金……诸如此类。我卡洛塔就要征服世界了！我甚至还说，不久后我将直接被白宫聘请，在举世闻名的白宫椭圆形办公室里创作壁画。爸爸毫不犹豫地相信了所有我说的话，并为我感到万分的喜悦，而埃丽卡则面带着她那永久的讽刺性微笑。

我突然只想离开这里，我已经厌倦了一直扮演着葛洛丽亚·斯旺森。现在我只想看一集《实习医生格蕾》，嘴里还要嚼着那美味的多哥三明治。但由于埃丽卡是驾车而来，而我是徒步，这位漂亮的妹妹不得不邀请她丑陋的姐姐同行。

离开之前，爸爸送给我一株小小的富贵竹，他像捧着颗宝石般将它递给了我，让我好好照料它。

埃丽卡的车是一辆蔚蓝色的迷你库珀跑车，真皮座椅，后视镜前吊着欧洲赤松形状的小树香片，安全带上包裹着柔软的皮质保护套，车内的角落里没有面包屑，也没有一丝污垢。

车开动了，一阵沉默之后，我温柔的小妹妹一本正经地惊叹道："那不久之后你就要成为总统候选人咯！"

"可以这样说，我和你成为总统的可能性是等同的。你的工作不也万分重要嘛，你完全可以凭着它把诺贝尔和平奖、医学奖、文学奖一起收入囊中呢。"

"至少你现在终于可以不用抱爸爸的大腿了，你可以直接找奥巴马要钱了。"

"你知道我之前是有工作的，只是最近的这段时间才……"

"你还不如不上学，是不是？有什么用呢？"

她看都没看我一眼，边开车边说道，连挂挡都没有发出噪音，唯一发出的声音来自她，在侧头看后视镜的时候她那万千青丝发出的轻微的摩擦声。

"不是所有人都像你一样幸运，很轻松就能找到份工作。"我从复古绿的真皮座椅上坐直了身子，向她回击。

埃丽卡眉头一皱，握在方向盘上的手缓缓收紧。几分钟，寂静一直笼罩着车内的空气，而我则一直默默自问：为何，为何，为何我们一定要这样说话？为何到我们这里，真理就变成了水浓于血？

"你现在感情生活过得怎么样？"片刻后我们的车停下来等红灯

时，她终于开口。此时是日落时分了，马路上车水马龙，各自不安地躁动着，从城市上方看，仿佛一个个巨大的金属怪物。

“好得很。”我满面春风地回答。

“容我想想，你如今事业如此成功，俘获的男人应该是约翰尼·德普。”

“还要好。”

“告诉我，快点儿，我耳朵都竖起来了。”她带着嘲讽的笑容说道。此时车已经快开到家门口了。

“我和一个风流倜傥的男人订婚了，和他比起来，约翰尼·德普就是只猕猴。我们很快就会举行婚礼，到时候你会收到请柬的。”

“他叫什么名字？”

“卢卡。”我不由自主地说出来。

不！我本不该讲出来的！埃丽卡总是会抢走属于我的东西。

从少年时期开始，若是我想要一件新衣服或是一本书，她只要撒一会儿娇，会得到不一样的东西。因为母亲想让她的小公主拥有全世界最好看的东西，而癞蛤蟆想要的那些东西，母亲根本看不上眼。就这样，家里多了两件新衣服，还有一本《极品女孩》杂志。又长大一点儿，她一旦发现我认真地喜欢上某个男孩，就会立刻把他抢走。只要我对谁说了一些赞美的话，与谁之间有些暧昧，她就像一只小野兽一样跳到我们中间，伸出小爪子，展露她身体的完美曲线，而那个男孩则会立刻乖乖地被她牵走。男人啊，胃口永远无法满足。

在这场性欲的餐桌上，卢卡会不顾一切地扑向所有的鱼，甚至连美人鱼都能大快朵颐。而我则一直严格地控制饮食。他的真理是：

决不对送上门的美人说不，美色的盛宴一刻都不容等待。不，不，不！卢卡是我的，快滚开吧！我食人的妹妹，你这偷心的贼！

也许是为了逃避其他任何关于卢卡的讨论以及追问，我把富贵竹紧紧地抱在胸前，仓皇地从车上逃了下来。埃丽卡看着我，她定是以为我怕被她揭穿谎言。幸好她不明白。的确，我撒了谎。卢卡对我来说，只是个养眼的幻象，只是个被谋杀在摇篮里的希望，只是个虚无缥缈的梦。梦想实现的那天，天上一定有块鳕鱼干在和双髻鲨一起打牌。但卢卡是真真切切地存在着的，我也是真真切切地爱着他的。我必须、一定不让他落入埃丽卡的魔掌。

我头也不回地离开了，没说再见。我又一次从埃丽卡的眼睛里看到了讽刺和怀疑的目光，而我第一次为此感到喜悦。

女人，别扬扬自得了，滚吧！

但当我踏上楼梯，不禁陷入悲哀的迷茫中。我们的距离什么时候变得如此遥远，我们之间又是什么时候裂开了一道没有桥梁的深渊。孩童时期，我们一直黏在一起，像一对连体婴儿。我还记得，她一直跟在我身后，先前是爬行着的，后来则迈着犹犹豫豫的小步子。我为她画了一幅关于龙和魔法师的故事的图画，还为她编排了一场木偶戏，她一直咯咯地笑着，拍着手为我叫好。然后，然后我们就失去了我们的天真。不知发生了什么，就像魔法师的魔法被打破了一样，突然她就变得越来越美丽，而我则长得越来越滑稽，我们之间的差距在不知不觉中慢慢变大。母亲把她护在羽翼之下，而我和爸爸则被落在后面，越来越远。我们在去看木偶戏的时候总是被拦在外面，因为我们中的某个人个子很矮。我能够记得的关于我们全家人的记忆只有一个不停转着的旋转木马。我承认，在我床边的一个抽屉里，至今还保存着我们那时的照片，照片里记录着那些简单而美好的日子。我不会经常翻看它们，但是它们就那样静静地躺在那里，而我知道，它们的确存在着，它们所述说的故事也的确存在过，这一切都不是梦境。而这一切，总有一天会再次回到我的身边。

我打开家门，心里隐隐又聚集起奇怪的风暴，一种挫败感席卷上我的心头，让我几乎想转过头去叫住埃丽卡，对她说："等等，你告诉我，我们是什么时候变成这样的，又是由谁发起的？"但下一刻，在进屋的时候，我看见了卢卡。他腰间系着浴巾，在房间里走来走去，带着潮气和洗澡后的清新气味，头发散在肩上，被打湿后看起来似乎又长了一些。他的胸肌就像米开朗琪罗雕刻出的大卫的那样完美。他半裸着和电话里的人讲话。他对我轻轻一笑，我全身的细胞都开始叫嚣着"哇"。

没什么可说的了。埃丽卡，你滚一边去吧，去和你身边的小矮人共享欢乐吧。你只要敢试图用指甲碰一下卢卡的小手指，我就把你的手按进搅拌机里面搅碎。他不属于我，但也不属于你。

我心里暗自下着决心，向前走了过去。

4

这是个周六的傍晚，拉拉和焦万娜为了庆祝我得到新工作，偷偷为我准备了一场相亲。这真是一场比雪崩还要惨烈的灾难，和一个叫什么托尼·博尼的人约会，这天并不能被称为我想象中的完美周末。我更愿意看看讲述有关蹄类动物配对的纪录片，而不是像此时此刻这样，为取悦一个有着这样奇怪的名字而依然不改名字的陌生男人不知道穿什么好。

卢卡已经出去好几个小时了，每个周五到周日，他都熬夜工作，直到黎明才回家。

我看着镜子里的自己，喃喃自语着。没什么新鲜的，与平常的单身女人卡洛塔一般无二。有句话说得好："你身上就算披着麻袋还是一样的美丽。"这句话在我身上完全不适用，到死都用不到我身上。我穿着驼色的羊毛裙、黑色拉链长靴、兔毛小毛衣（这衣服在吃晚餐的时候一定会把毛掉得哪儿都是），厚呢子外套外面还围着格兰芬多风格的条纹长围巾。除了性感，任何形容词都可以用在我身上。不过我也不在乎性感不性感，在座的各位读者都知道这一点。然而，若是仔细想想我有没有看起来讨人喜欢的时候，在从前的某个时刻，我看起来似乎还比较令人满意：我回忆不起来具体的细节，不过我三岁的时候拍过一张生日照，里面的我穿着一件宽领、翡翠绿色的水手服，裙子上还带着薄纱的小荷叶边，那个样子的我看起来还勉强能被人接受。当然，要撇开后面矗立着的那座亲属的陵墓来看。

焦万娜按响了门铃，我快步向楼下走去。

我这位朋友不久前刚陷入感情的旋涡，现今正处于飘飘欲仙的状态。不过她的这份感情生活与之前的那些比，也没什么特别的。现实来讲，她的感情生活并不比我妹妹简单多少。她们最大的不同就是，我妹妹对于分手的态度就像搭档之间分开一样平淡，而焦万娜却总是对她所碰见的真命天子满怀希望。她的这种痴情像上了发条，平均每次大约能持续二十多天，而后便以迅雷不及掩耳之势将其从天上抛到地下，无一例外。也就是在突然的一个眨眼的瞬间，她突然发现，她全心全意爱着的男人其实是个傻帽。接下来的一整周，她都把自己浸泡在眼泪里，而这故事的结尾是，她又会遇见另一个白马王子，开始下一场浪漫的轮回。

这次她深深爱上的男人是个年轻的室内设计师，他尤其钟爱极简主义的房屋设计，因此她被逼着扔掉了所有祖母留下来的旧家具，换上了一些更有现代风格的东西。床铺放置于固定在地板上的床垫里，浴室里的浴盆好像也被卸下了，因为与他想要的欧美风格格不入。衣服都被挂在露天的阳台上，窗户上也没有窗帘，唯一被允许挂在墙上的画描绘着抽象化的波点，就像《猜谜周刊》里“一条线按顺序连接起所有的点”那个小游戏。他甚至还试图让她换条狗，可以养条吉娃娃，最多可以接受惠比特犬，但万万不能是她那只又胖又笨重的短尾巴大白熊。幸运的是，焦万娜可以放弃一切，却唯独不放弃它。我猜测，在她的内心，定是为她克莱利亚祖母的板架及那上漆的大衣柜感到十分痛惜，那里能装得下她一切乱糟糟不想收拾的东西。还有那厚厚的窗帘，它曾完美地阻挡了邻居偷窥的视线。还有，尤其是那个浴盆，失去它，她总感觉像少了什么似的。不过，到现在为止，焦万娜还是很幸福的，浴盆什么的早被抛在脑后，她迎上来给了我一个大大的拥抱。

焦万娜独自前来，穿着紧身裤，几乎透明的白衬衫，樱红色的无纽扣皮大衣，高跟鞋高到她每走一步都像是在踮起脚尖。她美极了，是一种艳丽的美，不吸引住所有人的眼球誓不罢休。即使她没有穿胸罩，乳头也没从透明的衬衣下像锐利的钉子一样隐隐露出，男人们依旧会看她。她的头发也很美，又黑又长，柔滑似水。她不穿高跟鞋身姿也依然挺拔，使她避免不了追求者的纠缠。我们一边走一边谈起托尼。

“他很有趣，是个画家，所以你们应该有很多共同话题。”

一阵恐惧的战栗从我的尾椎骨一直传到大脑。

“那他一定不是什么善类，人们说谁很有趣的时候，一般那个人都长得像个夜壶。”

“这回可不是，我才不会让你和一个夜壶约会。”

我一脸怀疑地看向她，轻轻扬起嘴角。

“你忘了曾经的那位尤西比奥了。还记得吗？那个十二月份还穿着凉鞋的男人，他也挺‘有趣’的……”

我们对视一眼，突然开始捧腹大笑，想停都停不下来。

“他的确挺有趣啊！你还记得他讲的那些笑话吗？”

“当然，所有笑话都特下流。他为了不浪费任何一滴酒，还把啤酒罐拍扁了再喝。他还跟我吐槽那些行人‘你看他们多奇怪’。他难道没发现最奇怪的人其实是他自己吗？他的笑声听起来简直跟放屁声一样。”

“不过你得承认，那天晚上你都快笑疯了！”

“差点儿笑死。刚一看到他那身格子羊毛衫，我就想从餐厅的窗户逃出去，可惜窗户被栏杆挡住了。如果托尼也和他一样，我就掐死你。”

我们到地方了，这是个僻静的小餐厅，寂静得简直跟修道院一样。这个地方，如果是和最爱的男人共进晚餐，我还能勉强接受。可如今，让我与一个陌生男人一起吃饭，不知道说什么，不知道做什么，我会浑身难受。不管他是沉默还是聒噪，都会让我十分尴尬。不管怎么说，这一片死寂的“洞穴”算不上什么好环境。

我们进去了。小小的餐厅挤满了人，却一片寂静，即使是阿拉斯加的墓地都比这里更活跃一点儿。我感觉所有人都在盯着我们俩。我看见餐厅里面坐着的拉拉和她身旁的三个男人。一个是焦万娜的临时男朋友，一个是拉拉的未婚夫，我想那第三个应该就是为我准备的了，只不过连临时男朋友都算不上，只能称得上相亲对象而已。

我慢慢走近，观察着托尼·博尼。虽然没有什么一见钟情，不过他也没我想象中的那么令人厌恶。甚至说，他十分得体，也十分合我心意。他十分高大，身着深色衣服，戴着眼镜，没有奇怪的面部抽搐，不得不说，文质彬彬。我做了自我介绍，而后我们就座了。

拉拉从桌上拿起手机，一直低头看着，生怕错过一条照顾艾玛的保姆的来电。在她上一段暴风骤雨般的婚姻结束之后，她已经对男人彻底失望了，来这儿只是为了让焦万娜开心，为了时不时地释放一下女人的天性。她是个漂亮的女人，有着热焦糖一样美丽的棕色皮肤，瓦伦蒂娜·克莱帕斯一样顺滑的头盔头。然而她与前夫的糟糕生活曾使她一天二十四小时都处于狂躁状态。不良情绪促使她暴饮暴食，就像过了今天没明天一样，因此她现在得有差不多八十公斤重了。她曾经有多痛苦，就吃得有多疯狂。几天前她开始和一个叫菲力波的强壮男人约会，和那男人站在一起会显得她稍微苗条一点儿。一般胖子都是比较快乐的，不过这个男人打破了这个常规，他总是挂着张苦瓜脸，好像在出席谁的葬礼一样。这份感情不会长久的。不久后，菲力波一旦说错、做错，甚至是想错什么事，她就会自然而然地重复那句话："我就知道，男人都是蠢货。我再也不想和任何人约会了。"

"这地方气氛有点儿沉重啊。"极简主义设计师阿曼多说道。他扫视着这光溜溜的墙壁、孤零零的几把桌椅。这阴森森的寂静沉默地回应着他的话。

"哦……是啊！"焦万娜大声道，"你有什么想法可以让这房间变得更加前卫一点儿吗？"

"撤掉一些灯，撤些桌子，还有这些噪音也要屏蔽掉。"

我不禁心里暗暗地想，他是不是只是在巧妙地耍我们。我真想提醒他，尸体四重唱的现场都要比这里热闹。不过阿曼多是个内心敏感的人，我怕会惹他生气，于是我沉默着，而他继续用浮夸的语气讲述着。拉拉则继续拨弄着她的手机，总觉得自己错过了什么电话。其实我觉得她那手机铃声都快赶上在国际机场跑道上响起的轰鸣声了，她怎么可能会错过。托尼·博尼转向我与我聊天，我才知道他的真名是安东尼奥。

"听说你会画画？"他热情地和我搭话。

“是，但我只是私下画着玩……我可不是卡拉瓦乔。”

“他又算得了什么呢？我也不是科班出身的画家，但我在私底下有做过具体的研究，我是个未经过培训的艺术家。”他开始同我娓娓道来，“我的画作并非迎合所有人的口味。我欣赏自然的活力，欣赏人类，喜欢让他们摆出日常生活中最真实、最自然的造型。那你呢？焦万娜和我说过你在剧院工作。”

我仔细地和他解释我所做的事情，他则认认真真地倾听着。

共进晚餐时我发现，托尼真的比我想象中要讨人喜欢。菲力波和拉拉一直都在狼吞虎咽，一言不发；阿曼多则一直在用他对事物的狂热理论骚扰所有人；托尼则为我倒酒，还出乎意料地赞美了我的头发。

“你的头发卷卷的，很有活力。我很想为你画一幅画，你是如此的美丽。”

美丽？我笑了，真想告诉他其实我是个既胆小又滑稽的女人，但托尼说，他从没见过像我这样不平凡的面孔。

“我很惊讶你没有发现你身上非凡的特质，作为一名艺术家你本应该很了解的。嘟翘着的嘴唇，特殊的身体曲线——像一个小小的泡沫状浪花。”

我注视了他一小会儿，仿佛他正穿着拘束衣[1]，感到内心涌起一股蠢透了的雀跃之情。

我不禁自问，为什么我们女人面对男人的恭维总是无法抗拒，总是如此容易受骗，即使内心明明清楚，这无耻的谎言不过是为了获取我们的芳心。或许是因为快有一个世纪没听到称赞之语了，或

① 约束精神病人用的。——译者注

许是因为今早母亲又打电话来提醒我贝阿特丽切的婚礼了，或许是因为想到卢卡可能正为他今晚即将共度良宵的女人倒着酒。在这座酒吧的柜台，我突然有种美丽的幻觉：我不是我妹妹的丑陋版。还有，这红酒太醇太浓，让我感到十分欣快，我很高兴今晚能出来，连托尼盯着我的目光都不再令我感到厌烦。

塞馅鸽子端上来了，他放下叉子，用手掰开鸽子，四根手指撕开它的胸，小指礼貌地向下弯曲。忽然他撕下了一块光泽多汁的肉，肉随即涌出了些向日葵般颜色的酱汁。我感到十分不解，他穿得这样绅士又深沉，好像要参加一场隆重的庆典一样，却做着如此野蛮的事情。他直直地坐着，一小块肉夹在他左手的拇指、食指与中指间，邀请的眼睛暗暗地看向我。出乎意料，他把肉递向了我。

我没接，我说我是个素食主义者。我可能冲动了，但我感觉咬下这块肉就像接受了什么下流的邀请一样。的确，我承认，他和他的画笔的确在我一成不变的画布上画上了些美丽的草图，但我并非是那么率性的女人。他对我好，我自然受宠若惊，但我总觉得，今晚无论是哪位女性器官的拥有者，只要有可能与他销魂一夜，他都会同样地殷勤款待。

我们从餐馆出来的时候，雨又开始淅淅沥沥地下。拉拉和菲力波一起打车走了，阿曼多则建议饭后去个地方坐一坐，那地方名叫“虚静”。联想到他之前那些猎奇的口味，我想那地方可能是一些抑郁贵族们的聚集地。到了“虚静”，只见几群激进的潮人无精打采地喝着酒。他们中有人正想着他们那尘灰飞扬、堆满东西的书桌，有人正想着满是泡沫的浴盆，还有人正想着体育场传来的噪音。幸好托尼心中也有主张，提出了不同的意见。

“卡西亚大街有个好玩的地方，叫‘烦恼赶走烦恼’，是家几个月前才开的新店。那里的饮料特别好喝，音乐也很棒。”

我胸骨正下方激动得开始发抖：那是卢卡工作的地方。我从没去过那里，因为那里实在很偏僻，还有，归根结底的原因就是，从没人邀请我去。焦万娜立即欢喜地接受了这个提议，但阿曼多立刻给她泼了冷水。不过我和托尼态度十分坚决，因此最后这位咄咄逼人的设计师不得不妥协了。我坐在托尼的车上，他在开车之际又向我提出为我作画的请求。

“我发誓，你真的有一张非凡绝伦的面孔。”

“一动不动地让别人仔细研究我脸上的缺点，听起来实在有点儿尴尬啊。”

“你错了。仔细看着你这样的脸庞，会让人情不自禁地忽视所有缺点。你的问题正和这恰恰相反：你的脸，乍一看上去好像是不甚完美，有点儿奇特，棱角太过分明，雀斑太多，但专注地去看，会发现这帘子后面隐藏着的珍宝。你大大的眼睛有着蜂蜜般甜蜜的栗色，你长长的睫毛在脸颊上投下的阴影，还有你的下颌……我会尽力去描绘那美丽的曲线，但我永远都无法还原到最好。你的脖颈，卡洛塔，你知道吗，连天鹅都会羡慕那优雅的曲线。”

我应该让他停下来，可我乐在其中。我承认，我其实暗爽不已。不过不是性欲方面的，而是情感上的。我感觉自己现在就像个十五岁的愚蠢少女，正被一堆废话忽悠得团团转。

从那家“烦恼赶走烦恼”店里射出一束闪烁不停的光，一直向天空射去。阿曼多感到十分混乱，他几乎处在歇斯底里的边缘。我没像他那样，只是因为我注意到了一些不同寻常的事情：我认出了外面那辆卢卡的车，我的胃溃疡开始作祟，就像一张红地毯在我胃中熊熊燃烧。

我们通过保安的检查，进了店内。这地方很是宽敞，数个隔间由石拱门分隔开来，有几个隔间放满了小桌子，另外几个放着几张长沙发，还有一个被用来当作舞厅。我们把大衣放在衣帽间，走向吧台。

我还真是挺傻的。我与卢卡几乎天天见面，可现在我却表现得像一个世纪没见过他一样。几个小时前我们才道过别：他走出房门，穿着整洁的白衬衫，深色裤子，脸上挂着因为忙着改剧本两天没刮的胡子。我们渐渐走进深处，托尼温柔地用手握住我的手腕，焦万娜与阿曼多愁眉苦脸地走在一起，好像他们身边贴着的是具尸体一样。我望向那光洁的吧台，吧台旁边围着一群喝酒的人，他们像蚂蚁一样挤在一起。

我们找到了一些空位，于是纷纷落座，我的眼睛不断四处寻找着卢卡。两个高大的年轻男人嬉笑地晃动着酒瓶，但他们都不是卢卡。他们的穿着打扮倒是很像卢卡：白衬衫，深色裤子，留着胡子，但身上却有股流氓气息。他们稳稳地把烈酒从酒瓶中倒进柜台上放着的一排杯子里，嬉闹着挤眉弄眼，时不时应着要再来一杯的顾客。终于，我看到他了。

他站在远处，似乎在对着谁笑，那是一群身边没有男伴且上了年纪的女人，他兴致勃勃地点着头，只是为了快快应付掉她们而已。托尼在问每个人要喝的饮品，我要的是一杯伏特加酒。其实我在晚餐时喝的那些酒比我七辈子喝过的还要多，但我想表现得像一位社交达人，就像《欲望都市》里经常出入社交圈的凯莉。托尼要了一杯烈性杜松子酒，然后把点酒单递给了一个不是卢卡的调酒师。

这时那群年轻人离开了，可能是换班了。卢卡似乎也疲于应对那些抠门的五十多岁老太太了，她们对他上下打量，就好像能用眼睛把他裤子扒下来似的。他把这折磨人的接力棒甩给了同伴，走向一个跟他打招呼的漂亮金发女孩。那女孩像是刚刚从家里走出来一样，全身上下就围了条浴巾。她靠在椅子上，跷起了二郎腿。他在她的杯子里倒满酒，或许也在思考着下班后用哪种方式与她约会。这时焦万娜和阿曼多端着不知装的什么饮料的杯子，款款走向了长沙发。托尼则低声在我耳边问我想不想跳舞。在卢卡突然转过身来的瞬间，我向托尼回答：“好。”

我应该心满意足的，至少卢卡立刻就认出了我，并且把注意力从那个形似斯嘉丽·约翰逊的女孩身上移开了一小会儿。他看起来一脸茫然，就好像我是这世界上的最后一个人类，而他一直在苦苦等待着与我的相遇。我向他示意了一下，他回了我一个微笑。我很开心，那不是一个礼貌性的微笑，但是随后他表情立刻严肃了起来，紧皱起眉头，熬夜的疲倦感袭上了他的脸。

舞厅渐渐变得宁静起来，人们开始随意聊天，音乐也被放慢，这是一曲凄美的萨克斯独奏。托尼力度适当地环着我，和我谈起他自己和他的艺术，我一直没有向吧台的方向看去，心不在焉地听着他说话，偶尔出于礼貌点点头。

突然焦万娜从人群里钻出来，把我拉到卫生间里。她紧张兮兮的，就像刚跟阿曼多闹翻了一样。

“他不喜欢我今天这身穿着！”她脱口而出，“他说我这样穿着看起来太放荡了，还说之前有个男人一直盯着我的胸看。”

“他居然不喜欢这件衬衫，真是奇怪。”我注视着她，“我以为他喜欢简约风呢。”

“连你也开始取笑我了吗？”她叹了口气，搓了搓鼻子，检查着镜子中衬衫的领口，“明明什么也看不到啊！”

“是，看不到，除了皮脂腺什么也没有。焦，你要知道，对我来说阿曼多就像一杯加了泻药的柠檬水一样令人敬而远之，但你不能否认你现在的衣着的确很暴露。”

“你可闭嘴吧，你还整晚都在和托尼暗暗做坏事呢！”她假装发着怒，却又忍不住笑意，“你想和他交往吗？”

“嘿！你别像头疯牛似的到处顶人啊！”

“他喜欢你。”

“我不觉得……”

“别告诉我你还暗自倾慕着你那个帅哥室友！他不喜欢你，亲爱的！在六个月里，你一直在家里晃来晃去，如果他真的喜欢你，你们早就在一起了。如果他喜欢你，他一定会设法让你知道的。”

“你真是……真是……”

“我是认真的，我很认真，卡洛塔。你该学着理智一点儿。他不喜欢你。这是事实。他——不——喜——欢——你。别管他了。是，他的确很酷，很独特，可是天涯何处无芳草呢。”

“可他对我来说就像那昙花一样。”我悲伤地低语。

焦万娜说的一点儿都没错，我对此一清二楚，但她可以以温柔一点儿的方式告诉我的。她搓搓鼻子，继续道：“我太过急躁了，但我如果婉转地告诉你这些事情，你依然还会缩回壳去做你的豌豆公主。”

我发出一声叹息，感觉情绪低落极了。我很想告知她，阿曼多也不会是她的男人。不过这没什么必要了，她马上就会知道了。

“我们还是先出去吧。”我声音低沉地说道。是真的，卢卡不知道他对我的影响有多大。我有点儿想哭，焦万娜一直在试着让我忘掉那些烦恼，鼓励我忘掉那个男人，那个不知道他失——去——了——什——么的男人。

我离开她身边，向吧台走过去。我感觉又生气又糟糕又孤独。我坐上吧台边的一个高脚椅，点了杯酒，两大口就喝完了。我的喉咙，我的胃，我的肠道，都开始火辣辣地烧起来。我死死地盯着空杯子，心中想着，我真是个可怜的傻帽，年龄不大不小，性欲不高不低，喝的不多不少，我不过就是一个平庸的细胞群罢了。母亲说得对：在贝阿特丽切的婚礼上，我只会让她丢脸。我想象着埃丽卡投来的意味深长的目光，她会用沉默的微笑安静地羞辱着我。

“哎，别太过分了，对于一个一杯就倒的女人，这些酒也太多了吧。”

卢卡有点儿粗暴无礼的声音不知从哪个地方传了过来，也许只是我脑海里幻想出来的吧。我抬起眼睛，发现他就站在我面前，胳膊杵在柜台上，正仔细查看着那空空如也的酒杯。那些酒液，没在我这个失败女人的喉咙里停留一瞬，就直直地落到我的胃里，如火一般烧着。

“能帮我再拿一杯吗？”我没理他说的话，径直问道。

“你喝醉了。你的酒量根本没这么大。”

“我二十九了，快到三十了，我不用开车，想喝多少就喝多少。”

“怎么了？你的骑士抛弃你了吗？”

我没理他。现在我对他只有恨意，因为他什么都想要，就是不想要我。

“我没想到你今晚也会出家门呢。”他接着说道。

“然而我出了。我没必要什么事都告诉你。我认识了一个好男人，他是画家，他说我很美。”

“听起来你们开了个好头。”他转身离开，我看见他把不知什么饮料倒进一些人的酒杯里，而后那些人觥筹交错起来。他回到我身边的时候依然面带微笑，不过，也许是因为酒精上头，也许是因为眼泪模糊了视线，我所看到的世界渐渐扭曲起来，就像戴着矫正眼镜看到的场景，而站在我面前的他完全就像一个陌生人一般。他的笑容里带着一些不一样的东西，一些我无法破译的东西。“恭维是为了博取你的好感。”他补充道，而后离开我身边，再也没有过来。他站在柜台的另一边，用酒瓶变着戏法，而那位斯嘉丽·约翰逊的仿制品递给他一杯酒，我想她应该就是今晚的那位幸运女郎了。他们靠得很近，他目光紧盯着杯子，却贴在她耳边说着话。

我转向酒杯，想再要一杯伏特加。身边这个年轻的调酒师有着印第安人般的轮廓，还留着长长的头发，让我不禁想将其扯下移植到我蓬松的卷毛头上去。他抱歉地看着我，耸耸他那肌肉发达的肩膀道：“不行，上级命令。”

我疑惑地看着他：“什么意思？给我杯酒！”我的声音疑惑又迷茫，就像是埋在一杯水中发出来的声音。那调酒师瞥了一眼卢卡，我立即恍然大悟：是他不让这调酒师再给我酒喝。这让我怒不可遏。我坐在那里开始冥思起来，甚至想爬上吧台，宣讲一个自由的傻帽女人所应有的合法权利。这时候我听到一个声音从身后传来，我转过身去，托尼正看着我笑。

“终于找到你了！阿曼多和焦万娜已经走了。”他和我讲道，“他们吵得很凶。”

“发生了什么？”

“不知道，不过我猜是关于她的身材的事情。我指的是焦万娜的。”

“啊……”

“好像有个男人一直盯着她看来着。”

“那又怎样，她的身材那么迷人、那么火辣，阿曼多不应该生气的。”

“我们走吧？”托尼向我问道，伸出手臂。

“好！”我立即热情饱满地回应他，像只猴子一样灵活地从高脚椅上跳了下来。我被绊了一下，跌靠在他身上，他扶住我，像马戏团的空中飞人变戏法般喊了一声：“嘿！”

我们一起走向衣帽间，我没有回头。

外面很冷，冷得可怕。夜晚的街道在我的高跟鞋下闪烁着铜绿色的光泽。托尼牵起我的手，我没有拒绝，因为害怕摔倒。我系紧脖子上的围巾，呼吸，呼吸，呼吸，感受着上升到鼻腔里的寒气正清醒着大脑。

“可以再待一会儿吗？”他问我，“在我送你回家之前。”

“当然……夜还很长！”我说得像已经懂了点儿什么似的，不过他似乎没有注意到。

停车场里人不是很多，汽车安静地待在一起，车窗上起了雾气，还带着几滴小水珠。托尼一直在说话，但我一个字都没听进去。突然一件意想不到的事情发生了。他停下来，就在这停车场的中央，像只八爪鱼一样地抱住我，把嘴贴在了我的嘴上。

谁也没法把这形容成一个兄弟之吻。他的舌头不停地进攻，像一条杜松子酒里的蛟龙，刺入我紧闭着的、战栗不已的嘴唇，撬开我牙齿的堡垒，最后温润地、重重地纠缠着我的舌头，以顺时针方向快速地缠绕一圈，然后是逆时针。

那次表演我没有投入得太过深入，我记不太清楚细节了。我唯一记得的就是，不久后我就开始呕吐。可能是因为吻，我猜，也可能是因为晚餐后的伏特加和晚餐时的红酒，甚至有可能是因为新年时的那瓶气泡酒。一切的一切，在此时此刻，不约而同地冲出了我的喉咙。

那场景可不太好看。我粗暴地推开托尼，呕吐物在地面上飞溅得哪儿都是，有一些甚至还溅到了他的鞋子上。

他很温柔，体贴入微，把手帕借给我，还扶着我上车。我不太记得接下来发生的事情了，只有一些闪电般的片段：从车窗吹进来的风，寂静又尴尬的气氛，一言未发的托尼。他在我家楼下停了车，我隐约记得他试着伸出手靠近我。

我跌跌撞撞地上了楼，抱着马桶一边吐一边哭。我把脸伸到冷水下冲洗着，披着湿漉漉的头发走出来。我眼睑周围的睫毛膏花了，看起来就像一个既悲伤又不幸的丑角，彻头彻尾地难过。我脱掉衣服，把东西扔得哪儿都是，跌坐下来。在这个难忘的夜晚的最后，我把脸贴在厨房的桌子上，就贴在桑德拉几天前的夜里放屁股的地方。疲惫让我的大脑变得混混沌沌，我默默地开始回想，到底有没有记得消毒，渐渐睡着了。

楼道里传来的脚步声吵醒了我。我将目光投向墙上的钟，已经是早上五点半了。

该死！一定是卢卡和酒吧里的那女人回来了，可不能让他们发现我在这里，我的脸现在看起来就像一只潟湖老妖，但我只是出于愤怒罢了，并且我是半裸的状态。我逃进房间，脖子很痛，心脏怦怦直跳。我用手压在肋骨上，试着平复这狂跳的心脏，躺在床上，竖起耳朵，捕捉着在酒吧里倒酒给他的那位女人的喘息。脚步的声音向着门口靠近，又停住，却没有响起一对情人激情云雨的声音。我侧躺着蜷缩起来，感觉自己感冒了，毕竟我只穿着内裤。

我准备扭一下身子，让自己不用起身就可以钻进被窝，而就在此时，卢卡推门而入。这场景也不太好看。他进来时，我躺在床上，赤身裸体，满身鸡皮疙瘩。他盯着我，我半张的嘴正试着发出微弱的抗议。卢卡直直地站着，一只手拎着我皱巴巴得像一团废纸的连裤袜，目光很是不亲切。他走过来的时候，我感到了从外面带回来的一丝寒气。他盯着我，只是那么一秒，而后把我的身体推进了羽绒被里。他坐在我的床上，手里依然拿着我的袜子。

“跟我讲讲你都做了些什么？”他问道。真奇怪，那个女人就站在他后面等着他，而他却和一只散发着呕吐物气味的猴子待在一起，而且这只猴子现在根本无法思考很多事。

“那个恭维你的男人在哪儿呢？”他接着说道。

“我怎么知道？我吐在他身上了！”

“啊？”

“他吻了我，我吐在他身上了。我觉得他再也不会说我漂亮了。”

“这样。”他冷冰冰地回答道。

“你可以走了，完全没关系，你还有事要做……”我伸出一只手，像一位允许侍从离去的女王。意图很明显，我不想让他被迫倾听我痛苦的自白，而不能把自己扑在那位正在后面焦急等待着的女人身上。

“你赶我走？”

“不是，我是说，尽管去吧，但声音别太大，我有点儿头晕。”

“你想喝菊花茶吗？”

“不！”我开始有点儿紧张，连我自己都不知道为什么。或许我是希望他把那女人早点送走。

“你之后又喝了吗？”

“没……啊，有。喝了水，水龙头里的水。”

“那为什么你的胸罩在搅拌机里？”

“不知道！我！不！知！道！”

“真是烦躁啊，是吧，小花蝶？”

他没再说什么，转身走了，木地板上的脚步声沉重而缓慢。他的身影渐行渐远，最终消失在门外。太奇怪了，一切还是很安静。然后我听到淋浴的轰鸣声，楼道里却没有传来任何咒骂的声音。我很迷惑。

街道上从某个地方传来了钟声，六下沉重的钟声。窗外射来一线曙光。卢卡进了自己的房间，外面传来门嵌入门框的声音，接下来就什么声音都没有了。

5

这个周日，我听到的第一个声音来自母亲，电话语音留言的提示音吵个不停。我还没听到她说的话，就已经不寒而栗。已经快中午了，床头柜上的闹钟闹得我晕头转向。我坐起身来，世界又一次开始在我面前跳着芭蕾。卢卡在厨房里站着，双手捧着一杯咖啡。很明显他刚刚晨跑完，毕竟他每天早上都去。他看起来棒极了，像一朵鲜嫩的花朵。他面带嘲笑地瞥了我一眼。

“这是什么新潮流吗？”他问道，“你在庆祝返璞归真？”

“什么？”我低头看向自己，发现自己一丝不挂。我大惊失色，双手遮住胸部，逃进了浴室。沐浴持续了十五分钟。热水很足，我把鬈发包在头巾里使得它们不要立得那么顽固，冲掉泡沫，裹上浴袍，我就这样走向厨房。那里放着给我的一杯咖啡，杯上面画着一条小龙。我慢慢喝下去，稍微有点儿烫舌头。突然我想到了昨晚那些恶心的遭遇，托尼的吻，我还吐到了他鞋上，不禁开始微微发抖。

“感觉怎么样？”卢卡问我。

“棒极了，屎一样地脱胎换骨，屎一样的女人。”

“你说你吐到那家伙身上了，是真的吗？还是你喝醉了胡言乱语？”

“他的舌头有点儿……怎么说，潮湿，再伴上我嘴里伏特加的味道，组合在一起太难消化了，那感觉让我有点儿无从消受。”

“没见过比你还离奇的女人，你要知道，一般来说舌头都是潮湿的。”

“我知道，但从没那么潮湿过！”我反驳道，“我也和别人接过吻，我很清楚，托尼的舌头绝对比一般的男人的还要潮湿。还有，他还做了那些动作……”

“什么动作？”

“就，上上下下，左左右右，前前后后，非常激烈，就像跳舞一样！”

“那你做了什么？”

“都跟你说过了，我吐了！”

“我说的是之前，在那男人把舌头伸进你嘴里之前。”

“我怎么知道！我想……我想那时我应该是蒙了吧。这算怎么回事……”

他笑得差点儿把喝进嘴里的咖啡喷出来。

我没法控制自己不去跟着他一起回想那个场景。从某个角度来看，那一幕还是很有喜剧效果的。没错，那个站在那儿连舌头都震惊不已的傻女人就是我，我大张着嘴，上腭被他的舌头扫荡着却没有一丝反应，不过最终，向他表达下感激，我将我胃里黏糊糊的东西一股脑地奉献给了他。一想到这些，我就颤抖不已，想把自己的脸埋进枕头里去。但如果我假装这场意外是发生在另外一个女人身上，一个愚笨得连接吻也不会的人生输家身上，我会够愉快地笑起来，心里还带着些对那个傻帽女人的同情。

“反正不是我的错，我可是接吻高手。”

“关于这一点，我深表怀疑。”

“你太自负了。”

“到我这来，胆小的笨女人。”

就是那么一瞬间，他猛地站起来，抓住我浴袍的领子，吻了我。我——的——天——啊。他的舌头在我嘴里游动，却很温柔，带着咖啡的香味，缓慢地纠缠着。这不过是一次没有情感的舌头的活塞运动。他退开来一点儿，轻咬着我的嘴唇，温柔地爱抚，而后又靠近，舌尖袭入，我被包围在一个个旋涡之中。他移开脸，挑衅地盯着我的脸……嘴角上挑成一抹我见过最为张狂的坏笑。

“嗯？怎么样？”

“唔……”我装作很冷淡的样子，装作我浴袍下的双腿没有软得跟塑泥一样，“不知道啊，好像也没有什么了不起的……”

“你想开战是吗？”他笑着，把我禁锢在他双臂间，紧箍住我的身体，轻轻抱起，让我坐在桌子上，双手捧着我的脸开始吻我。我视线里的所有东西开始颤抖，甚至连天花板都开始颤抖。

突然一个声音响起来，将我拉回现实。我们身后的门口站着一个人，手里拎着的钥匙发出叮叮当当的声音，这恼人声音的发出者正是我的母亲。她化着精致的妆容，穿着华丽的皮衣，最近应该是重染了头发，发色微微地显出了白兰地酒的色调。她装腔作势地眨着眼睛，看起来就像一个瓷娃娃，透过长达两厘米的睫毛促狭地看着我们。卢卡也看到了她，惊得身体一震。

“别停呀，亲爱的们。”她毫不害羞地发出啧啧声，“继续，你们继续！卡洛塔，我给你打了一个早上的电话了，现在我只是来看看你怎么样了。我有你的钥匙，记得吗？”

我说不出话来，只是徒劳地张合着嘴，只能听到双唇碰撞发出的声音在我脑子里无限放大。我知道她在想什么，却很难和她说明白——我和卢卡只是在开玩笑，我们之间什么都没有。

我整理好浴袍，心里暗暗自责把钥匙给了她。母亲走向卢卡，握了握他的手，在心里掂了掂分量：她很满意。甚至，更准确地说，她很着迷。我进了屋里换衣服，而他们留在厨房，我听着他们聊天，他说说笑笑，她深深着迷。我还是有点儿头疼，但是惊恐让我忽略了一切的不适。我得快点儿让她离开这里，不然卢卡就会搬去别的公寓，而他给我留下的唯一回忆就是这昙花一现的一吻。我毫无条理地穿着衣服，蓝色牛仔裤，毛衣，战士制服，我不知道都穿了些什么，脑子里乱糟糟的，眼睛什么都看不到了。

当我走出房间的时候，母亲正和卢卡谈论着我少女时期有多糟糕。她可真是慈祥，一板一眼、事无巨细地和他讲着——在我十八岁的时候，我还在沮丧地等着乳房的发育。而那时我非常嫉妒埃丽卡，因为她在豆蔻年华，胸部就已经发育得非常傲人了。卢卡一边听着，一边努力压制住喉咙里要爆发的笑声。他双手插在裤袋里，挑起了一边的眉毛。

“呃……妈妈，我觉得您还是把钥匙还给我吧。”

“哦，当然，当然，我的宝贝，给你，现在我知道你过得很好了，我也就不必担心了。”我完全理解她的意思。我如今终于能勾搭上这样一个站在埃丽卡身边都不逊色的男人。直到看到这一幕，她睡觉才能安心。

“你今早不忙吗？”我这样问，潜台词却是：滚开吧，你这个残忍无道、固执己见的母亲！

我不知道为什么我没有任何想哭的感觉。或许是因为卢卡看起来没有生气，反而非常愉快，像是在剧院或是在网球比赛的现场一样。他的目光从我转向母亲，背靠着洗碗池，手臂交叉环在胸前。

我终于成功说服母亲离开了。我的手不是很礼貌地拍了拍她的背，为她开门，却发现有什么东西正立在我面前。

准确地说，是个人。

是那个屁股挺翘的女人，那个满嘴方言地抱怨着我的冰箱的女人。至少看起来很像她。我是从她的眼睛与丰满的嘴唇认出她的，因为从衣服上我什么也看不出来，她裹在一床羽绒被里。母亲停住了脚步，这引起了我的警觉，她检视着那年轻女人泪眼婆娑的表情。第六感告诉她，这女人并不是某位挨门挨户卖货物的推销员。这位不速之客透过我们的肩膀张望着，抬起手指向了卢卡。我猜卢卡此刻也很是恼火，每次那些女人想要索取一夜情之外的东西时，他都很是恼火。桑德拉，在连续三天发了无数条语音留言却石沉大海之后，终于被激怒了。她跨进门，把我和母亲当作两个纸糊的障碍物，绕过了我们。母亲看向我，眼睛好像在问：这女人是谁，又怎敢如此肆无忌惮地盯着我的男人？我没来得及做出任何解释，就听见桑德拉开始咆哮：“大粉（浑）蛋，我前天晚上刚和你做了一个小时的奶（爱），你现在假装不银（认）识我？你皮（必）须尊重我！你觉得我是什么？妓女吗？”

“是。”卢卡的回答很是直白，波澜不惊，从容不迫却浑蛋味十足，“告诉你，我还真就是这样看待你的。”

她看起来简直要发疯了，我真怕几秒之后她会从包里掏出一把左轮手枪指向卢卡的太阳穴。我手足无措，母亲却激动不已，她现在大概很想舒舒服服地坐在座位上，手里拿着一桶爆米花，一边大嚼特嚼一边观赏这场精彩的表演。

我把母亲拉出屋子，关好门，和她一起走下楼梯，一直走到人行道上。

“你不该留他和那个女人独处的。”她告诫我，“她屁股很翘，身上的香味也很好闻。应该是娇兰牌香水。”

“别操心了，卢卡知道该怎么做。”

“而这正是问题所在。”

“什么？”

“在我看来，那位小姐似乎想要提前带走你的男人。一个不小心她就会把他从你眼皮底下抢走。”

“妈妈！你总是胡思乱想！”

“你妹妹就比你聪明多了。”

“当然了！我都知道！”我大喊道。常年与妹妹的对比早已让我习惯于备受羞辱。

“我们回去看看事情发展得怎么样了。”

“我自己回去就好，妈妈，你走吧！”我声音很大，路边的几个行人惊恐地看着我，以为碰见了一位毫无人性的女儿。

“我可以给你帮把手。”

我根本没兴趣去深想她要给我提供什么样的帮助，只是一个劲地劝她回家，告诉她我能照顾好自己。

“你一定得带着卢卡来参加婚礼！得让你所有的姨妈看看他！”她激动得好像卢卡是个潜水比赛的奖杯一样。

“我不知道会不会去，还有，即使去了，我也不会带上卢卡。”

“为什么？”

“他不能去，有工作要忙。”

我和卢卡长达数月地住在一起，他却像大学同学一样地对待我，他一点儿也不喜欢我，所以连一夜情也没有，因为他对我没兴趣，仅此而已。他喜欢的类型是正在楼上破口大骂的那位桑德拉小姐——假使我告诉母亲这些真相，滔滔不绝的责骂就会向我袭来。我不想变成桑德拉，或是其他任何和他一夜情的对象，因为我爱他爱得喘不过气来，爱得绝对无法忍受给他带来的任何尴尬或不适，无法让他知道，我想从他身上得到的，不仅仅是性欲，而是他的呼吸，他的思想，他的灵魂，他的过去和未来——假设我告诉母亲我的这些想法，她只会确信我是个彻头彻尾的自大狂，是个彻头彻尾的疯子。

行人从身边走过，听着我们讲的只言片语，而且一直盯着我——烦死了。终于，我拦下了一辆出租车，母亲才慢吞吞、不情愿地打开车门——终于等到这一刻了。然而就在这时，焦万娜突然从这辆出租车里蹿了出来，像朵巨大的食人花一样抓住我。

“阿曼多，那该死的废人，是我把他带到这个国家来的！他和我讲了一大堆恶心的东西，什么我的乳头露出来了，什么那个酒吧里的男人盯着我了……他甚至让我扔掉我的大白熊，就是因为它摇头摆尾的样了令他讨厌！他还谴责我穿着太过暴露，他怎么敢？”她敞开大衣，我注意到她还穿着昨晚那件衣服。

“我看起来很暴露吗？”她转向人行道上的所有人问道，摇晃着、展露着她的胸部。一个蓄着胡子慢跑的人停了下来，注视着她。焦万娜合上了外套，那大睁着双眼的壮汉万分失望。突然焦万娜爆发出一阵哭声。

不过，我的母亲倒是看起来心满意足。这非同寻常的一个早上让她很是享受。她迎着冷空气吐出白白的哈气，安静地沉思着，想着怎么和姨妈们讲述这些八卦故事。我拥抱了焦万娜，因为我现在冻得要结冰了。而且我有点儿担心，因为桑德拉到现在还没下来，这事情开始变得不太妙了。我劝了劝焦万娜，她听后招手叫了出租车，离开了。

“很明显你的卢卡是个魅力四射的男人。我不知道你能不能控制得了他，你应该变得性感、火辣一点儿。你觉得买件漂亮衣服怎么样？像焦万娜那样的衣服？或者买个胸垫？我还有个朋友曾穿过托臀裤袜，效果很是非凡。”

“真是谢谢，你说的永远都是对的。但我不希望在脱衣服的时候，所有物件都像坠机一样噼里啪啦地掉在地上。你也知道的，房子里规定过不能发出太大的噪音。”

“你应该化化妆，你的嘴型很好看，头发也……你为什么不去烫直头发呢？”

“我和熟悉的洗衣房预约了，让他们用蒸汽熨斗给我烫两下就好了！”我很疲累，也郁郁寡欢。寒气已经侵袭了我身体上所有的毛孔，没准再过一会儿我鼻子下面就会挂上两条沉重的冰制钟乳石。终于，又有辆出租车停了下来，我脑海里甚至出现了幻象：或许这回托尼会下来，要求我赔偿吐在他优质鞋子上的损失费……是辆空车，但母亲还恋恋不舍，不想让我脱离她的掌控。

“噢，差点儿忘了，我是来告诉你一件关于你贝阿特丽切表姐的事情的。她想让你做她的伴娘。”

“啊……”我只是呆呆地张着嘴。这反应让她十分惊慌，毕竟在她看来，我应该开心得跳起来，像一只人行道上的青蛙，要着杂耍让过路的人哈哈大笑。

“替我谢谢贝阿特丽切，但她这个提议我不接受。”

“但你已经接受了呀！”

“什么？我什么时候接受的？你听见我说是了？我可没这么觉着！”

“我替你接受了。我跟她说你一定会非常高兴的。”

“你就没想过告诉我？”

“你没法退缩，她已经让裁缝做了衣服，还把你的名字告诉了印刷商。”

我真想用脚后跟把井盖踢开，然后无动于衷地看着她滑进井里去。我大叫一声，针刺般的痛苦开始使我的眼睛和心脏阵阵发紧。司机不耐烦地问着到底要不要上车。她让司机先走，我站在她对面，依然处于她的股掌之间。

“你就没想过告诉我？”我又重复道，“我猜你更愿意等到婚礼那天，在我到达的时候，再告诉我一切——那时候我亲爱的表姐，整容了的、怀着孕的前尼姑，会要求我像个傻子一样打扮成奶油蛋糕出场。而我的姨妈们则心怀同情地想着：可怜的卡洛塔，她再也不能结婚了，她是如此平庸无奇，挣的钱也少得可怜……”

“你还是那么荒谬，像往常一样。”她强硬地抢过话头，不想让我做最后的发言，“你能当她的伴娘，会让我这辈子为你骄傲。衣服快做好了，我一周之内送到你这里。我保证衣服一定很适合你，我们量了莉萨的尺寸。”

“莉萨？莉萨？”

“不是莉萨·莉萨，亲爱的，是莉萨，贝阿特丽切的妹妹。卡洛塔，用心记着点儿。”

“我知道谁是莉萨！可是……她只有十二岁！”

“但她的胸比你的大，所以衣服还是会合身的。”

我还想说些什么，但我感到双肩被紧紧抓住了。

“浪包（婊）子！”桑德拉在我身后大声喊道。

我转过身去，母亲兴奋极了。这一早上的戏份实在太多。

“啥？”我的叫声像只咯咯叫的母鸡，更像卡着一口痰。

“丑陋的吸银（人）精！”我没听懂她给我起的那些绰号，喃喃着重复却依然不得其解，而桑德拉恶狠狠地看着我，双颊憋得通红。

“你那张脸长得跟马东（桶）一样，怎么还胆敢如此猪（粗）暴？”

“吸人精？”我还在自顾自地重复着，路过的一家人不断扫视着我，就像我是个拐骗小孩的坏人。

“大母觉（猪）!”她又大叫一声，随后招手打了辆出租车。而我的母亲，对于她又是母猪又是吸人精的新女儿燃起了求知的欲望，于是和她坐进了同一辆车，没和我打声招呼就已绝尘而去。我呆呆地站在人行道上，周围环绕着冰冷的雾气。我转身进了楼，一级级地上着楼梯——有些事情无可挽回。卢卡还是站在厨房里，微波炉里正解冻着一块鸡肉。他看起来若有所思，在水龙头下冲洗着手里的土豆，目光却望向前方，望向菱形瓷砖的分割线，望向吊在空中晃来晃去的大菜铲。

“嘿。”我进了门和他打招呼。

“嘿。”他回应道，“鸡肉配薯条可以吗？不过，你得来自己削土豆皮。”

我走近，拿了把刀开始削皮，空气中隐隐约约孕育着不安的情绪。

“希望我母亲没有吓到你。”我说，“她总是编造一大堆关于我的故事。”

“她以为我们在一起了吗？”

“唔，你不得不承认……”

“确实。”

“我感觉桑德拉好像生我气了。”我做着手里的事，眼睛却偷偷扫着他。

“不是不可能。”他转过身，甩给我一个愉悦又内疚的眼神。

“你和她说了什么？”

警报，警报，警报，“母猪”“吸人精”之类的词一直像弹珠一样在我脑子里撞来撞去。

“世界上我唯一不能容忍的事物就是流泪的女人。不管怎样，一个陌生女人跑到我家里来控诉我……”

“桑德拉不是陌生女人，她就是三天前的那个女人。”

“……谁知道是哪个女人。”他毫无反应，就像我没打断他似的，“真受不了那种女人。自己进到我工作的酒吧里，还没做什么自我介绍就献身于我，现在却表现得像是和我订婚了一样！我们之间明明定好了协议的！我可真没预料到她能哭得像头待宰的牲畜一样。所以，我就和她说……”

“你说了什么？”我接着话，一动不敢动，左手拿着土豆，右手的刀刃上挂着一块土豆皮。

“我说，我是臣服于你的奴隶，我们住在一起，是你逼我把其他女人带回家的，因为你听着会有快感。还有，我深深地爱着你，你却视我如草芥，逼着我做各种奇怪的事情。因此我现在正在看心理医生来寻求解脱。还有，如果我痊愈了，她会是我第一个打去电话的人。”

我简直不敢相信这一切，只能难以置信地死死盯着他，咬牙道：“你真是个大恶棍、大浑球……浑蛋！”土豆砰的一声掉在地上，我的脸颊袭来一阵紫红色的热浪。

“卢卡！”这回连刀也掉了，估计一会儿连我也会跌坐在地上，“你知不知道，她会把这些告诉我母亲！她们坐着同一辆出租车离开的！”

“你不必担心这个，她就算知道了这些也只会感到如释重负而已。她给我提了很多让你变得不那么古板的建议。放心，我和她说了，你也不是完全的性冷淡。她还问我你的吻技是不是还像十六岁时那么烂。你那时的男朋友似乎曾公开地抱怨过，他永远都感受不到你的舌头。”

“妈呀……”我什么都说不出来了，只是一遍遍地重复着同一个感叹词。我找了把椅子坐下，为了不让自己真的瘫倒在地板上。

“我也和她说了，如今你的舌头会有些回应了。”

我看着他，如果现在我的手里有把刀，我很乐意当一回飞刀手，目标就是他那挺拔的背脊。

“好了好了，我不会再和你开这种玩笑了。”他抿抿嘴，“不会再有亲吻了，我指的是……”

“我让你很恶心？”

“不，我一点儿也不讨厌你，小花蝶。只是我们不应该开这种会让对方误解的玩笑。我知道，是我开的头，我愿意头撞冰箱三下来惩罚我的愚蠢。不管怎么说，我希望这一切不会再发生。我和你之间，不应该有性欲和关于性欲的任何事。我们是朋友，真是该死，如果我们为了满足冲动而开始乱搞，或者即使只是开个玩笑，时间一长我们就会忘掉真正的想法。”

“当然，你说得有理。”我低声回应。我感觉自己像一条生鱼，正被日本厨师歇斯底里地抽打着，刺穿着。

我们聊了些别的，摆好桌子，煮熟的鸡肉与炸好的薯条散发着金黄色的光泽。卢卡打开收音机，调出音乐，开始给一个哥们儿打电话。他躲进房间快半个小时才回到桌子前。我们吃着，然而我的胃却绞痛着抽成一团。我要撑到他回到房间去敲键盘时，才能展露我类似于恐慌的情绪。当然，我很清楚，我们之间根本不会有性欲，更不会有爱，只有友谊，只有闲聊，只有我和你，我在这里，你在那里，而不是我们。万分正确，我很清楚。他这样说也是因为他喜欢我。

我有一点点高兴，因为毕竟我没让他恶心。可我同时又是难过的，因为我快三十岁了，不是十五岁，而这是我第一次真正爱上一个人。在某种意义上说，我还是个老处女。处女膜只是一层谎言罢了，真正的纯贞是情感上的。我爱他，因此我恐慌着。

我把碗放进洗碗机，听见打字机嘀嘀嗒嗒的声音停了下来。随即卢卡探出头来，戴着看书时用的眼镜，指向语音留言机。

“我忘了告诉你，你和你母亲出去的时候米开朗琪罗打来了电话。”

“谁？”

“那个昨晚缠着你舌头的家伙，你把胃里的食物吐到他身上的那个。信息我录下来了。”

他把头缩回去，关上了门，打字机的声音却没有再响起来。我呆呆地擦干手，按下留言机闪烁着的按钮。

是托尼，他依然很愉悦，这加重了我的不安。他没有生气：他从焦万娜那里得知我几乎滴酒不沾，而我之所以呕吐全然是由于酒精的问题。不过他不知道，其实他的口水也加快了我呕吐的速度。他依然坚持说我的面孔非凡，还是想为我画一幅肖像，让我用他留下的号码联系他。我飞快地把号码记在一张纸上。

我坐在沙发上，不久后微微笑了起来。我不知道该不该再打电话给他：如果他又想亲我，而我滴酒未沾却依然吐了的话，那问题可就大了。我侧躺着，把头枕在沙发的扶手上。

窗外飘着零星小雪，灰色的尘土背景中，一股股纤细的掺着冰碴的旋涡旋转着。

突然一个微温的吻落在我一侧脸颊上，我蜷成一团的身体被轻轻盖上了条毯子。是卢卡。

6

所谓的骑士剧院只不过是一间闲置了三十余年的小房间罢了。房间里覆盖着的灰尘让我的鼻子与喉咙阵阵发痒，舞台幕布也长得像个拖把。观众席位连四十个都不到，座位之间还趴着一些午睡的蜘蛛。毫无疑问，我们的作品与百老汇风格毫不沾边。

不过说句实话，我还挺喜欢这间阴暗的小屋。我幻想着：在一次彻底的清洁过后，花岗岩的地板渐渐展露浅绿色，红色的小沙发、红木的窗框（现在在一堆废墟中泛着灰色），在火焰般的灯光下，一切都已经准备好要大放异彩。我听到观众陆陆续续走进来的脚步声，声音放得很轻，如同在教堂里一样。幕布分别滑向两侧徐徐打开，如雷鸣般的掌声响了起来。那是我深爱的场景。表演过程中，我在幕后准备着下个场景要用的道具，但我的心脏总会因为激动而骤停，不止一次。我很喜欢那些小剧场玩具，它们就像瓶子里的小船一样，当放在大大的房间时显得格外微小，如同小写字母“i”上的那个小点点一样。

我对于这间小屋倒很是乐观，但对于导演的态度不抱有任何奢望。周一我到艺术产业总部基地去签合同，领到的工资可以让我买到干面包和矿泉水来饱餐一顿。幸运的是，罗基不在，办公室里只有弗兰策，他兴致勃勃地和我握了握手，像个善良的大男孩对我微笑。我们决定相互间以“你”相称，不再用尊称了。他给了我一个剧本，我只用了一个晚上就看完了。令我十分震惊的是，尽管剧情有很多实质上的改动，但故事主旨依旧没有改变。现代的故事背景没有让原著中那艰苦而忧郁的氛围有丝毫的变味。劳拉的孤独、阿曼多的爱管闲事和汤姆的急躁依旧原汁原味。不过，收集品变了，再也没有玻璃动物了，我所负责去找的芭比娃娃充满了现代气息。我确确实实是个芭比娃娃的专家，因此我能猜到，罗基所寻求的那些模型，就像集邮者所寻求的盖过邮戳的粉红洛基邮票[①]一样稀有而珍贵。希望他能明白，我需要一大笔钱才能将它们收购。

我沿着一条侧道向剧院走去，看见坐在第一排的座位上的罗基。他套着一件宽松的韩版白色罩衫，长度直达小腿，脖子上围着围巾，头上还套着个发带。没错，是发带。把脸从头发下全露出来也并没有什么用：他的很多缺点都被高调而残忍地显露出来——脸颊两侧的颧骨，鱼鳍般的鼻子，毫不温柔的眼睛，眼影倒是上得够浓。

他向所有人发号施令，不管是技术人员还是那些演员。他把手势打得像交响乐队的乐队指挥一样，就差把自己从椅子上拆开再重组了。他一看到我就皱起眉头，眼睛深深陷进眼眶。

“你来了。”他低声道，“你来晚了，毫无敬业精神。”

我忍住没有反驳。我准备和他讲些事情，要用五百欧元的预算集齐那一整套芭比娃娃是完全不切实际的。但如果我现在就畅所欲言，我只会变成一个圆球滚蛋。还是等等吧。我可不希望我们的第

① 意大利发行过的稀有错版邮票。——译者注

二次碰面也以糟糕的结局收场……周围可没有在我们互相撕破脸皮的时候劝架的弗兰策。

如今罗基应正在心里暗暗地辱骂着我。他完全没打算把我介绍给团队，只是偶尔向我瞟来不屑的目光。他手里拿着剧本，每读一会儿就向旁边坐着的一个男人强调或讨论一些细节问题。那男人则一直夸张地点着头。

不得不承认，我有点儿不自在。除了那条围巾上的鸟，这里我谁也不认识。而且我也不想像个刚入学的小学生一样，走上台去大声介绍自己。

我站在那里，思考着现在要做些什么，这时一个穿着工作服的操作人员从幕后冒了出来，向我挥着手臂，呼唤着我的名字。我用了好几秒才认出来那是弗兰策。他没穿西服，头发也乱糟糟的，看上去完全像另外一个人。不过一点儿也不难看，绝对不难看。他身边站着一位姑娘，比我还要矮小，但身材十分丰满。她红褐色的头发被绑成了两条印第安风格的辫子，鼻子上有几颗小雀斑。她很可爱，但是我们的剧院里怎么会有一个青少年？

“卡洛塔，欢迎！”他从舞台上倾下身子和我握手，他的手指上沾了些石灰，鼻子也碰上了几条黑色的油漆，“抱歉我穿成这样，但是当制作比较精细的东西的时候，就不能娇气，必须亲力亲为地处理所有事情。这是伊里扎，我们的舞台布景设计师。伊里扎，这是卡洛塔，她会给你很大的帮助。”

伊里扎？《小甜甜》[①]里的那个坏女人？

“我知道你要说什么。”她说道，脸上带着的微笑完全不像动漫

① 日本少女动漫。——译者注

里那个拷打孤儿的坏女人，“自我介绍的时候人们总会是同一个反应。我又能如何呢，毕竟我的母亲是个虐待狂。她喜欢这个名字，于是将其强加于我。还有，三十二年前她还说过，将来不会有人记得那部动画片的。然而，时至今日，人们依旧像看到女巫一样地打量我。”

我看着她愣住了。这个扎着辫子的女孩已经三十二岁了……但她看起来也就十六岁！那些皱纹上哪儿去了？那些皱纹总是在女人刚刚三十岁的时候就悄悄爬上眼角了！然而即使她笑得如此开怀，她的皮肤依然光洁如瓷。看起来也不像打了肉毒杆菌……或许在分皱纹的时候，我把她的那份也一并拿走了吧。

不过有一件事情我十分清楚，伊里扎爱慕着弗兰策。她看他的眼神，就像十三岁时的我看卢克·派瑞[①]的眼神一样。弗兰策却没有注意到这件事，他的所作所为都是同事式的，兄弟般的，甚至有点儿冷漠的。我对于单方面的爱恋很有经验，因此立刻就接收到了“我们是朋友，但是我即使隔着两米的杆子都不会碰你”的信号。我看伊里扎的目光更加富含同情——我们是同病相怜的战友，所爱的两个男人同样不愿碰我们一下。

罗基还是一样毫无人情味。他打断了我们的寒暄说道：“今天不是什么法定节假日，立刻去工作。”

弗兰策继续干起他泥瓦工的活。伊里扎把我带到舞台上，热情地向我讲解着她对于舞台设计的想法——在一幅巨大的日常家居背景画前，将会摆放一些用有机玻璃制成的家具，材质看起来就像真正的玻璃一样。演员们化上苍白甚至发着磷光的妆容来烘托其脆弱的气质。在戏剧的结尾部分，就在大幕合上那一瞬，舞台的侧幕会

① 美国20世纪60年代著名演员。——译者注

断开，令人震撼，以表达在一系列事件发生之后，主角之间的关系出现了裂缝。最终向观众表达的道理是：不管怎样精心保管、细心呵护，这玻璃世界最终都会走向碎裂。

我们仔细探讨着，不想让罗基挑出错来羞辱我们。这时一个声音突然闯进我们的世界，吓得我跳起来差不多半米高。

“嘿！”

在我身旁突然出现一个壮硕的怪人。我用余光看到，那是一位高大而又强壮的老妇人，她的身体倾向我，停在离我左耳只有一厘米的地方，准备马上要撕咬我般地说道：“我们弗兰策的屁股可真迷人，是吧？”

她这声音大得连米兰斯卡拉大剧院里面的人都能听到了，即使他们听不到，莫斯科大剧院里的人肯定能听得一清二楚。但是似乎没有人感到不适，不管是我们傲慢的导演还是那个长着迷人屁股的弗兰策。不得不说，这位老妇人并没说错。我的目光随着她说的话，不由自主地瞟向正干着木匠活的执行制片人的屁股。必须承认，这老妇人或许只是耳朵有些聋了，但眼睛绝对还很明亮。

伊里扎低声却相当直接地向我介绍了这位妇人。她是一名设计师，被称作绣球花女士，不过她的风格却与绣球花的婀娜完全不同。这时这位老妇人正调皮地扫视着舞台上的每一个男人。她全程声调高昂，而最不可思议的事情就是，导演对她完全没有表现出一点儿傲慢和无礼，也没把她送去另一个世界。我准备继续埋头做事，而她又开始轻车熟路地夸夸其谈起来。

我转过去想要仔细看看她，却差点儿尖叫起来：她应当是玛士撒拉[1]的姨妈吧！如果她额头上再长出一只眼睛，她活脱脱就是13世纪的波吕斐摩斯[2]的复制品。更严重的是，连波吕斐摩斯都没她那么健谈。她也许也是个食人族，但不可否认，她满口粗话地赞赏了弗兰策的屁股，还一语双关地评价了他鼻子的长度……

此时绣球花还在咯咯笑着，讲着其他下流的笑话——其间罗基一直没有开口。伊里扎似乎看透了我的内心："她是导演的奶奶。"她继续说道，"她是这世界上唯一一个能让导演怀有亲近之心，甚至是敬畏之心的人。这里的人都已经习惯了她这样，因此没人会感到奇怪。再过一段时间，她就会开始向你提问'《爱经》里你最喜欢哪个姿势'。你最好准备好答案，不然她会一直追着你问同一个问题。"

恐怕这位小奶奶会对我的表现感到失望了。我不仅快几个世纪没实践过这门爱的艺术，而且在少数的那几次经历中，姿势也千篇一律地雷同于古典舞蹈。

罗基似乎突然想起来，我们是在剧院里，而不是在什么男人内裤时装秀上。他让所有的演员都跳上舞台，让我们各就各位。我和伊里扎走到弗兰策身边，他正在填补第五条裂缝，而我俩则继续低声讨论起来。

那些演员就是罗基心目中完美艺术家的缩影，瘦骨嶙峋、死气沉沉、苦闷无趣。所有人好像禁食了一个月似的，面色苍白得和蛋壳一样。那个扮演阿曼多的女人长得就像轻了三十千克的西格妮·韦弗[3]。年轻时内心细腻的劳拉的扮演者是一个身材高挑、颧骨有着

① 《圣经》记载中亚当第七代的子孙，是最长寿的老人，据说活了969年。——译者注

② 希腊神话中吃人的独眼巨人。——译者注

③ 美国电影、电视演员。——译者注

斯拉夫风情的金发女人，她就像普通版的凯特·布兰切特[1]。还有吉姆——被劳拉暗恋着的家主，其扮演者十分形似二十岁时的皮蓬·鲍多[2]——如果我是劳拉，与其暗恋他，不如把自己反锁在房间里看《钢铁侠》。而那个扮演汤姆的男人令我更加无语：据新改的剧本，劳拉的哥哥是一个有抱负的重金属音乐家，迫于无奈只能坐在银行里工作，还被他无所不在的母亲压迫着。然而在这个男人天真而幼稚的眼神里，我没看到任何他对于吉他及麦克风疯狂的欲望。

演员们开始排练，罗基时不时从中打断，把他们的站位挪到左边或是右边。他看起来就像坐在人物棋盘前的卡斯帕罗夫[3]一样。我则在幕后转来转去。

舞台外的世界是我的秘密花园。在这里，一切都静待安排，一切皆有可能；在这里，静待被发现的宝藏和等待被解开的谜团闪烁着耀眼的光芒。在慢慢踱步的过程中，我仿佛一个探宝者，在隐蔽的阁楼里翻箱倒柜。有些时刻，我会忍不住想象一些面目可憎的幽灵，他们突然从隧道里飘出来，而后将我挟持。

我幻想着那些场景——那隐藏在古旧嵌板后的通道和面露白骨的人类。我实在太过专注，完全没注意到地面上的一处凹凸之处，一只脚突然踩空跌了下去。一块木板因为我的踩踏坍陷下去，没发出很大的声音，只是像核桃壳裂开了似的咔嚓一声……我的脸被摔得贴在了地上，弄得脏兮兮，双腿卡在一个洞里，屁股撅成拱桥状，裙子则完全翻到了腰部以上。

---

① 澳大利亚电影演员。——译者注

② 意大利著名主持人。——译者注

③ 国际象棋大师。——译者注

我大脑空白了好一会儿才意识到我现在的处境。而后我开始努力地找回理智，赶走心中的恐慌。附近没有人，没人看到我摔倒了，即使把裙子拉下来也没用了，后面已经全部撕裂了，而且还被什么凸起的东西钩住了，就像一面旗帜一样。我像溺了水似的拼命挣扎着，两团灰尘飘进了我的鼻子。安黛洛①被大金刚抓住时的感觉也不过如此了吧。

那现在呢？等着他们来找我吗？

如果他们不来呢？如果他们以为我已经走了呢？

为什么我总是陷于如此荒谬的场景？在我身上就发生不了什么正常的事情吗？

我远远地听见演员念台词的声音，还感到有个锤状物时不时地打在我身上。如此看来，我只剩下求救这一条路可走了。

于是，带着无比的羞耻之情，我开始呼救。最初声音非常低，我几乎都听不见自己的声音。后来我似乎听到了蟑螂的声音，于是开始放大声音。

以前我不喜欢像《超级小母鹅》这种类型的电视节目，那里面的人总是跌倒，最轻也会头部受伤，现场的所有人却开怀大笑。现在我愈发不喜欢那节目了，因为如今把下半身展露在公众嘲笑声中的那个女人就是我。我的双腿感到阵阵剧痛，不过幸好我没把鼻子擦伤。随着有人开始向我这里走，我想起来一件让我无地自容的事情：我今天偏偏穿了那件被漂白剂泡得褪色的内裤！

他们陆陆续续地走到我这里，满怀好奇，满脸惊奇地看着我。搞清楚所发生的事情之后，他们爆发出一阵笑声，而且这笑声越来

① 1933年《金刚》电影女主角。——译者注

越欢快。弗兰策和伊里扎没有笑，而是开始着手把我拉出来。罗基也没有笑，但他并不是出于同情：他的表情看起来就像一个有着文身的连环杀手。我打断了他的排练，如果可以，他能把我剁成碎末。

我听着那些能让资深的水手都脸红的污言秽语，艰难地爬了上来，设法清理着身上脱线的紧身衣、破破烂烂的裙子和膝盖上的擦伤。我的脸由于尴尬涨得紫红，身体抖得像一片树叶，打了一连串喷嚏后，上气不接下气地平复着错乱的呼吸。

“你怎么样？还好吗？”弗兰策温暖地问着我。

绣球花奶奶靠近我大喊道：“恭喜恭喜，你的屁股也很漂亮！”

真是棒极了，现在所有人都会记得我这次无人匹敌的洋相了。不管我以后的工作完成得怎样出色，从现在开始我的标记已经无法抹去，一世纪一世纪地永远留存。

“卡洛塔？是谁来着，我好像听说过她。”

“她与全欧洲最棒的导演共同完成了一场非常精致的戏剧作品。她以全科满分毕业于美术学院，还针对20世纪的戏剧表演写了一篇论文。我想就连伍迪·艾伦[①]也会想邀请她一起参与他在罗马的那次电影制作：你怎么可能不记得她呢？”

“我发誓我真的想不起来了。”

“她工作第一天就跌到洞里去了，屁股还卡在里面了。”

“啊，现在我知道是谁了！”

---

① 美国电影导演、编剧、演员。——译者注

我一瘸一拐地向前走着，这时弗兰策穿着一件大衣，走上前来扶着我的胳膊。他坚持要送我去急诊室，但被我拒绝了。

“没事，真的。我只是丢了点儿面子，不过这无药可医。”

“至少让我开车送你回家。你整条裙子都裂开了，这样子也不好到处走动。”

“你是没看到我心里的情绪裂成什么样子了。”我苦笑着回答，接受了他仁慈的帮助。

在车上我一直保持着沉默，我的内心如同在凄凉的深井里胡乱地挣扎着。让我如此低落的，并不是身体的伤痛，而是那些尖锐的议论。

片刻之后，弗兰策转向我，对我露出宽容的微笑，讲道：“没什么大不了的，嘿，别露出那种表情。”

“当然了，是没什么大不了的。我本应该伤得很重，而现在我却毫发无损，还有力气去想我到底有多白痴。”

“你又没有错，谁能知道那剧院里全是陷阱呢？”

“难道你听说过和我遭遇过同样的事情的人吗？”

“唔，没有，还真没有。”他不得不承认。

“因为那陷阱就是特地在那儿等着我的。我就不该去后面。这样的情景已经持续了快三十年了，我经历的事情比亚伯拉罕[①]兄弟间的故事还要离奇。我基本上什么事都经历过：有次我甚至还被圣马可广场上的鸽子群攻。那场景简直就是希区柯克[②]导演的那部《群鸟》的

① 《圣经》里的一个大家族，其中一个哥哥曾将自己的弟弟卖掉。——译者注
② 英国电影导演，尤其擅长于拍摄惊悚悬疑片。——译者注

完美还原；从还是女孩的时候，我就没少从学校的楼梯上滚下来；给好朋友打电话吐露小秘密，说完才发现自己打错号码了；情书塞错男孩口袋；刚摘的鲜花戴在发间却招来一群蜜蜂……长大后就更不用说了。你敢相信吗，我曾经把两封电报的收件人搞反过，给一位正要完婚的男人送去了衷心的慰问，给一位刚刚丧夫的寡妇献上了最热烈的祝贺！看看这些我曾经酿出的悲剧，我本来就该预料到今天会发生些事情的。也许，过去的日子我经历的只是天使的拷打，而现在所有前世的因果报应都将袭来。我是不是得把这些奇妙的经历写进简历里面呢，我们最亲爱的罗基大导演一定会非常欣赏的。”

“至少你的人生一点儿也不枯燥。”

“快乐的作用被高估了，平常生活中的一些枯燥更有益于健康与生活。”

“你的男朋友对此做何评价？”

我耸耸肩，坦白自己没有男朋友。

“我似乎听说过你现在和一个男人同居，那可能是我搞错了。”

我盯着他，他都听说了什么？罗马是怎么了，难道人们都到处传播我的消息吗？我不是很理解，甚至还有点儿恼火。弗兰策感觉到了我的怒火，急忙跟我解释。

“你的个人登记表上写的……就写在上面，他们可能是从你最初的那张调查问卷上找到的。”

“最初的调查问卷……对！那份调查表可真是又谨慎又有礼啊，完全与我的道具管理员的职业息息相关呢，我回答得就像个被审问的小士兵一样。无论如何，我没撒谎，我的确和一个男人同居了，没错……如果这件事情玷污了我们导演的面子或是他奶奶圣洁的光环……如果真的是这样，请告诉他们，和我同居的那个男人付我房租，希望我那点儿可怜的薪水不要被扣光。”

“不是的……好奇的是我！我只是想知道你有没有男朋友罢了。”他沉默了，换着挡，他的侧脸很好看，可如今嘴唇却微微噘起，好像在生着闷气。我结巴了几下，为他指明在哪里转弯，感觉自己像个傻子一样。我不敢那么自以为是地断定他喜欢我，如果真的是这样，我得试着和他解释清楚。我的感情生活完全是一团糟：付我钱的那位房客是我的性幻想对象；一位戴着眼镜的画家今早又一次向我提出约会；在一场婚礼上，如果我不带着卢卡出席，我的妈妈就会让某位卡泰洛先生伴在我身旁，那是一种相当可怕的威胁，想想她以前为我挑选的那些男人就知道了。我想和他坦白，我是个有点儿疯狂的单身女人，我言辞不当，我酒量很差，我记得的床上招式都是从梦里的排练里学来的。

当然，我什么都没说，我是疯了，但我还不蠢。

我们到地方了，我向他表达感谢之后笨重地跳下了车。我们互相道别，两声怯生生的“拜拜”，听起来完全不像是两个成年人，其中一位刚刚还把屁股撅在空气里整整五分钟。

走在楼道里，我听到了一声卢卡的吼声。不要是母亲，和他谈话的一定不要是母亲。我祈祷着，请求着，小心翼翼地藏在公共阳台上，等着那麻烦精离去。但我只听到了卢卡一个人的声音，很奇怪，很怪异，还带着些假声，我不禁在想，他是不是吸了海洛因，而现在正幻想奔向属于失意作家们的人造天堂。

他拖着长音，说着些没头没脑的东西，什么兔子，什么黄蜂，也许是吸毒者们的私密语言。一小会儿之后我发现他并不是一个人。

我发誓，如果让我看见他把某个女人抱在怀里还在她耳边说着诨话，我一定立刻阉了他！

我打开了门，他就在客厅，坐在沙发上，旁边坐着小艾玛，她正全神贯注地听着他读寓言故事，那本故事书比她整个人都要大。他们都吓了一跳，艾玛有一瞬间的茫然。她完全沉浸于那个故事的世界里了。胖乎乎的大黄蜂，飞毛腿的兔子，而我突然闯了进来，就像抓捕犯人的刑侦人员一样。卢卡嗔怪地看了我一眼，而艾玛大叫道：“卡洛塔姨姨！进来，但要安静。”

“进来，但要安静！”卢卡附和道，“有一只胖乎乎的大黄蜂，它不敢飞起来，因此它总是掉在地上。还有一只调皮的兔子，它发疯一样地用爪子击鼓，让整个树林醒来……”

太荒唐了，他在向我解释那个故事，让我也能听懂：也许他真的吃了什么迷药，孩子身上带着的迷药。那闪闪发光的紫红色能让一个三十二岁写着血腥小说的男人返老还童。我坐在椅子上，开始倾听，一直听到大黄蜂学会了飞行，兔子也学会了一点儿守纪律。故事结束后，艾玛跳下沙发，冲过来抱住我。我完全不明白她带着五颜六色的大书来这里干什么，但她身上散发的香草味道令我沉醉。我轻轻地摇晃着她，她像个羽绒枕头一样躺在我怀里。

“卡洛塔姨姨，你怎么搞成这样？”她瞅着我的袜子和裙子问道。我这才发现，我一头的卷毛上还挂着蜘蛛网。

卢卡终于也发现了我糟糕的状况，他走近我问了同一个问题，带着莫名的情感。

“怎么了，小花蝶？需要我去往谁脸上打一拳吗？”

“没什么大事，只是工作时摔了一跤。”我快速地解释道，依然怀抱着小艾玛，“倒是你，小面包，你怎么会在这里？”

“拉拉一小时前把她带来的。”卢卡向我解释道，“她突然有场约会，不知道和谁，也不知道在哪儿，反正她需要有人来照顾艾玛。那个保姆昨晚似乎不太称职。”

这样慈爱的他，这样耐心的他，与一个只见过三次面的小女孩令人惊异地和谐相处的他，看得我近乎疯狂。好，太好了，好极了。当他在隔壁房间释放着他的男人天性的时候，讨厌他——或是试着讨厌他，是件更加简单的事情。可这下情况就完全不同了：和他上床、清晨和他在同一张床上苏醒，对我来说已经不够了，我想让他成为我孩子的爸爸。我不只满足于一夜风流后在他肩膀上睡着，我想在一场传统而优雅的婚礼庆典上嫁给他，我想让他在我身边老去，我想让他死后和我埋在一起。

而现在，对我的丧葬计划毫不知情的卢卡先生低声地向我说着话：“等艾玛走了之后，详细和我讲讲发生了什么。那么现在你能陪陪她吗？我给她讲了两个故事，为她介绍了冰箱里的玛芬小仙女，为她热了杯牛奶，现在我想去写东西了。”

“我来看着她。”我表示理解。他全心全意地做了一个小时的卢卡叔叔，此时他的键盘在召唤他了。

艾玛占据了我所有的注意力，我给她饼干吃，为她作画，给她梳头发。我有点儿喜欢上当妈妈的感觉了。我想我天生适合和孩子们待在一起。我不比他们高大多少，我能模仿树林里所有的动物，还能看到很多和我同龄的女人无法看到的东西：外面下暴风雨时床底下藏着的妖怪，被风吹起的窗帘后的鬼魂，棉花和蛋白酥做成的云朵。

我自负地相信，我会是最棒的母亲。但这幻想永远都不会成真的，我知道，我感受到了。在这个母爱的光辉复兴的社会里，我不会只为了生理上的虚荣而要孩子，更不会只为了让自己不感觉低人一等而要孩子。我的孩子要知道如何接受爱，如何给予爱。我是个在很多事情上都只顾愉悦、马虎应付的女人，但在这件事上不是：要不然全心全意，要不然一无所有。以现在的情况来看，“一无所有”这个选项看起来更有可能。

好了！我不喜欢自顾自怜。我已经很幸运了：至少我长得不丑，我在演艺圈工作，我和一个风流倜傥的男人住在一起，我周围有些嗡嗡叫着的追求者，下周六我还要去当伴娘。当然，我刚刚的确像个疯子一样出了丑，肯定有人用手机给我拍了张照片，也许还会上传到互联网上，不过无所谓，管他呢，只是一阵轻浮的微风向我吹了个口哨罢了。我早就习惯了。再说，就像弗兰策说的那样，至少我的生活一点儿也不枯燥。我继续为艾玛梳着头，用那些令人难堪的假话安慰着自己。

“卢卡是你男朋友吗？”我编辫子的时候艾玛突然问我。

“不，他是我一个朋友，就像我和你妈妈一样。”我回答她。

“那么他可以做我男朋友啦？”

四岁就开始被卢卡这个浑蛋迷惑实在是有点儿早，幸好她妈妈很快就会让她醒悟的。

我把她带到我的房间，闲聊了一会儿后，准备带她四处走走，于是我立刻换好了衣服。

这时电话铃声响起，是母亲，她最近总是打电话给我，或许我该换个电话号码了。而我让铃声一直响着，直到转入语音留言。

“埃丽卡非常迫切地想要认识卢卡！我建议你最好把他带到婚礼上，不然我就让卡泰洛陪着你。”

我不禁想到卡泰洛是不是被他们封进冰袋里保鲜了，等到需要的时候才拿出来。不过如今我独身前去的念头更加强烈了：我不能让埃丽卡见到卢卡。母亲应该已经事无巨细地与她描述了卢卡，而我亲爱的妹妹应该已经燃起了将他从我眼皮子底下抢走的熊熊欲火。这就意味着，我得忍受卡泰洛了……如果我记得有关他的什么事情就好了。母亲说我认识他，但我不记得有谁名字这么荒诞。

拉拉直到傍晚才来接艾玛。卢卡洗了个澡，穿上衣服去奔赴一场约会，不知在哪里，最重要的是，不知道与谁。他系鞋带的时候，向我问到今天工作得如何。我向他讲述了今天所上演的那些奇遇，他愣愣地看了我好一会儿，好像我刚刚被闪电击中一样。片刻后他重重地把身体扑到了床上，爆发出一阵笑声。起初只是他一个人笑，后来我也没忍住，和他一起开怀大笑起来。

“你真是一场奇妙的浩劫。”他感叹着把手插到头发里，仰起头露出修长的脖颈，那美丽的弧度之前被一天没刮的胡子挡住了，“真不知道没有你该怎么办才好。本来我早上很是恼火，但你总能让我笑起来。”

“嗯？发生什么了？”

他耸耸肩，依然带着微笑，但我能感觉到他的不开心，有些事情躲在暗处窃窃私语着，有些事情超出了我所了解的范畴。

我想我对他所持有的这种担忧也是出于爱吧：我无法忍受看见他陷落忧郁之中。我不习惯这样的他，这样不同而又遥远的他。

“如果有问题，你尽可以和我说，对吧？”我继续道。

“我知道的，小花蝶。你一定能给出些像莱蒂西亚[1]一样合理的建议。”

“当然了，我在她的学校里学习过。”

他盯了我一会儿，而后问我：“在你看来，一个关上心扉、多愁善感的人，是否能够怀有一种突发且强烈的情感？”

我目瞪口呆了好一会儿。我的心脏翻腾得就像一个马戏团里的空中飞人。

“你……你指的是某些……私人问题，还是……还是你小说里的问题？”

“当然是小说里的。”他沉默一阵儿之后说道，“处理关于性欲与复仇的场景时我很是得心应手，可是现在，她不管不顾地爱上了他，而我却不知如何动笔。我的风格比较写实，不是戏剧性的、荒诞的。那么，一个习惯了杀戮的女人，该以怎样的方式陷入爱情呢？”

尽管我刚刚吹嘘过我给建议的能力，如今我却什么也说不出来。出于某些原因，我感觉到，我们所谈论的并不是小说里的情节。我的舌头为自己打了三个结。我的心脏跳得很快，快要冲破肋骨，一会儿就可能冲出一堆暮色的糊状物。

他出门的时候穿着十分简洁而高贵：西装配牛仔裤，白衬衫配夹层风衣，看起来像是奔赴一场爱的约会，而不是去草草应付那些路过的小女人。我以为我会嫉妒，可是我没有。我现在所承受的痛苦无法让我嫉妒。有个怪兽在蚕食着我的心，我的手在抖，胸口好像开了一个巨大的黑洞，正狠命地吸食着我整个身心陷进去。

我无法忍住不去窗旁偷看，他走到街上了。他停在了人行道上，

---

① 意大利一位擅长于给出建议的妇人。——译者注

旁边有棵灰色的树。他的身体被寒气侵蚀着，直到一辆车停在了他面前。我看到了方向盘上的那只手，那女人纤细的手指。他上了车，他走了，雨雪吞没了车的影子。

我整个夜晚都在作画与吃迷你乐之[1]之间度过。为了夜晚能有些起伏变化，我开始描画卢卡的面庞。我的画册里有着许多画作，主角都是同一个人：铅笔画、木炭笔画、红粉笔画、蜡笔画……都是透过半遮半掩窥到的画面——若有所思的卢卡，坐在电脑前盯着屏幕上的最后一行字，一只手臂支在桌上，手托着下巴；睡着的卢卡，独自一人，床单像女人的身体一样依偎着他；沐浴的卢卡，磨砂玻璃门上隐隐现出了他头发和肌肉的影子……我知道，我现在就像个变态偷窥狂。他一点儿都不知道这些被我偷窥到的画面。但是我需要这样做，不仅仅是因为他身体的美丽——这部分我永远都无法细致而有力地描绘出来，而是因为他所展露的情感的美丽。写作时的他是星辰，睡着时的他是婴儿，沐浴之下的他是男人。

今夜的他有着悲伤的眼神，那是刚刚他出去的时候脸上的神情。

大约半夜的时候，街上响起了汽车的声音。我小心地从窗户探出头。就是之前那辆车，卢卡下了车，一个女人也下了车。雪已经停了，路灯的光照亮了他们的颈背。那是个年轻的女人，即使我离得很远也能看出她的美丽。但她的美丽并不同于那种常常光临此地的庸俗女孩。她很优雅，落落大方。

绿色的丝巾包裹住她暖蜜色的头发。他们聊着天，两人间隐隐透露着亲密的兴奋。他牵起她的一只手，握紧，随即用自己的两只手包裹住，好像想让她暖和起来。而后他抱了她。有一瞬间我的心

---

① 一种美国生产的饼干。——译者注

脏停止了跳动。我想去死，我是认真的。我想跳下去，把自己摔碎在那结着冰的人行道上。但在这之前，我想有一双仿生耳来听听他们在说什么。他们周围有着甜蜜的氛围，有种比我已习惯的野性的夜间交流还要可怕的东西。

卢卡进了楼门，我把头缩了回来。那女人没跟上来，她上了车，消失在夜色中。我把画册藏起来，冲上沙发，摆出已经睡着的姿势。他开门时，我假装被他的声音吵醒。他神情恍惚，心思似乎还留在别的地方，或许正追随着那戴着头巾、手指修长的美丽女人吧。

“怎么样？”我装出一副很冷淡的语气。

“啊，没什么特别的。”

“你又交了些新朋友？”

他没回答我的问题，声称有点儿困之后就躲开了，甚至没有和我打招呼。我突然想，他离开之后我怎么办：毫无疑问，他一定会离开。他会爱上某个人，而后离开我，将他所有的爱情理论作为虚妄的幻想统统忘掉。他会爱上某个人，让她睡在他的枕畔。这沉重的现实压得我弯下了背脊。

那引出他柔情万千的神秘女孩究竟是谁？昨天她还没出现，昨天卢卡还是那个与平日一般无情的好色之徒。到底发生了什么？什么时候的事？今早我不在的时候？一见钟情？一见倾心？我在一群围观的陌生人的面前出丑的时候，卢卡却心脏狂跳陷入爱河？我似乎已经失去了他。不，说错了……他从来都不是我的。

我听见他踩在木地板上的声音，先是清脆的鞋子的声音，而后变得沉闷起来——赤脚。我突然有种冲进他房间诉说爱意的冲动，但理智将我拖回我的房间。

7

卢卡最近变得越来越奇怪了。他很少讲话，一开始写作就是几个小时，不停歇，而且每天晚上都消失，即便是不用工作的那几个晚上也不见人。有天晚上他甚至没有回来，直到第二天早上八点才跨过门槛。我颤抖地拿着五倍浓度的咖啡，对着疲惫不堪、脸色苍白的他微笑，而他吻了下我的鼻尖连忙冲进浴室洗澡。

在骑士剧院工作一周之后，伊里扎邀我去酒吧玩，那里有全世界最棒的热可可。我们一起喝着好喝到上天的饮料。她把剧本的细节设计集册交予我，那里面包含了所有最细微的细节，包括这一幕想要展示给观众的东西。找那些小装饰不是什么难事，那些物件都相当普通，但种类很少，我恐怕会被劳拉的那些收藏品逼疯。而且，虐待狂罗基还向我强硬地强调，要找到那些原汁原味的版本。仅仅是芭比娃娃一号，其历史就可以追溯到60年代，那个穿着黑白条纹服装，扎着活泼的马尾辫，眼神傲慢又充满诱惑力的芭比娃娃，存货数量可能也就比全世界范围里的僧海豹多一点点。

伊里扎对我总是很好，尽管她的名字不怎么友善。我们谈论的话题突然转到了自己身上，开始谈论起各自的私生活。

我这才知道，她结过婚，丈夫因癌症过世。看着她，很难把她如今鲜活的面容和活泼的性格与她痛苦的过去联系起来。她让我觉得自己既幼稚又爱抱怨，总是在意那些琐碎的事情，一点点小事就能让我心碎。

“别摆出那种表情。”她看出了我的低落，温柔地劝慰我，“已经过去那么长时间了，时间是我们最好的朋友。还有，我的工作给予我无限的激情，已经没空去想其他了。对了，我得遗憾地提醒你，你的工作并不像看起来那么简单。”

“完全没那么简单。我曾想和罗基谈谈，但每次我和他见面总想把他脖子上的围巾勒紧，然后全然忘记我要说的话了。啊，抱歉，你们似乎是朋友，我却……”

她微笑着耸耸肩。

“罗基不是任何人的朋友，他完全活在自己的世界里。他天生就爱妄想，也不讨人喜欢。他与你作对只是因为前不久他突然被女朋友甩了，而那女人恰好来自西德尔诺[①]。所以，自那之后，他极其反感任何让他联想起那地方的人，并不仅仅是针对你。”

“所以他跟我生气只是因为我和他前女友一样来自卡拉布里亚？”

“是，但是即使你来自翁布里亚他也会生气——有个翁布里亚的水管工没修好他花园里的灌溉装置，还有他的菲佣没和他打招呼就回老家了。他就是这样，喜怒无常，神经兮兮，还坚信自己是个被众人误解的天才。不过，说真的，他的创意和想法真的挺不错。我和他一起工作过，他的演出都不错。一次他重编了《废弃娃娃的故事》，原作是两个女孩争夺一只娃娃的故事，他改为了两个女人争夺

① 意大利卡拉布里亚省的一个市镇。——译者注

一个男人的故事。那个放他走的女人最后赢了。男人就是这样，永远不想被拘束。最好和他们以朋友相称，而不是以占有者的身份。这样他们才有可能注意到你。”

我猜她是在说弗兰策：我的第六感看透了她的心思。但她同时也在说我，即使她并不知道。我再次对她微笑起来。

“也有些男人会选择那些拉着他们一只胳膊往前走的女人，直到胳膊断掉。”我注视着她，“那些受虐狂，你不拿鞋跟压着他们的脖子他们就不高兴。”

“你有男朋友了？”

“没有，还在等待，等着我爱的那个男人发现我才是他的命中注定。”

说完，伊里扎爆发出一阵银铃般的笑声。她向服务员示意拿来账单，强硬地为我付了账。最后她说：“原来你也是个像彭妮洛佩[①]一样的女人，充满信心地等待着，相信自己的坚持会有回报。”

“我一直在想，彭妮洛佩最后真的赢了吗？毕竟不久后，奥德修斯又离开了。男人们很少能长久地停留。他们会让你安心一段时间，但总会有些时候，再次感觉到大海的召唤，谁知道他会不会又去和女妖锡西[②]约个小会。”

“天啊，千万别！”伊里扎搞笑地装作吓成一团的样子。

“别担心。”我装出一副胸有成竹的声调，“也许有个解决的办法。”

“希望如此，万分感谢！”

“彭妮洛佩的孤独会让她的心理健康受到严重损害。女妖锡西也是，一旦使尽了所有诱惑的法子，她也会感到无聊。所以我们需要

---

① 希腊神话中奥德修斯忠实的妻子。——译者注

② 希腊神话中妖媚的女人，与奥德修斯有过一段爱情。——译者注

学着折中一点儿，就是，不太像一个也不太像另一个，带点儿贤良，也带点儿浪荡，懂了吗？”

“那真的管用吗？”

“啊，我还不清楚，我还得亲自实践一下。我试一下再告诉你，好不好？”

现在我的社交生活指数直线上升。托尼又打来了电话，考虑到我之前那些令人发指的行为，我开始思考：是不是我那次呕吐让他感到兴奋，让他真的喜欢上我了。我没有回复他，也没有回复焦万娜和母亲那狂轰滥炸的消息。焦万娜说她遇到了一个非常酷的男人，而母亲说我的伴娘礼服已经送到了。与此同时我还收到了一条卡泰洛发来的可爱短信。

奇怪的是，有天晚上就连埃丽卡也打来了电话。万分不幸的是，接电话的人是卢卡，而那时我正在浴室除着体毛。

当时，隔着门，我听到他用极其温柔的声音叫出电话里人的名字，我终于意识到了他在和谁讲话，防入侵警铃在我脑海里猛地响起来。我尖叫着从浴室里像个胸甲骑兵冲出来：“不！”声音简直可以和苔芭尔迪[①]相媲美。我跳上沙发，从他手里夺过电话，就像一名足球守门员，科班出身似的一个鱼跃扑球守住了球门。我鼻子下方还有除体毛打的蜡，看起来就像格劳乔·马克斯[②]留的小胡子，头发用夹子夹了起来，穿着有点儿磨损的运动服，脚下踩着塑料拖鞋，看起来像极了一个无家可归的女人。卢卡目瞪口呆地看着我，我打断时他正说着：“是的，我们住在一起。”我把目光投向他，带着点儿

① 意大利女高音歌唱家。——译者注

② 美国著名电影演员。——译者注

弗莱迪[1]般的神韵，也带着点儿小鹿般的表情，冷酷无情而又哀哀恳求。而我与埃丽卡说话的时候，则发着魔鬼一般的声音。

“想怎样？”我说，语气中没有一丝疑问。

“看看你的教养，你简直就像个卡车司机。你刚刚那句‘不！’是在唱歌吗？还是说，你不想让我和卢卡认识一下？”

我感觉身体里发出一声咆哮，或许是我胃咕噜咕噜的抗议声，又或许是我尖叫着宣泄怒气的声音。

“你到底打给我干吗？”我问道，“今天不是我的生日，也不是我的葬礼。”

“听说你被选作伴娘了。”她说，“恭喜啊！”她毫不掩饰声音中因嘲笑而导致的颤抖，估计也只有烙刑能让她抖得更明显一点儿了。

“你是不是也想试试和我一样？”

“我永远都不会去剥夺你现在这样荣耀的时刻的。”

“然后呢？”

“卡洛塔，你太紧张了，放松点儿，OK？”

“我本来就很放松！”我喊道，就像一个被两名警卫挟持着即将被注射致死药剂的女人。

“卢卡挺不错的，他声音很好听。”

“他说话的样子就像含了三个土豆在嘴里！”

“妈妈说他很有趣。”她不依不饶地补充道。

“母亲说爱情小说里一头秀发的法比奥很迷人，说她花园里站着撒尿的小孩雕像很优雅，还说波尔齐亚姨妈带来的花椰菜糕点很好吃。”

---

① 恐怖电影《猛鬼街》里的邪恶角色。——译者注

“婚礼上一切真相都会大白的。他会陪着你的，是不是？”

“我先挂了。”我没有回答她的问题。

“别总那么紧张，我的姐姐，会长皱纹的。”

“太虚伪也会长痔疮的。”

一言不合，我果断地挂断了电话，把它扔在沙发上。

我急促地呼吸着，正要出去的卢卡侧过身子眯眼看着我。

“怎么了？”他问道，走近拍了拍我的脸颊。

我想跟他解释，向他倾诉，把我的灵魂展现给他。我告诉他，我和妹妹打了一场毫无意义的仗，在这场愚蠢的战争中，谁赢得更多谁就能把对方碾得更碎——当然，我从来都没赢过。我想让他向我保证，如果她再打来电话，就装作自己是我的男管家；如果偶然碰见她，就把她看作一个穿着高缇耶[①]内裤的魁梧、雄壮的伐木工人。但是这样的承诺——如果他真的同意了，那他可真是宽宏大量——却没有任何意义。我们没有在一起，他不是我的男人，我也无法逼迫他许下这样的誓言。再说问题并不在于他，也不在于埃丽卡脑子里想的什么歪念头，而是在于我。我所渴望拥有的东西是如此脆弱，埃丽卡的一个小威胁就足以让我开始害怕失去一切。我永远都无法得到幸福，而我和妹妹之间的关系也会永远僵持在这殊死般的战争游戏上。我无法预测所有，但有一件事情是确定的：只有我得到一些坚不可摧的东西的时候，这场战争才会逆转。或许是一份让我真的引以为傲的工作，或许是一种毫无条件的亲情，又或者是一份凌驾于所有之上的深沉的爱，而在那之前，我都只是个摇摆不定的傻子。当我变得更强，在我身边围绕着专属于我的一切的时候，坐立不安

① 法国著名设计师高缇耶的同名品牌。——译者注

的就是埃丽卡了，而那时我们之间的局势会开始第一次逆转。

因此我沉默着，不期望从卢卡这里得到什么可怜的保证。

我只是和他说，有时候我的家人会让我抓狂。随后我跑进卫生间，脸上的蜡已经变得跟胶水一样黏在一起。

周五的清晨，我收到了伴娘礼服的包裹，情况比我最糟糕的预想还要糟糕。

礼服看起来就像一件不知什么颜色的塔夫绸僧袍：颜色介于金色和铜色之间，在我看来简直就像粪便的那种棕色。和衣服一起寄来的还有一句话，笔迹简直像是出自幼儿园的小朋友，歪歪扭扭地写在邀请函的背面。

“我很期待再见到你。”

期待？

我绞尽脑汁地回想这个白痴到底是谁，终于，慢慢地，脑子里浮现出两个家伙的身影，几年前母亲曾尝试将我和他们其中一个凑成一对。那是一场爱米莉亚姨妈家里的年末聚会。有两张脸突然出现在我的记忆中，两张脸，两个声音……但我不知道，在他们两个中间，到底是哪张脸的主人有着这么难听的名字。其中一个是长相还不错的小伙儿，个子挺高，皮肤黝黑，发量很多，那时他鼻子上穿着个小小的鼻环，一直抽着烟。他还不算坏，除了手太长，不是说他手指细长，而是说，他总是企图冷不丁地把手伸到我身上。

另外一个则不一样，他每次说话，都会把口水溅到我的低胸衣上。他发际线很高，戴着的眼镜让他的瞳孔看起来只有西瓜子那么大。

在我的记忆中，那个噩梦般的夜晚让我抓狂，我尝试着逃脱他们两人的纠缠。希望这次我不要再经历同样的事情。

婚礼总是让我格外紧张。一想到又要见到所有的亲戚，尤其是埃丽卡，我的心里就涌起一丝绝望，甚至想找借口不去，但是我很想见到爸爸。他一定会出席，因为他对母亲的长辈态度一直彬彬有礼，而且他也很疼爱贝阿特丽切，对她的疼爱胜过其他人。

周六的下午，我在三个芭比娃娃专注的目光之下化着妆。她们刚刚被我从网上采购过来，这是为数不多的几个能快速地在网上买到的芭比娃娃。夹睫毛的时候，我差点儿把眼睑夹出血，差点儿以史提夫·汪达[①]的面貌出现在婚礼上。那三个塑料女孩在梳妆台上窥视着我，她们还被封在各自的粉色盒子里。桃花芭比可能在为我难过，但我确定，另外两个芭比则一定在背着我大笑。杀手芭比穿着黑色的礼服，拿着短刀蔑视地、直勾勾地盯着我。刺青芭比戴着紫红色的帅气头盔，胳膊上刺着一排文身，套着豹纹紧身裤，眼神仿佛在告诉我，把那身伴娘礼服扔到空中，把贝阿特丽切和她祖宗七代都扔到地狱里去。

“如果真能，如果真敢……”

突然，卢卡闯进来打断了我们女人间的秘密谈话。他靠在门框上凝视我。

“你还是不化妆好看。”他对我说。脸上的微笑毫无讽刺之意，反而充满真诚。他还是像往常一样半裸着，真可恶。他套着一条破旧的蓝色西装裤，在下腹和下膝盖处开了几条缝，用线松松地缝合着。他的手深深地插在裤子口袋里，力气大得使裤子几乎要脱落到

---

① 美国黑人、盲人歌手。——译者注

地板上。

“你说什么？”我假装漠不关心地低声说着，其实患上的带状疱疹正让我的胃部熊熊燃烧。

“化完妆你的雀斑变淡了。”他评论道，走进来坐在我的床上。

我透过镜子偷看他，感觉自己像一块冰，却被放在了阳光明媚的阳台上。

“就是这个目的：可以让我看上去不那么像一颗草莓。”

“草莓一样的你也挺好的。你的雀斑和头发都很好玩。”

“我知道，好看极了，就像刚坐完过山车一样。”我感到很高兴——因为他在和我说话，因为他看起来很平静，因为他是如此的好看，即使他热乎乎的脸上布满了刚压出来的睡痕。他的脸看上去简直就像个撒满了糖粉的甜甜圈，真想舔舔他的脸。

“你真美，卡洛塔，肺腑之言。”

我猛地吸了一口气，不自觉地夹紧双腿，身体里涌过一阵热浪，如此炽热，以至于睫毛膏弄脏了我一侧的脸颊，顷刻间我的妆全花了。

“没错，如果我生在全是野兽的国家里，或许还真是倾国倾城。”我刻意避开他的赞美，试着开些玩笑。而他依然莫名地紧紧注视着我。心脏开始冲着我可怜的肋骨发“dong”起义，如果它再不停下，我就要昏过去了。

“小花蝶，我没开玩笑。当然了，这是一句出自哥哥的赞美，并不是别有用心。”

他起身，靠近我，手指勾玩着我的一缕鬈发，我则继续擦着脸上那一抹睫毛膏：“我也能让这件屎色的僧袍变得优雅起来，这就是我的伴娘礼服。我可是能让牛棚变成星星的女人。”我指向那件又漂亮又破烂的衣服——它庄严地端坐在一张椅子上——像对着一具尸体说道。

“唔……”他低声沉吟着，没有一句建议，以免让我生气。

他还在玩着我的头发，我的肚子上下起伏着，就好像刚吞下去的蟒蛇在里面跳着肚皮舞。他低下头，给了我一个吻，微笑着摇了摇头，起身去厨房冲咖啡。过一会儿他就得去“烦恼赶走烦恼”上班了，在那里再次度过一个和往常一样的夜晚。

我穿好礼服，迅速套上大衣，大衣长到能遮盖住礼服的每一寸衣角。

“只希望卡泰洛不要再有摸人或是喷口水的习惯了。”我叹息着穿上鞋，自言自语道。

“卡泰洛是谁？”卢卡咽下他的无糖咖啡向我问道。

“那个我母亲想让我与他交往的男人。”我耸耸肩回答。

卢卡明显地惊了一下。如果我再对自己有点儿自信，我可能就会以为，与卡泰洛乱搞的卡洛塔小姐让他感到恼火了。

“我让自己陷入这种折磨全都是为了拯救你。”我笑着向他解释。

他却没笑，喝下最后一口咖啡，双臂交叉撑在桌子上。

“我将你从波尔齐亚姨妈、帕尔马姨妈和爱米莉亚姨妈的魔掌中拯救出来了。”我依然开着玩笑，“卡泰洛是我为了你的自由所付出的代价。”我没和他说起任何真正让我害怕的事物，比如说埃丽卡。

“我走了。”我在门口向他道别，“今晚不回来了，我恐怕会被留在母亲家过夜。”

“和卡泰洛一起？”他问道，抬起眼睛笑了笑，而后抿紧嘴唇向我挥了挥手，走进了房间。

只是想想这事情会有的结局，我都会流冷汗。只要卡泰洛胆敢靠近我，我就剁了他。我本该听取拉拉的建议，收下那瓶辣椒喷雾剂的。

没有更好的解决办法了，我将那只全副武装的芭比娃娃从盒子里拽了出来。实在不行就让她来保护我，最起码给我点儿勇气，不要屈服于那令人崩溃的未来。不得不说，把这样的东西装在包里的伴娘，全世界只有我一人。

我的老家住在卡米卢齐亚的郊区，房子周围绿意盎然，四周环绕着一圈别墅。三十二年前，母亲遇到了爸爸，并搬到了首都罗马。她来自于卡拉布里亚区里的一个阳光明媚的村庄，那种小地方阻碍了她的伟大发展。对于她，这一切的一切都不是很真实——她嫁给了一位富有的丈夫，也拥有了一套房子。在她接下来的野心勃勃的谋略中，她一定能成为银幕女神。而对于爸爸，一切都太过于真实了——在结婚几年之后，我所有的姨妈都紧跟着她们姐姐的步伐，像鹰群一样地迁移到了我们家，还顺便带着她们软弱无能的丈夫与嗷嗷待哺的孩子。

这地方被她们弄得乌烟瘴气，简直就像个城市里的微型村庄一样。一排与洛杉矶风格不搭调的房子，宽阔的花园，肾形的鱼池，一群小狗，俗气的喷泉。我越过敞开的门，慢悠悠地走在帕尔马姨妈家的小路上。我静静地听着树叶摇动的沙沙声，贪婪地享受着这份安静，因为我知道，再走不到二百米，一场混乱即将扑面而来。我在包里放了在“疯人院”里过夜时会用到的衣服，而那“疯人院”的所有者是我亲爱的母亲。

房子前面亮着很多灯，站着许多人。花园里热闹得像个马戏团，我从未见过这么多郁金香，他们可能去抢劫了荷兰：草坪、阳台、阿芙罗狄特[1]的喷泉、小台阶、凉亭——到处都洒满了郁金香。看到母亲和波尔齐亚姨妈，我急忙躲到了一盆巨大的仙人掌的后面。但母亲立刻就发现了我，朝我走来，喊着我的名字，一只手臂还挎着波尔齐亚姨妈，为了不让我的姨妈错过她穿着大便色衣服的美丽女儿。

“你一个人来的？”她没打招呼就直接对我说道，“好的，我要去打电话给卡泰洛了。”

她立即消失了。我的波尔齐亚姨妈则从镜片后面窥视着我，她的眼镜框上镶满了施华洛世奇的水晶。她很瘦小，比我还矮，但抱我的力气简直能把我碾碎。她戴着一条可笑的头巾，晒得黑黝黝的，好像在太阳下晒了一个月似的。我向她问好，她也回应了我，摸着我的脸，还扯了扯，而后皱起眉头，大声地评论道：“太干瘦了，你没钱买吃的吗？”

“我经常去施粥救济处，有时只能靠浆果和根茎填饱肚子，吃什么决定于那天运气好不好。”

“你怎么没带你男朋友来？你根本不懂怎么控制住男人！你该学学你妹妹，她和她英俊的泰霉勒，一辈子都在一起。”

“当然。”我恶毒地喃喃自语，“埃丽卡一辈子都只能和他在一起。”

“如果你嫁不了人，就生不了孩子，到最后你死后财产都没人继承。”

“那就说明没人会因为想继承我的遗产而杀掉我。”

“你总是这么风趣，我的姐姐。”埃丽卡迷人又恶毒的声音从背后猝不及防地响起。她就像温暖的阳光一样美丽动人。宝石蓝露背长裙在她高贵的长腿间分着衩。她的妆容看上去就像根本没化妆一

---

① 古希腊神话中的爱与美之女神，在罗马神话中被称为维纳斯。——译者注

样，这说明她在镜子前至少待了两个小时。长长的头发在裸露的背脊上轻轻荡漾着，就像一整块丝绸一样，每动一下都轻轻地荡在身后。珍珠纱的手套包裹着她的双手，裙子的开衩简直高及耻骨，真不知道她穿的到底是什么东西。她旁边站着个长得和猴子一样的光头肌肉男，看起来很是吓人。

波尔齐亚姨妈向她问好并称赞她，还热情地亲吻她带来的那个大块头，就差让他跪下去接受她手上的某枚戒指了。她称呼他为泰霉勒，我妹妹性生活中的第N万个泰霉勒。

“让我们看看你身上那件美丽的衣服合不合身吧。”埃丽卡用一种陌生人关心聋哑人的语气对我说道。我知道她什么意思，我彻彻底底地看透她了——毫无疑问，一心一意地嘲讽。她拽了一下被我当作挡箭牌的大衣，挑了挑嘴角。“你的衣服很好看，很衬肤色，让你看起来更黑了。”言下之意，那礼服的颜色映在我脸上，让我的脸也变成了大便色。

“至少我不会把私密地方都露出来。”我看着她充满性暗示的衣服嘲讽道，“你的肚子不冷吗？”

“噢，当然不冷，我还很年轻，不会冻着。不过，你怎么会自己一个人来？”她微笑着，却微微有点儿不悦。卢卡没来，她没能向我展示她那致命的性吸引力，也没能将我置于一败涂地之境，没能让我觉得自己就是只旧袜子。

这时母亲回来了，带着我很久不见的卡泰洛。

是那个曾经喜欢乱摸、戴着鼻环的卡泰洛，只是如今他的鼻环不见了，那头蓬松又搞笑的头发也不见了。他并没有完全秃顶，只是额头上的头发剃光了，在阳光下熠熠发光，上面还戴着一件可怕的头饰。身穿红夹克，印着熨痕的黑色牛仔裤。他胖了一些，但是没有丢掉吸烟的习惯，正猛力地吸着那铅笔头一样的烟头。他握住我的手，舔了舔烟嘴，似乎在告诉我，我今晚会有大麻烦了。

谢天谢地，这时新娘开始召唤她所有的伴娘了。我迫不及待地逃离现场，一直跑到布满装饰的房子前面。我放下包，脱掉大衣，将我最完整的美丽形象展露在众人面前。

贝阿特丽切还没有换好衣服。房间里全是人，我进去的时候以为自己走错了，因为屋子里挤着一群四十来岁的女人。但是所有人身上都穿着那件一模一样的棕色长袍，因此我也就只能勉强承认，就是这个地方。贝阿特丽切把她所有未婚的表姐妹和朋友请来做伴娘了。这里的人都恰恰处于更年期的门槛之外，我是这群老剩女中最年轻的一个。

我到处张望都没看见贝阿特丽切，突然意识到，我找的人不应该是一个长着胡子的尼姑，而是一个除过体毛、挺着个大肚子的，或许一身白衣的怀孕新娘，于是我看到她了。她真的穿着一身白，或者说，一身炫目的白。橡皮艇形状一样的嘴唇，刚整过形的鼻子，金色的头发，同色的眉毛。我们互相问了好，都很感动——至少她很感动，我只是眼睛被她衣服的颜色闪得刺痛罢了。帕尔马姨妈开始掐我，母亲所有的姐妹都喜欢这么干。

伴娘团开始游行的时候，我羞愧得像个小偷，感觉这一幕就像是《我就要结婚了》[①]那种类型电影里的片段。这一定是贝阿特丽切想要的效果：一场既浪漫又俗气的美式婚礼。我们走下台阶，手里拿着奇怪又扎手的花束，似乎是蓟花。多荣幸啊，我是首席伴娘，是

① 意大利浪漫喜剧电影。——译者注

这一群失败者的领袖。我们向着凉亭的方向走去，走过一排排铺着像云朵一样的纱巾的木制长椅。天空灰灰的，好像要下雪了，但大多数客人穿得很单薄，只有某些没那么大胆的客人把自己裹在了臃肿的皮草里。摄影师和场控师像蚂蚱一样在四周蹦来蹦去，几个小孩子哭了起来，管风琴手演奏着《婚礼进行曲》。

游行队伍继续前行，凉亭已近在眼前，新郎正在那里微笑着等待。不得不说，他的确很英俊，长长的头发扎成了马尾，轮廓分明的脸庞，性感的表情。她从哪儿认识他的？他看起来不像总去修道院的那种人。伴娘们分散到两旁，司仪开始歌颂那永恒不变的爱情，一个瘦小的、像沙丁鱼一样的男人在后台歌唱着舒伯特的《圣母颂》，唱到憋得满脸通红。最后，一阵掌声如暴风雨般噼里啪啦地响起来了。

拍了大约八百张一模一样的照片之后，我们进到了茶点房。我抓过一杯香槟，想要努力地躲开卡泰洛的抓捕。于是我弯下腰，贴着墙走，就像一位偷跑的间谍，半藏半掩在屋子深处的一个双耳陶罐后。在我觉得自己终于安全了的时候，那位追踪者却立刻使我现出原形。

“你在这里呀，我最最美丽的搭档！”

“啊……”我低语着，抱紧双臂紧紧地护在胸前，就像一具摆放端正的尸体一样，以防止卡泰洛找到什么可以钻进来的洞。

“想吃三明治吗？想跳舞吗？说嘛，我随时随地听候使唤！”

“谢谢你，不过……”

“想不想去散步，就我们两个人？”他的眼睛和额头一样发着寒冷的光。我不寒而栗，暗暗想着，最好还是待在人群里。如果我们两个单独相处，我确定，他一定会提出某些淫秽的建议，而我别无选择，只能狠狠地踢他一脚。

“三明治其实也不错。”我说着，希望他立刻消失。很可惜，我低估他了。他喊了一声服务员，很快一整盘食物出现在我们面前，全都是伴娘服装形状的可爱小吃。

卡泰洛与我喋喋不休地说着话，而我慢慢地挪动着，想要在人群中找到爸爸。我英雄的父亲，只有他能插上一手，带我摆脱这戴着恶心头饰还动手动脚的男人。

“你更美了。”卡泰洛彬彬有礼地对我说。

“你却不是。”我本能般婉转地回答他。

“你头发稀疏了一些，对吗？”

“啊？没有啊。”

我看到了母亲：她激动不已，向全世界传递着她教父般的祝福。她向那些还不认识她女儿的人倾情介绍着她几乎裸着的女儿——不是我，是埃丽卡。而后，在一片混乱中，爸爸终于出现在我的视野里。我抬起一只手呼唤着他，让他能看见我，卡泰洛则趁此机会作乱：两秒钟后我发现他的一只手搂在我的腰上，而另一只手则在我的胸前不停地乱摸。

丑陋无比的秃头大变态！我要阉了他，我发誓一定要阉了他！我真的忍不住要实践起来了。正当我沉迷于他痛苦地喊叫着的幻想中时，有个人先我一步拯救了我。

当然不是真的，我只是晕了过去，陷入幻想中罢了。不可能是真的，如果真的成真了，我的生活就不会是现在这样一团糟，而是一部电影，一个粉红色的童话。

然而这是真的，完完全全是真实的，不可思议而荒谬的真实，要不然我的胳膊不会被捏得这么疼！卢卡逼近卡泰洛，拿开了他的手。他可能捏碎了他的一只手腕，因为那个大变态看起来像要哭了一样。

“再碰她一下我就打碎你的牙。”卢卡对他讲道，脸上带着礼貌的微笑，好像只是在提出一项亲切的建议。

我头晕眼花地盯着卢卡——等着他一秒后消失，而卡泰洛的爪子还在我的腰上。然而卢卡没有消失，他拉着我的手，邀我去跳舞，这个女人是我吗？或者这其实是片刻之后就要回去干活的灰姑娘？

“喂。”他催促我，“你再不合上嘴虫子都要飞进去了。”

“你怎么在这里？你不是应该去工作吗？”

“今晚请了假。”

“那你又是怎么到这儿来的？你怎么知道地址的？”

“你床上放着邀请函。好了，卡洛塔，你问了太多问题了。你不想看到我吗？难道你想继续享受那家伙的按摩？”

“不！”我尖叫着抓住他外套的衣角，“我只是太吃惊了……会有人可以逃脱我家人的魔掌直接进到里面，就是吃惊这个。”

“你伴娘当得还不错吧？”他抱紧我问道，力道不是很大，却足够让我感受到他坚实又温暖的身体。

“好极了，特别了不起！不过……嗯……你到底为什么要来？”

“为了陪你。家人有时候也会无情，有时候需要牵制着点儿他们。一会儿我会和他们说：我爱你爱到走火入魔，我们很快就会结婚，婚礼和这差不多，我会让你一年之内怀孕。我还得和你那帮姨妈跳些庆祝舞，对不对？”

“……对极了。”我只能艰难地挤出几个字，有点儿迷茫，又有点儿兴奋。

我们继续跳着舞，直到我母亲的尖叫打破这美好。

“卢卡！”她大声叫道，这世界上只有爱斯基摩人的两三个部族没听到她的声音。她突然又开始为自己的长女扬扬得意起来，接下来她有可能再一次转遍全场，让我体验一下和埃丽卡一样的疯狂介绍。我没法责怪她，在这里，卢卡是一张新鲜又可口的面孔。她迫不及待到已经开始颤抖，想把他介绍给所有人，告诉他们——卡洛塔最后终于做了件对的事。

卢卡十分优雅得体。我不知道他从哪里搞来的燕尾服，完全合身，尤其突出了他坚实的肩膀、男人味十足却又精致的脸部轮廓、钢琴家一般的手——不过我觉得他可能只认识七个音符中的三个。姨妈们围了过来，就像一群老羊围着唯一的一块嫩草地。他微笑着，以敬语称呼所有人，装作对她们的一切都很钦佩的样子，最重要的是，让她们尽情地说着话，耐心地忍受着她们的愚笨。而我似乎更爱他了，因为我知道，他的这些谎言都是因为爱。

与此同时，很是幸运，卡泰洛终于不见了，或许是回到冰袋里去了，或许去骚扰其他伴娘了。我暗暗祈祷不要再遇见他。

拿香槟和三明治的时候，我看见了爸爸，于是开始招呼他，不过这次并不是因为身处险境。他身边站着那位我在他家偶然碰见的俄罗斯娃娃女士。他向我介绍了她，她的名字是科雷塔。她既害羞又小心翼翼，抿着嘴微笑着。

“你母亲的声音真够大的。”母亲在几米远的地方像猫头鹰一样尖叫着的时候，爸爸突然对我说道，“她很激动，以前她总是满怀自豪地和我叙述你妹妹的事情，可是一分钟之前，她向我指着那个邀请你跳舞的帅小伙子的时候，差点儿把我的手腕捏碎。”

“母亲总是这样激动，你也知道，她就算在葬礼上也会激动。还记得普里西卡姨妈死的时候吗？”

“是……我不得不猛地扇她一下，因为她居然在葬礼上笑出来。”

“干得好，爸爸。”

“我也这么觉得，小鬈发。”

我们聊着许多东西，科雷塔也言辞恰当地插着话。她不仅倾听，而且知道如何倾听。多奇怪啊，我们明明只是第二次见面，却感觉已经相识很久了，她让我感到既安心又舒服。

在我们身边，人们跳着舞，丽萨表妹和她的男朋友在一起，我包着头巾的姨妈对他的称呼也是“泰霉勒”。

这时爸爸邀请我去跳舞。爸爸比我还要矮，跳起舞来像个孩子一样。他问起我的生活，问我现在有没有男朋友。从他的言辞里看，他不是在关心我的生活，而是一种对我整个人生完整的期望。他和我讲了科雷塔，说她是位寡妇，和他同岁，也爱好园艺。她厨艺很棒，是个传统、单纯、有爱心的女人。他满怀深情地向我讲述着她，眼睛里闪闪发光。

一曲结束之后，他回到她身旁，和她手牵着手离开，像一对小青年。我看着他们，微笑不自觉地爬上嘴角，但立刻又消失了，因为被一种极其可怕的预感抹杀殆尽：我发现我找不到卢卡了。我寻找着他——舞池中翩翩起舞的人们、来来去去偷着蛋糕的饿鬼、醉鬼、打着哈欠的百无聊赖的人……最后我终于看到了他。母亲正向他介绍着埃丽卡，但母亲立刻走开去拯救那只冰天鹅，天鹅旁边围着一群不停地玩弄着、啃咬着的孩子，留下卢卡和埃丽卡单独相处。该死！埃丽卡笔直地站在那里，看起来紧张万分。而她身边的人正品尝着每一道看到的菜肴，就像个刚刚决定停止绝食的人。埃丽卡一定想要代替那些菜肴，让卢卡细细品尝。我想跑过去，瞪着熊熊燃烧的眼睛，站到他们身旁。可我只是站在原地，站在阿芙罗狄特的喷泉旁边。我已经知道了结局，这情节真是再老套不过了。

我沉思着如何才能不被母亲、姨妈和伯母们同情。很久之后才发现，那位新郎站在了我身边。他解开了长发，脱掉了外套。

“我心爱的妻子已经允许我和你跳上一支探戈了。”

我目瞪口呆地看着他。

“什么？跳探戈？我可能不行，不然你去问问别的女人……”

这位名为巴勃罗的新郎无视了我的拒绝，拉着我进了舞池。客人们散开围成一个圈，在旁边观赏着，似乎随时准备为我们欢呼，或者更可能的是，随时准备着群起而攻。巴勃罗紧紧贴着我，和我脸对着脸，露出一种探戈式的狂热而又充满欲望的表情。烦躁的音乐围绕着我们。巴勃罗咬着嘴唇，将我甩开，带回，贴近我，使我下腰。我心烦意乱，因为此时我就像个橡胶洋娃娃一样，在这里撞一下，又在那里撞一下。

最后人们鼓了掌，贝阿特丽切看起来尤其高兴；而我只想爬行着离开这里。我的确那样做了，靠着我仅存的一点儿力气，在人们起哄再来一次之前离开。喝下去的香槟在我的肚子里面摇晃，试图冲出喉咙。就算我吐了也不会有人发现：我的衣服简直是一层完美的保护色。我扶着额头偷偷往外走，这时卢卡突然从凉亭后面冒出来。

“你总是处于人们视线的焦点中啊，是吧？”他感叹着，带有明显的讽刺意味。

“你也装得很是像模像样。”我反击道，“你可算认识我妹妹了。”

“你那位妹妹真的很不错，不是吗？”

我没回答，我实在是讨厌这个玩笑。母亲的出现打破了我们之间短暂的沉默。她突然把手搭上了我们的肩膀，宛如一只潜伏的母狮子。

“今晚你们依然还是睡在我家，对吧？”她问道。

“其实我们不……”我暗示道。

“当然是啦！”卢卡带着灿烂的笑容打断了我。他向我眨眨眼，轻轻地推了我一下，我惊异地看着他，瞪着死鱼眼，露出傻子一样的表情。

“你看见你爸爸那个新女友了吗？”母亲带着恶毒的语调向我问道，“贝阿特丽切坚持要请他来，他却拖着个干瘪的老女人出席。那女人看上去真是无趣！总是一言不发，闷闷不乐的！从来不笑，我可受不了那些总绷着脸的人！我说得对吗，卢卡？”

“微笑会让一位美丽女士的脸庞熠熠生辉。”他附和着，笑得像刚吃下一块过期的巧克力一样。清秀的脸庞，丰满的嘴唇施施然地弯出一个无耻的笑。我有点儿忍不住想要踢他一脚。

我们吃着蛋糕，埃丽卡表现得就像刚刚想起来还有个姐姐一样：她在我旁边絮絮叨叨——或者说，在卢卡旁边嗡嗡作响，却假装是在缠着我。她娇滴滴、软绵绵的，一点一点地蹭过来，不放过每个可以走到附近的时机。她颤抖着身子，像到了发情期一样。卢卡开着玩笑，牵着我的手，却斜睨着她，而这一点已足够让她感到胜利了。我讨厌他们，讨厌这种把戏，讨厌所有的姨妈，感觉她们正随时准备着给我加冕一顶绿帽子。

我突然感到很疲倦、厌烦和沮丧，我该离开了。我穿上大衣，拿上包，将这场宴席丢在身后。天色已晚，很寒冷，雪花突然遮挡了我的视线：也许它们是在半空中看到了我才慢慢地降下来。

母亲的家——我小时候的家离这里并不远。走在狭窄的路上，雪花在我四周飞舞，最终被我凌乱的鬈发吞噬不见。我有点儿悲伤，生活中有些事物的发展是无法避免的，就像一场不能被中断的化学反应，就比如说卢卡最终会和埃丽卡上床。或许我应该感到满心安慰，至少他不是在想那个蜜一样甜的陌生女人。或许我该感到怒气冲天，因为不管怎样，他最后的选择都不会是我——最糟糕的结果就是我妹妹。

我可以哭出来的，现在，现在不会冒出来某位满脸同情的姨妈，现在我的睫毛膏可以随时花掉。特雷莎为我开了门，她是母亲的一位远房表亲，为母亲整理房子以换取食宿，这是那些又穷又丑的亲戚经常会得到的待遇。她拥抱了我，很惊讶我这么早就来了。她告诉我今晚一些其他的远房表亲也会在这里过夜，她们的房间都已经准备好了。

房间完全变了样，改动了许多东西。比如说，我的房间没有了。原来的位置改成了客房，巨大壁炉里面的火光照亮了床和天花板。母亲以前就想在所有的房间里装上壁炉，这看起来倒是挺酷的，很有阿斯彭[①]小屋子的感觉。

我看着窗外飞舞的雪花，它们似乎都由风吹动着翩翩起舞，可

① 位于美国中西部的科罗拉多州，为富人聚居区和度假胜地。——译者注

能明天就会融化殆尽，但今晚对于它们来说似乎就是永恒。

外面突然响起了嘈杂的声音，那些老练的女战士回来了。我听到了母亲问起我的声音，于是我偷偷地来到走廊，向下面窥视着，不想被人发现，像个在富人家做间谍的小女孩。当看到卢卡时我吓了一跳。埃丽卡也在，她突然想在她亲爱的妈妈家过夜了。我十分清楚她们两个叽叽喳喳的天分，估计今天晚上没人能睡得着了。谁知道呢，说不定我会马上叫辆出租车送我回家。电话在母亲的房间里，我立刻走向门口，但客人们开始上楼了。我急忙钻进母亲的房间，吓得一动不动。卢卡破门而入的时候我直愣愣地盯着他，仿佛看着个陌生人。

“你见鬼了吗？”他笑着问我，而后笑容渐渐消退，转变成一种柔情的打量。他变了声调，说道：“卡洛塔，你脸色怎么这么苍白……你不舒服吗？”

“没有，我很好。你要干吗？”

“我要干吗？”他摇摇头，坐到床上，试了试床垫的软硬和弹簧的弹性，“我们是男女朋友，不是吗？脱吧，我的宝贝！”他用特别严肃的语调对我说道。随即他对我微笑，玩笑般地啄了一下我的嘴唇，而后仰躺在床上，双手放在腹部，轻轻地傻笑起来。

“别说那些废话！”我低声地说道，“很多人都知道了你喜欢我妹妹的事情，咱们已经装不下去了。”

他起身将外套脱下，扔在我身上，脸上傻乎乎的笑意还未散去，靠近我低语道：“你妹妹是个尤物，但面对她，我的心脏没有任何悸动的感觉。今晚我还是更愿意愚弄你的那些亲戚。”

他抓住我，将我扔在床上，玩笑式地，伴着咯咯的傻笑。我却开始紧张，火焰开始侵入我的身体。卢卡横跨着骑在我身上，开始在床垫上跳跃。弹簧发出微弱的呻吟，床板也开始吱吱作响。我仰视着他，就像一个占卜者在仰望着她的神，而他们之间正进行着一场神圣的会面。

突然我感到脖子后面一阵刺痛，于是扭过腰去摸索是什么东西扎到了我。是杀手芭比，她从包里逃了出来，和我们一起滚到了床上。卢卡停下来，饶有趣味地坏笑着凝视她。

“你还是这么疯！”他大笑着感叹道，“其他女人包里装的都是粉饼、口红、避孕套和薄荷糖，你却带着一个变态芭比娃娃！”

“还能怎么办，她是最适合为我保驾护航的同伴了！”

“不过她倒是很应景……你的家庭确实挺独特的。不过，既然现在你的保护神是我，”他拿过那个芭比娃娃放到了地上，“还有，既然他们都会在走廊里偷听，我们该怎样才能让他们满意呢？”

“他们会下注，有一方的投注会非常多，投的就是我们两个会……”

“我们要让他们输，而只有我们两个猜中真正的结果。”他推倒我，脸上挂着强盗般的笑容补充道，“假装的，自然。”

“自然，自然。”我丢了魂般地应和道。

他笑了，他的笑声传到间谍的耳朵里都会被听成低吼声。他向我眨了下左眼，开始在我身体上挠痒痒。不知道他挠哪里我受不了，于是我开始喊叫，混合着笑声和试图把他推开的叫声。他在床上开了战，我们开始疯狂地为对方搔痒，直到滚到一起，互相乱摸，毫无情欲地乱摸。我们用枕头互相打斗，床都在剧烈颤动。我决定开始认真玩游戏，试着发出呻吟，感觉自己就像成人电影中最激烈的片段里的那个配音演员。我们制造着地狱般的噪音，肚子和床垫一起颤抖。模仿性行为让我陷入各种尴尬、艰难和惊恐，因为这是我，是习惯于长久地陷入孤独中的我，而这些模仿实在太过真实。然而我真的很幸福。我为这场戏剧而幸福，为这场游戏而幸福，为这样的痛并快乐着而幸福。

最后，卢卡躺在我身边。

“你太棒了，卡洛塔。”他声音依旧高亢地说道，“比在飞机上洗手间的那次真空体验还要好。”

他很英俊，一身凌乱。他伸出手，用拇指抚摸着我的手腕。我无法再承受这么多了，爱意将我淹没，将我割碎，我已无法再继续表演。我装作被惹恼的样子，把他的手拿开，转身离开。

“卡洛塔。”他叫着我，拉着我的一缕鬈发，轻吹着气，“有什么不对吗？”

我转过头，撇撇嘴，露出吉安布拉斯卡[①]一样的表情。他像往常一样微笑着，用手按了一下我的鼻子，然而眼睛里却装着疑虑与茫然。他盯着我的表情就像在想着一些让他皱起眉头的事情。希望他不会明白，我的不适来自一种期待和愿景，否则一旦明白，他就会立刻厌烦我、远离我。因为那碰触到了他曾经警告过我的那种危险界限。我们只是朋友，根本不可能有性欲，除非是为了让母亲的房子地动山摇。然而这也不过是假装的罢了。

他闭上眼睛，右手又重新紧紧地环住我的手腕。火光在壁炉中闪烁着，窃窃私语，火花四溅，照耀着整个原本黑暗的房间。雪还在下，雪花飞舞，跳动，从玻璃窗外面偷窥着我们。我躺在这里，

---

① 意大利童话中的一个淘气的男主角。——译者注

从一场虚拟的性爱中回过神，卢卡在我身边平稳地呼吸着。

他很快就进入梦乡了，因此我可以肆无忌惮地看着他。如果随身带了画册和铅笔就好了，这样他真正的美就永远都不会腐朽老去，他被锁在这些宽泛线条中的、在睫毛下的、在嘴唇下的灵魂。我的男人，如果你能看看我的眼神就好了。在你看来是玩笑的东西，在我看来则是我的人生。

8

托尼已经打了不知道多少个电话了。我听着他的语音留言，思考着是否能再忍受一场他舌头的扫荡。

“那个小油漆工到底想干吗？”我听着最新的语音留言时卢卡突然问道。他的目光中流露一种绝对的鄙视。我很是纳闷：最近他的脾气似乎越来越差了。他经常紧张，总是忧郁，每次我和托尼通电话的时候都毫不吝啬地甩来刀子般的眼神。

“他不是油漆工，是艺术家。他即将在一个画廊里展览他的画作，而他还缺最后一部作品。他想为我画幅肖像，让我的面容流芳百世。”

卢克发出嘲讽的笑声。

“你笑什么？”

“没什么，只是笑你是个蠢蛋。最近你总是讲着这些事——那个画家，那个和你一起工作的德国金发男人。你去和他们交往啊。”

“也许真的会呢。不劳您操心。”我怒气冲天地回应他。

于是我决定了，打电话给托尼，毕竟那次不幸的呕吐事件已经过去一个月了。我们约好在剧场附近的一个酒吧喝点儿咖啡。

我迟到了，浑身是汗，气喘吁吁。我刚刚和一个复古玩具卖家进行了一场史诗般的战斗，他简直是漫天要价。那是个1965年产的宇航员芭比，她有着拉法艾拉·卡拉[①]般的发型，酷毙了的连体衣，手臂下面还夹着头盔。

托尼已经在那里等我了，面前摆上了两杯浓缩咖啡后，我们开始聊天。他和我讲述着他即将举办的画展，也询问了关于我工作方面的事情。

“现在我在找这些东西。”我边说边向他展示着那个优雅、美丽的天国旅者芭比，带着某种近乎于慈母般的自豪感。

“我想小女孩一定会非常喜欢她们。”他带着有点儿无礼的目光看着那个芭比，应道，“但如果我是一位父亲，我不会给我女儿买这些东西。”

“哦……为什么？”

“芭比娃娃展现了一种错误的女人形象，这对女人是一种侮辱。她们高挑、美丽，就像一位女神。但真正的女人不是这样的，真正的女人应该像你一样。”

“你指的是那些又丑又矮的，长得像油炸肉饼一样的女人？”我喝下最后一口咖啡，问道，表情和那些被粗暴地拽了尾巴的母猞猁没什么两样。

他大概也意识到自己失言了，于是摇着头，举抬起双手做投降状。

“我不是这个意思。我觉得你美极了，你是知道的。”

我倒也应该为那次呕吐事件卖他个人情，于是接受了他补救的借口。然而我意识到，我所介意的并不是他言辞里隐藏的对我的侮辱，而是他对芭比娃娃的明确态度。

---

① 意大利演员。——译者注

“在我看来，这些芭比娃娃和童话故事里的公主没什么区别。我们祖祖辈辈都读着那些童话，她们是王国中最美丽的女人，不是吗？”

“是，或许你说得有道理。但是我欣赏不来这些被赋予情感的塑料模型。比如说，我的肖像画所描绘的是内在美，而我也喜欢描绘你的美丽。当然，不仅仅是内在美，你直到发梢都是那么地美丽迷人。”

可以说他赢了：头发一直都是我的弱点。如果有人赞美了卡洛塔疯女人般的发型，她就会像被从冰箱里拿出来的冰柱一样，在阳光下慢慢融化。赐予他那非凡的权利对我来说又有什么坏处呢？就让他描绘我那毫无漂亮可言的脸庞好了。就这样，我同意当他画作的模特，毕竟我又不用非得被谁批准！

数天后的一个晚上，我准备出门去托尼的工作室。卢卡叼着雪茄从我身边走过，朝我的方向吹了口烟，我不禁咳嗽起来。他的眼睛碧绿碧绿的，像钻石一样发着冷冷的光。

“你去哪儿？”他突然问道。

“啊？”

“小心被人骗了。”

“那是我的事！你管得未免太宽了。”

“你完全不了解那家伙。”

“我不需要你的那些建议！”

我抑制着想踢他屁股的强烈愿望，打开家门，头都不回一下。

托尼的工作室位于泰斯塔西奥[①]。我按响门铃，托尼请我进门。

---

① 罗马的第二十区。——译者注

他身着褪色牛仔裤，开衫毛衣，上面沾了很多颜料，以至于看起来简直就像一幅画。他没戴眼镜，头发乱蓬蓬的——他看起来终于像一个画家了。

我环顾四周，对所看到的场景很是满意。这是一栋老旧大楼里的阁楼，让人一眼就能看见四周的砖瓦墙，窗户上没有窗帘，几十张画布随意地堆放着，上面盖着几张染成红色的床单，颜色鲜红得像渗着血一般。还有，啊呀呀，房间的正中央摆放着一张巨大的床。

我不应该抱有偏见或是恶毒的心思，他所表现的状态完全只有热情好客而已。在工作室的中央放一张床也是他的事情。不过，仔细想想，在他为我作画的时候，这张床是我唯一可以坐着的地方，我不该想那么多色情的事情。

他叫住我，不让我再偷看他的画，要求我将我美丽的正脸面对着他，他准备打几个草图。

打草图的时间持续了近两个小时，他同意我可以动一动的时候，外面已经一片漆黑。我感觉脖子就像没有润滑油的活塞一样被死死卡住。他甚至没有要求我脱衣服，只是不断地扫视着我的脸，偶尔温柔地轻轻触碰我让我调整姿势，赞美的话一直向我扑面而来。

“啊……”他突然意识到了什么似的，“我太无礼了，你一定身子僵了，是不是？”

“为艺术总要做出些牺牲的嘛。至少你没有用砖块砸我的鼻子……”

“快到我这儿来，我无法原谅自己……”他就像只小绵羊一样，靠近我，跪在床上按住我的肩膀，开始为我按摩脖子。

按摩让我很是放松，在这方面他也很有技巧。他技术精湛地移动着手，手上沾了些颜料，在我的肩膀、颈部、头上按摩着，他说着，说着……说了很多很多话。

不得不承认，托尼的确有很多优点，但一刻都安静不下来的特点可不算好。

在用指尖让我筋骨舒通之后，他问我饿不饿。我希望他指的是食物，而不是某种神秘的色情烹饪招式，不然这时候我脱口而出的“是”就太草率了。幸好他所指的饿就只是单纯的饿而已。他用电话订了餐，半小时后，一个脸色苍白的小男孩来到了屋子里，带来了我们的订餐及几个塑料饭盒和几双筷子。

我们坐在床上吃着晚饭，托尼边讲话边熟练地用东方人拿筷子的方法为我夹菜。一坨湿漉漉的面条像蛇一样滑进他的嘴里，他几乎带着快感般地吞着蒸饺。他问我要不要饼干的时候，我吓得身子微微震了一下。没什么可说的了，我堕落了！我不正当的条件反射让我的思绪歪曲到一种暗示上了——我以为饼干暗指的是婚宴上用到的那种“喜饼”。他帮我把饼干弄碎，读了条手机里的消息，告诉我会下雨，小心不要淋湿了。其实我看到了，那条消息只是告诉他及时吃饭罢了。但我仍然宁愿相信，雨就是雨，饿就是饿。从某种角度来看，我这个没完没了的女疯子自从踏进这里，就一直在解读每件事情背后的含义。

我们用完晚餐，扔掉饭盒，收拾好床。他坐在我身边，仍然乐此不疲、废话连篇地折磨着我。他和我讲述着他的展览，告诉我最好的主位上将会摆着我的肖像画。

而后，第一次预警信号出现了：突然的沉默。

这安静仿佛预示着有什么事情要发生了一样。我没搞错。他面带微笑，再一次赞美了我的美貌——他说了那么多次，让我觉得自己都快变成维纳斯的化身了——他把一只手放在我的脸上，吻了我。这勇敢的男人，毫无畏惧的大胆画家，再次潜入那曾经毫不留情地拒绝过他的领域。他的舌头又开始扫荡我的上颚，舌头上带着蒸饺和意大利面的味道，一直忙碌、口水十足地在我嘴里翻滚，不自觉地引起了我呕吐的欲望。但这次我忍住了，我强制性地把那种冲动压在了喉咙深处。

为了消除这种轻微的恶心感，我开始想其他东西：诱人的水果冰淇淋、热巧克力、太妃糖，尤其是卢卡。

这不仅让我消除了紧张感，甚至能帮我装出一种相当享受的激情，来回应他那强烈的冲刺。那犹如抢劫一般的进攻让我旋转着自己的舌头，就像这宇宙里所有的欢愉都集中在了这潮湿的交流中。突然我觉得自己不能这样下去了。

我感觉到一种迫切的想要离开的冲动，感觉自己又肮脏又孤独。那些吞下去的口水就像烧碱一样烧透了我。我开始剧烈地挣扎，但他假装没懂，或是把我的这种不情愿理解成了一个挑衅的玩笑。然而，在我的挣扎下，他看了看我的脸，发现了一些更加明显的东西。那是，怎么说呢，一种愤怒和厌恶的结合体?

“你不喜欢吗？”他说道，声音嘶哑。我只是说：“托尼，这太早了，我还不是很了解你……”

我乘坐公交车很快到了家，小跑着爬上楼梯。很高兴能回到家，很高兴不用再和托尼待在一起。

但老天爷对我不是那么宽容。进到屋里的时候，尽管这时间很不寻常，那传入我耳朵里的呻吟倒是让我感觉很是平常。已经过了半夜十二点，而一个女人依然待在卢卡的房间里。门半掩着，因此那声音传到我耳朵里的时候甚至是放大的，震耳欲聋的：每一个元音、音节、词语。我认识那个声音！

我突然感到寒冷，仿佛窗户里刮进来乱舞的雪花。我知道这样不好，但是我忍不住；我知道我应该回到自己的房间里假装什么也没发生，即使心里藏有怀疑，但是我忍不住。我靠近那扇门，从那缝隙里漏出一抹灯光。床头柜上的台灯散发着模糊的光，埃丽卡在卢卡的房间……

我走开了，或者说跑开了。

外面下着雨，很肮脏的雨，就像烂泥一样。马路上只有几个行人，我狂奔着，不知道要去哪里，我迷失在低沉的雨幕中，在吞没我的漩涡中拼命挣扎。我在外面走了很长时间，甚至没有感觉到时间流逝的痕迹。我觉得自己似乎受了伤，不，我似乎要死了。每走一步，我都感觉自己老了一个世纪。

我所能想起的，我疯狂跳动的心中的喧嚣世界里的，只有一个词："为何？"

你为何这样做，埃丽卡？

你为何这样做，卢卡？

我们的血缘关系真的毫无意义吗？就算现在我们这样了，我还是永远都无法忘记那两个一起玩耍的小女孩，她们一起幻想了很多不同的未来：公主、女宇航员、芭蕾舞演员、蓝头发的仙女。就算发生了什么事——可到底发生了什么呢？——而后我们被留在了一条总是涨满水的河流的两岸，在对面互相斜眼瞪着难道还不够吗？

可为什么要弄到对方淹死才罢休呢？还有卢卡……我坚信他是非

常喜欢我的，我坚信他是我的朋友，然而事实是，他心里根本没有我。

我甚至能想象到母亲的胜利表情、姨妈们虚伪的同情。我边跑边想着，看起来就像一个精神病患者在风雨交加的夜晚追着鬼魂。

“去死吧，去死吧，去死吧。”

但我还没死，我只跑了几公里而已。

终于有力气回家的时候，距离黎明只有两个小时了。我筋疲力尽、浑身湿透地跨过门槛。卢卡就站在那里，在厨房里，一手拿着支味道很浓的烟，一手端着杯咖啡。他一脸茫然，像是一夜没睡。我只希望埃丽卡已经识趣地离开。我进了门，没有看他，也没打招呼就进了我的房间。我坐在床上，身上的雨水和汗滴在被子上。卢卡突然闯进来的时候，我还没来得及把靴子拉链拉下来。

“请问你做什么去啦？”他问着，试图激怒我，他很清楚什么可以激起我的怒火。

“没什么，希望你快点儿离开这个房间。”我慢慢地说道。在外面的那阵狂奔中，我已发泄了所有的怒火，现在所剩下的只有失望与痛苦。

“然而我不会出去！该死的，卡洛塔，你就像个疯子！进我的房间？干什么啊，监视我？你现在是不是在想着那些应付我的废话？别跟我玩那种游戏，别。你知道我最讨厌受控制。”

“我完全没有任何控制你的意图！”我被他的话激怒了，“我和你说过什么吗？我每晚都在你兽王般的吼叫声中昏迷过去，总是有不同的陌生女人在我的马桶里撒尿，在我的冰箱里翻找东西，还顺走我的东西，而我却什么都没和你说！不过，拜托了，请你解释解释，世界上有那么多女人，你为什么非得和我妹妹在一起？”

“不得不告诉你，是她来到这里找我的！”

"小可怜！别告诉我她勾引了你！"

我既愤怒又冷漠，简直就是个词语和情感的粉碎机。而他也不甘示弱，像一阵飓风一样在房间里转来转去，依然没穿上衣，凶猛地抽着烟，就像那雪茄是他正要肢解的猎物似的。

"那你呢？你以为你好到哪儿去了吗？一句狗屎般的恭维就能让你屈服，随着一个人浪迹天涯。你根本就不了解那个人，他吻你的时候你甚至还呕吐出来！"

他看我的眼神，他刺痛我内心的词语，他的冷酷无情令我狼狈不堪，但我不会让他赢的。

"这根本不是一回事：我所谈论的是我的妹妹！我可没和你说不让你玩女人，只是别扯到埃丽卡！根据你无懈可击的理论，你不会和认识的人上床以避免麻烦，而你现在却和我妹妹在一起，而且表现得就像这算不得什么事一样？你没看到这背后隐藏着的复杂关系吗？我所有的家人都以为我们在一起了！你忘得一干二净了吗？而现在所有人都会想，我的男朋友需要自己去找点儿乐子，因为他和我在一起不开心。因为我是可怜的卡洛塔，是输家，是个留不住一个男人，将要无后而终的女人，因为只有一个低能的尼安德特人[①]为了生育而和她交配；是个只能勉强钓到个戴着头饰的卡泰洛和流着口水的托尼·博尼的女人！我所说的这些话你听懂了吗？"

他注视着我，目光凝重，一动不动，眉间揪起一个结。他咬住下唇，向我甩过来一个令我恼怒万分的问题。

"你和托尼在一起了吗？"

"好，卢卡，我真的觉得你说得很有道理。装成圣母根本没用，

---

① 人类进化史中间阶段的代表性的居群的通称。——译者注

因为事实就是，我喜欢性爱，而且非常喜欢。如果我想，我就应该和男人上床。这不是你很久以前就提出来的建议吗？你都重复几百万遍说我应该和男人一起出去了，不是吗？我想现在正是行动的大好时机。”

“所以答案为‘是’？”

“什么？”

“你还没回答，答案为‘是’吗？”

“你是嫉妒了吗？”我取笑着他。

“卡洛塔！”他张开双臂，看起来对于我的取笑很是气愤，还有一点点厌恶，“这就是你所想的吗？把你这浑蛋想法从脑子里甩出去，因为这不可能成真的。嫉妒？我？为你？如果我现在不是如此生气，我简直要笑出来了……你出门之前我甚至还给了你一个避孕套呢，记得吗？真是抱歉，我为你担心了，从今以后我只会在意我自己的事情，而你，也不要来干涉我。”

他走出房间，带走了一身烟味和一身火气。气氛沉闷得让我喘不过气，就好像房顶突然压下来一座山。他的房门砰的一声关上后，我瘫倒在床上。如果他决定搬走，我丝毫都不会惊讶，甚至我可能会主动要求他那样做。

然而，现在，我只能把头靠在枕头上，努力地逼迫自己入睡。即使全身都裹在衣服里，我还是感到很冷，只能紧紧地把自己埋在被子下。就这样，我沉没下去，开始哭泣。这里没有任何人，连我自己也不能——不能窥探到我。我灵魂中的一部分，或许是最好的那部分，就这样与眼泪一起流失了。

9

“软软的小猫，暖暖的小猫，你这小毛球。快乐的小猫，瞌睡的小猫，喵喵喵……”

唱这首歌给我的不是谢尔顿·库珀，也不是他的妈妈，而是艾玛。我不知道她是怎么学会的，但是她那轻松而又安定的语气，就像咒语一样，可以治愈我那些看不见的伤口。

在那可怕的夜晚过后的早晨，我走出家门，打车来到了拉拉的家。

我需要这个纯真的小女孩艾玛来轻抚着我，为我唱歌，即使她不知道我为什么难过。我需要被这一团棉絮般的平静包围。

自然，这样的平静只是我的一厢情愿罢了。事实上，艾玛刚去幼儿园，拉拉和被紧急通知来的焦万娜就开始研究战争策略。她们围在我蜷缩着的沙发旁，编织着复仇的计划。

“卢卡的确不可饶恕，但你妹妹埃丽卡是个坏女人！”焦万娜咆哮着。她本来就很高大，蹬着一双不知道多高反正很高的鞋，站起来几乎快顶到天花板了，看起来十分令人畏惧。

“你妹妹完完全全是个恶毒的女人，而卢卡是这世界上唯一用他那猪脑袋思考事情的大蠢猪。”拉拉咆哮着。她长得不高，但是她拖着她那八十公斤的身子踏着步子，再加上她那积攒着的对这个星球上所有男人的怒气，看起来简直像个巨人。

“但是那蠢女人到底是怎么回事？”焦万娜问我，“我是说，互相不喜欢也是有可能的，互有血缘关系并不意味着一定会爱对方爱到不管不顾。但这样的行为也太夸张了。你确定你什么事也没对她做过？”

“她可能是被那男人强迫的。”拉拉推测道，“他们就算长得跟用离心分离法分离过的侏儒一样的时候，也全都是大浑蛋，就像我那前夫一样。但如果还拥有一副体面的外表，他们就会觉得，自己可以和任何女人交往。”

“我不觉得她是被强迫的，而且卢卡也不是什么强奸犯……我真的不知道，朋友。我常常自问，我到底对她做了什么，但我从来都没找到答案。小时候我们总是黏在一起，而后她长大了，变得美丽动人，所以母亲就开始教她一些东西。那些东西母亲本想传授给我，然而我缺乏支撑实践的基本条件。那东西就是：外表与身体是至关重要的，它们可以被你随意利用来获取任何你想要的东西。她就像给我妹妹洗了脑一样。看着摆在她面前的所有辉煌前景，再看看我：卡洛塔，滑稽的、怪异的、对猫说着话的女孩，指甲上染着肮脏的彩色粉笔的颜色，也就一米那么高。这样的一个人，处在这种对比下，不可避免地失去了成为她的领头者的资格。再后来，她上了一所私立大学，在那里开始整天和一些讨人厌的女孩在一起，那些女孩甚至连包扎伤口的胶布都一定要用名牌的，就这样，她离我越来越远。”

“我知道你母亲在想什么。她有严重的性别歧视。对她来说，女人只有当上世界第八大奇迹才有资格存在世界上。谁知道她脑袋里装的什么东西。当然了，她大学的那些同学也都挺浑蛋的。所以，将来我的女儿去上学，我一定要用我全部财产让她去最好的学校。还有，说到卢卡，你必须立刻让他离开。”拉拉坚持道，绝不对她心中给男人所判处的死刑打一丝折扣，“你不能再假装视而不见了。你都快要疯了。就算你没有爱着他，他每天晚上都把你家当成流动妓院这事儿也是挺不雅的。让我看看你们的租房合约，我两秒钟内就能把他赶走，让你好好踢一顿他的屁股。”

焦万娜立刻赞成了拉拉的提议。

“我不久前就和你说过了，这没有意义，卡洛塔。你还指望着他和一个又一个女人交往的时候会爱上你吗？这种情节只出现在电影里，现实生活中他这种浪荡的生活会一直持续到五十岁，而在那之后他则会为他做过的事付出代价。”

“卢卡不是这样的。”我坚决地对她说道。

“不是这样是哪样？”拉拉的表情简直就像一头母狮子一样，而在她对面的那头公牛刚刚不小心用角顶了下她的幼崽。

“他不……坏。”我坚持道，尽管我知道这种描述并不光彩。

他怎么可能真的与众不同呢？我来到这里的时候，睫毛膏化掉一直流到了脸颊上，头发像荆棘一般根根竖立，嘴里还说着求助的话。我不能再装了，我最好的两个朋友，请了一天的假只是为了陪着我，向一个内心如废墟的人展露了无限的包容。如今我身边的每一寸空气中都飘满了挥之不去的云彩，每一朵上面都写着“我就告诉过你吧”。

然而，我还是没办法真的去想卢卡的坏处。不能深思，不能以旁人的角度看他，不能讨厌他，而且我内心有一点总相信，他是个比他向外界展露的样子更好的人。

“求你们了。”我低声说着，眼睛里又聚起了泪水，“能不能不要再说任何建议，就让我在这里待一会儿？我知道，你们说的都是为了我好，但是你们可不可以像艾玛那样，就一小会儿？我向你们发誓，我一定会认真思考的，会想想怎么处理卢卡的事情，但我现在只想睡一会儿，哭一会儿，再睡一会儿，好不好？”

焦万娜低声道：“我的小可怜，你被折腾得一塌糊涂。”她坐在我身边，抚摸着我的头发。

拉拉起身去了厨房，给我沏了杯难喝到人人皆知的茶，这茶闻起来像卫生纸的味道，不过对身体很有好处。我慢慢地啜饮着，不是很喜欢这味道，但她是带着爱意为我做的，而这爱意对我来说已经足够。

顷刻，我闭上了眼睛，那首曾被艾玛哼着的小歌响起来了，我陷入这不断重复着的音符的怀抱。

最开始只有拉拉重复地唱着，但不久之后焦万娜也加入了。在这几分钟的循环之中，我的两个朋友一起合唱着，连颤音都很是温柔：“软软的小猫，暖暖的小猫，你这小毛球。快乐的小猫，瞌睡的小猫，喵喵喵……”

我睡着了。

我知道，我得做些什么。做些事情将卢卡从我心里拔出去。请他从我身边离开。但是我做不到，我还没有足够的勇气、足够的手段和足够的愚蠢。我宁愿选择现在的这种冷战方式，以避免不必要的流血事件。

自从那天晚上起，我们就没说过话，连见面也很少，其实这样很好。我起床的时候，他在外面晨跑。我回到家的时候，他在外面游荡。偶尔碰一下面，就艰难地打打招呼，说些干巴巴的、不相干的话。我们就像两个距离遥远的星球，共享着同一个公寓，却在两条平行线上看着彼此越行越远，一起暗暗希望着不要再碰面。春天的来临应该赠予世间无限的爱，但对我们却赠予了一种陌生感。最让我气愤的是，我知道我是占理的那一方，但他似乎对这微不足道的细节十分漠视。我不知道他有没有再去见埃丽卡，也不想知道。

好吧，说实话，我想打电话给埃丽卡，但我实在过于心烦意乱，而她也很清楚这一点。我的心绪不宁会使她增加两倍的胜算，还是算了吧。但是只要我一想，我就可以想象出一些上在她身上的中世纪酷刑：在重压下把她的手指头都压得粉碎，脖子上紧紧地戴着木枷，用漏斗把牛的呕吐物灌进她的嘴里……想着这些从恐怖电影里看来的场景，连我自己都不由得害怕起来。

同时，我所担任的道具管理员的职务比弗兰策说过的还要复杂。我在网上做了些研究，证实了我的怀疑：罗基所罗列出来的大多数物件都非常难以找到，除非拥有与克罗伊斯[①]的财产同样多的预算。就比如说，去哪里弄到斯佳丽·奥哈拉[②]款芭比娃娃，她身上还披着塔拉庄园[③]客厅里的绿色天鹅绒窗帘；还有《幸福一家人》的纪念版芭比娃娃，她甚至还挺着个怀孕九个月的大肚子；还有能说话的芭比娃

① 里底亚最后一代国王，以财富甚多闻名。——译者注
② 小说《飘》和电影《乱世佳人》的女主角。——译者注
③ 小说《飘》里的经典地点。——译者注

娃，总是能说出至关重要的话来，比如说：“你在迷恋着某个人吗？”是的，宝贝，我的确迷恋着某个人，不过那是另一个故事了。

一天下午我走出了骑士剧院，准备去找些玩具店搜罗一番，这时焦万娜给我打来了电话。

“拜托了，能不能把大白熊送你那儿去，就待到今晚？我工作上有些事情，现在必须跑回去处理。但是如果这只小可怜再被锁在家里，它一定会嚎得和头狼一样，把我的沙发撕成碎片！”

我愉快地同意了。大白熊和我很像，我们都有点儿疯狂，毛发旺盛，无法忍受牵引绳，散步的时候喜欢横冲直撞。它是为了追其他狗和追踪无形的气味，而我是因为在某个橱窗里看到了一条橘色的牛仔裤，一顶鳄鱼脑袋形状的羊毛帽，或者是一些贴满亮片的匡威牌物件。我们两个都没法得到自己想要的——我想把这些全都买下来，而它想讨人嫌地和那只哈巴狗吵一架——不过这样闲逛一下，本身就已经足够填满我们的闲暇时光了。

带着我毛茸茸的护卫，我走进了一家老店。店里光线暗淡，不过有很多娃娃。这里没有五颜六色的橱窗，没有一尘不染的货架，也没有摆满一个个躺在盒子里向外窥视的塑料娃娃，反而更像是一家旧货商店，深色的木架子上列满了小盒子和二手玩具。这里的店主出售古董玩具和仿旧玩具，也可以修理玩具。我进去的时候，店里站着一个五六岁的小女孩和一位可能是她妈妈的女人。小女孩正把一个娃娃交给店主，表情凝重。

“照顾好她。”她对柜台里的店主说。

店主点点头，接过娃娃——那是个《美好年代》[①]纪念版的洋娃

① 西班牙20世纪90年代喜剧电影。——译者注

娃，娇小而丰满，大大的眼睛，穿着花衣裳和打着蝴蝶结的芭蕾舞鞋。娃娃的一只胳膊脱落了，脸上有一条明显的划伤。我几乎要忍不住问那小女孩发生了什么事，这就好像，我正坐在医生的候诊室，想要问我邻座的人，她的小女儿膝盖怎么会破了皮。

“三天后就可以过来把她带回家了。”店主说道。他身材比较矮小，有点儿肥胖，满头白发，却有着童话里善良的小精灵般的气质。

小女孩放心地离开了。她感觉自己很伟大，像个妈妈一样。她的小宝贝很快就会痊愈了。

不幸的是，刚一看到我所需要的物件清单，店主就忧郁地摇了摇头。

“很抱歉，这上面的东西我目前一个都没有。这些模型实在太过稀有，而且价格也有些昂贵。就比如说这上面的一号芭比娃娃，市面上至少要价七千欧元。这不是给孩子玩的玩具，而是只有成年人才能收藏的珍宝。”

“我知道。我也在网上找了，但不是没有而是昂贵无比。我已经不知道怎么办了。”

“这些东西你在任何商店里都找不到的，得去联系一些收藏家，直接与他们通话。”

“您认识什么人吗？”我眼巴巴地看着他，表情与刚刚留下那破烂娃娃的女孩一模一样。

“你很幸运。不久前我向一些收藏娃娃的爱好者出售了一些这样的模型。他们中有些人想要放弃他们的收藏品。他们向我兜售过，不过实在太贵了，而且万一没有人来向我购买那些东西呢？那可不是那么容易卖出去的，就算能卖出去也不知道要花多长时间。或许你可以联系他们，看看他们会不会给你个好价钱。”

“恐怕并不会，不过试试又没有坏处。”

他在一张纸上写下了一些名字和联系方式递给了我，我连忙向他表示感谢。

走到门口的时候，我转身问他：“能修好吗？我指的是那个小女孩的娃娃。”

“能修好。”他微笑着回答，那是个很像爸爸的笑容。我仿佛回到儿时，在跳房子游戏里单腿跳出一条准确的直线的时候，爸爸朝着我笑。

我走出店铺，带着大白熊去了公园。

泥土的味道很好闻，与沥青、烟雾的味道截然不同。大白熊闻到这种气味，跑得更加勇猛了。它的尾巴开心地疯狂摆动，刚一远远看到其他狗的身影就将我向那里拉过去。很长时间里，它一直在闻着各种拉布拉多、大丹犬和狐犬的屁股，而它们也回报给它一样的礼数。我不喜欢绑着它，它也一直用爪子跑着地想要奔跑。于是，我让它把爪子放在心脏部位，发誓好好表现，然后松开了它的牵引绳。

大白熊非常幸福，作为一只狗，能在翠绿的草地中追逐其他的狗，对它来说已是足够。天气炎热，天空就像一片倒过来的大海。我注视着大白熊，心里有点儿感动。我想像它一样，成为一个心思单纯、充满信任的生物，只需要跑一跑，在尾巴下嗅一嗅，就能感受到这宇宙的平静。我坐在草地上，看着它追逐着它生命中的欢乐。

“跑啊，毛茸茸的巨兽，跑！”

“喂，别跑那么远啊！”

它突然消失在我的视野里。草坪边缘处挡着一排树，大白熊追在一个迷人的混血女人后面消失不见了。

我早告诉过焦万娜，该给它做绝育手术，以防它追着雌性动物发情。她却觉得，一只狗追在某个雌性生物后面发情听起来也挺可爱的。可爱个屁！即使往好了想，它也有可能会在与其他雄性动物争夺的时候被咬一口，如果一切顺利，还有可能成为几十只小狗的父亲。那么，万一那些小狗不是纯种，或者即使是纯种，也不会有人领养它们的。

我飞一般地跑向丛林去找它，我大声地叫着它的名字，它没有应答。我的恐惧感越来越强烈，脑袋里出现世界末日的场景，愤怒和恐惧不断交织。

我觉得大约过去了几个小时之后，罪魁祸首终于出现了，神清气爽，毛也整整齐齐。当然了，所谓的神清气爽和整整齐齐只是一种说法，它身上还沾着泥，毛上也粘着很多杂草和花穗，嘴里还叼着一根尾巴，不知来自哪只可怜的壁虎，希望那壁虎真的成功逃脱了。我想骂它，但我知道，它只会把我的叫骂理解为“该死的，你不该回来”，因此我忍住内心打狗的冲动爱抚了它。我为它重新系上牵引绳，把它牵到一个小喷泉旁边，试着把它清理干净。它高高兴兴地扭着屁股走着，对于自己的这次远足很是开心。

在这附近的那一小片丛林中，有一片小桌子和遮阳伞的汪洋。这里的空气清新怡人，远处的湖泊闪耀着银纸般的光芒。

我决定去那酒吧坐坐，点些喝的，或许是一杯浓甘菊汁，补充补充精力。大白熊终于感觉累了，躺在桌子下睡着了。

或许是在这酒吧工作的动力太过稀缺，或许是我闪耀着的美丽没有抓住别人的眼球。事实就是，一个又瘦又高的服务员，耷拉着一张好像刚从祖母葬礼回来的脸走过我身边，没有理我。粗鲁的细长条，没教养的长颈鹿人。他手上托着盘子走过，说明他正在招待某个用晚餐的人。但他表现得像我不存在一样，因此我高高举起的手使得我看起来就像个书呆子，迫切地想回答老师问的所有问题。慢慢地，客人多了起来，趁此时机，那年轻的细长条忽视我的态度更加明显。这意味着我该反击了。我喝不喝得到东西已经没那么重要了，但这个一脸丧气的电线杆不能把我当成一丛毫无价值的灌木。因此，当他托盘上端着两杯冰淇淋咖啡路过时，我偷摸伸出一条腿，把他绊了一下。那服务员左右晃了几下，咖啡也摇晃着，在托盘的两端滑来滑去，弹跳着。他试着保持平衡，嘴里骂着一堆脏话，最后，终于"扑通"一声摔在地上，摔得七荤八素，耳朵里还流进去一坨奶油。大白熊满是抱怨地抬起眼，好像在说："别吵吵，没看见我在休息吗？"我终于停住笑声，而那服务员瞪着双眼看着我。

"您故意的！"他指责道。

"谁说的？"我生气地反驳道，"我毕竟不存在，不是吗？您现在是在和一面背景墙说话。"

他站起身，喃喃自语着，没有明白我的意思。或许他明白了也假装不明白。他走到某个跟我隔着几个灌木丛的人面前，向他说明他需要重新点餐，因为有个粗俗的女疯子顾客把他绊倒了。我起身准备反驳他，但立刻又坐下了，满心不可思议，出了一身冷汗——我听见了卢卡的声音。他正和服务员说着话，身边还坐着人。

我立即躲在树后面，面朝向他声音的方向。我在任何地方都能认出他的声音：在U2[①]演唱会上激动到变调的声音，性高潮的怒吼

---

① 爱尔兰摇滚乐队。——译者注

中掺杂着的笑声，还有，在宛如被打耳光后的咆哮声。我从一团杂草后面偷看过去，看到一把撑开的大伞，在金色的阳光下面蔓延开一个六边形的黑暗大洞。

是她。毫无疑问，就是那个优雅的年轻女人。从近处看，尽管中间还挡着一丛树篱也能看出，她甚至比我想象中的还要美。这是一种简单的美。精致的妆容，高贵却不张扬的衣着。她留着短发，非常短，只比普通男人的头发长一点儿。这种极端的发型，只有极度漂亮的脸庞才可凭之卖弄一番，不然只会像只保龄球。总之她的美无可辩驳。他们谈着话，言语之间的气氛让我害怕。我模模糊糊地听着他们谈话的片段，他有些紧张，像个大男孩一样叹着气，还有点儿口吃。他们说着一些我听不懂的话，他用尖酸的语气说着“你爸爸”，还叫她不要插手，让他们自己解决男人间那些糟糕的麻烦事。

我觉得很是烦躁，作为一名秘密特工，我的右鼻孔一直被一根小树杈骚扰着，肩膀上还被一只小鸟偷偷地拉了屎，而且最重要的是，我敢肯定卢卡这次是认真的。他爱这个女人，我感觉到了。她似乎出身于世世代代富裕的传统大家庭，手腕上戴着的表就可以抵我房子的首付。而卢卡却用一种讽刺的语气谈起她的父亲。可能她亲爱的父亲，在知道了他的女儿即将走入通往他的歧途后，决定将他判处流放，还宣布要把他的宝贝女儿禁足——他的确英俊、性感，有着结实的臀部和飞机般快速运行的大脑，但他也是破产俱乐部合伙人，凭着能干可能也可以攒下一些存款，但还不足以站在一个可以漫不经心地摆弄着三克拉钻石的女人身边。因此他们才会如此秘密地见面。

卢卡一直都处于神经紧张状态，他的表情变化得很快，一会儿很是奇怪，一会儿舒展开，一会儿又甜蜜起来。突然他们开始谈论他们的爱情。

“这太疯狂了！”他把手肘撑在膝盖上，下巴贴在手背上，向她坦承道，“该死，保拉，我就像被烟熏了一样感到头晕目眩。”

“亲爱的，”她回答道，“我很高兴，也很愉悦，能够看到你如此地狼狈。”

“你拿我取乐是吧？”他看着她，双眼闪烁着，眼神里却带着迷茫。迷人的失去了方向的男人，万众瞩目的不知道哪里是路尽头的男人。

“不是，我亲爱的，我只是松了口气。你，变化莫测的、坚不可摧的卢卡，玩女人像吐葡萄皮一样轻易的男人，现在居然如此迷茫，还发现自己……”

“喂，我可没说我爱上了。我们之间的确有些东西，一些不寻常的、强烈的东西，但我不知道这些东西能不能把我们推向更远的地方。我只能说我现在感觉很奇怪，心里像有个大洞一样。那可能只是在消化东西而已，或者是肚子里有些过敏的东西，所以你先抑制住热情，别做那些额外的幻想。”

她露出生气的表情，如果我是她，我就踢他一脚。作为一个面临困境的亿万富翁，她为了让她的父亲接受这个女婿，要接受狂风暴雨般的考验。而此时此刻，他居然和她如此说话，这在我看来简直不可理喻。不过这也让我稍微喘了口气，毕竟他还没有坚定地爱上她，或许不久后他就会对这种感觉嗤之以鼻，或许这只是他千千万万的床上爱情中的某一个拟造出来的虚妄情感。

他们还在说着话，但我必须分下心了，有人往这里来了，而我正像个偷窥狂一样潜伏着，如果被注意到可不太妙。因此我弯下腰，像条变色龙一样藏在灌木丛里。

我大概蹲了一个世纪那么久，终于等到卢卡和那女人离开了。我想现在应该可以站起身离开了，但我突然听到上方传来了什么声音，那不是上帝对我过分的好奇心所做的劝导，而是那个电线杆服务员的声音，那个一脸丧气的家伙。他直直地盯着我，像看着一只攀在他尾巴上的虱子。

“我就知道你是个疯子！”他震惊地喊道，“疯子！”

我用百米飞人的速度飞一般地逃走了，我想我是真的疯了，不能冤枉那个电线杆服务员。我跑到桌子前抓着大白熊的牵引绳往前跑，它还在昏睡，有气无力地颠着腿，像一头冬眠的熊。我拐到小道找着路，终于甩开了身后的酒吧。

离得足够远的时候，我停下来大口呼吸，半兴奋半疯狂地大笑起来。

“我们两个真够怪的，是吧，大白熊？”话音刚落，我就看见它靠着一棵树，边抬起腿撒尿边舔着树皮上的树脂，不得不说这也算是回应了我的话吧。

然而，突然地，我脑海里浮现卢卡的脸，还有他困惑的声音，被一种谁也说不清的感情困扰着的表情，还有那坐在他身边的美丽女人——保拉。

我根本无法和这样的女人竞争。她不像他收藏品中的那千千万万个女人一样，她是会仔细观察男人的那种女人。如此看来她注定会赢。

10

该与他说话还是继续无视他？他现在应该在房门的另一侧，在电脑上打着字。或许继续冷战会更好一点儿——他不配得到我的真心话，甚至不配触及我谅解的一丝影子。但我又犹豫了。我伸出手摸向门把手，又撤回，接着又伸手向前，而后又缩回。

我正准备打退堂鼓，门突然开了。卢卡吓了一跳，我也一样。他皱起了眉头。

该死的，你就不能再惹人讨厌一点儿吗？这样一切就能简单起来了。

然而我根本无法对他生出一丝丝的厌恶。他套着那件在我们初遇时穿着的破洞牛仔裤，裹着厚厚的纯棉V领T恤，赤着脚，一只手插在头发里，另一只手夹着残余的香烟，一缕烟雾缓缓上升。片刻的惊愕后，他夹着雪茄转身走回房间。

“我还以为你出去了。”他喃喃地说着，目光晦涩难懂。他可以在眼睛里写下一切，或者什么都不写。我不知道究竟是他比较令人费解，还是我看不懂他而已。或许两者都有吧。

“可以用一下你的电脑吗？”我问道，“那个，我的笔记本电脑已经死机好一会儿了……我有想过去网吧，但是外面在下雨。”

他点点头，请我进来。有一瞬间我们突然离得很近，我们的身体在门框处轻轻擦过。我感到他似乎用肩膀故意碰了我一下，但持续的时间比一转眼还要短。很明显那只是我的错觉罢了。

卢卡的房间是典型的属于男人的房间。在这方方正正的四面白墙间并没有什么多余的东西：只有一张床、一个衣柜和一张书桌。地板上散落着一堆纸张，一个空的塞里斯酒瓶，杯子里攒了一小堆雪茄烟灰。除此之外什么也没有了。

往好的方面想，起码这些天这里再也没有女人了。在那场与埃丽卡的色情闹剧后，家里再也没有来过客人。他还是会深夜才回来，像往常一样，然而却独自一人。这样长时间的静默不符合他的习惯与需求。照以往来看，我本该非常激动的。但现在，想着保拉，想着我在公园的灌木丛中偷听到的对话，这样巨大的变化已然不能引起我的一丝欣慰。

他不再带给那些女人快乐，因为他正爱着她，而其他的女人都已经变得透明。

我忍受着痛苦的痉挛，走近电脑。这时卢卡发出一声沙哑的惊叫，大步疾走到写字桌前，握住鼠标关上了一个文件，很明显那是他不想让我看到的东西。

“我不会看你的大作的，放心。”我赌气般地说道。我即刻意识到那应该是一封信，一封用他优雅的手写给别人的信。或许是写给保拉的吧，最好不是埃丽卡。

半明半暗的房间里弥漫着雪茄的味道和柚子味剃须水的香气，我握紧拳头，感觉到卢卡还在我身后，他还没有出房间。他在干吗？

监视我？不信任我？

恰恰相反，应当是我不信任你才对！小伙子！

“你尽可以放心。”我重复道，“即使你留我一人，我也不会看你的文档的。”

“我很清楚。”他语气粗暴地回答，却仍不离开，反而走近我，近得我都能感受到他身体的温度。他把雪茄熄灭在一个盛满烟头的杯子里，用手扇散残余的烟雾，像是为了不让我闻到烟味一样。

我试着忽略他善意的举动，开始在谷歌上搜索。我从那个店主那儿得到了两个收藏者的信息，而我得弄明白他们在哪里。但是我无法自然地投入搜索，因为卢卡在我背后，像一个天使，或者说像一个恶魔。

有好几分钟，房间里都笼罩着一种恼人的、不自然的沉默。我打印了电话号码，打印了一些图片，装作还在浏览网页的样子。其实我已经弄完了，也很清楚，要想找到那两个人，至少得追寻着麦哲伦的脚步绕地球走完一圈。

突然他说道：“我本不该那么做的。”

实在太意外了，有一瞬间我几乎无法辨识他说了什么。我在椅子上震了一下，大张着嘴，呆呆地注视着显示器上的模糊图像。我没说话，没转过头，没让他解释。我太明白他说的是什么了。

“你妹妹那件事，我本该避免的。”他继续低声说道，好像不想被隔壁房间的谁听到一样，或者只是出于自尊的骄傲。

我站起身，深深地叹了口气。我很感激他的坦承，我知道，说出这些就像让他跪在满是碎玻璃的地毯上一样，但是这还不够。痛苦并没有过去，那些记忆依然历历在目：他们交织在一起的身体，看到我站在门口时他冷酷的目光，还有他之后对我说的那些话。这样的解药还不足以清除我记忆中的毒素。

我走向门口，依然沉默着。他的眼睛亦步亦趋地随着我移动。在我即将出门那一刻，他突然问道：“你和托尼上床了吗？”

我没感到一丝一毫的惊讶，而是疲累地冷冷回答道：“依然不关你的事。”

正如预期的那样，在地铁站换乘了大约几百万次后，我最后还是打了车。到达目的地的时候我无比紧张。我很生气，气这些搬来火星住的人，气罗基和他那该死的重新编排的作品，气卢卡和他那厚颜无耻的脸皮。他想什么呢？他以为承认错误就能让一切回到从前了吗？那些从前已经死掉了，现在只能看看以后会怎么样了（也别指望以后有什么好事了）。

注意！我得专心工作。现在我不能分心。

我观察着这座小屋，一种恐惧的颤抖穿透我的身体。这房子……怎么形容呢——惹人喜爱的，矫揉造作的，甜蜜谄媚的，可致糖尿病的，如同这一区域所有的房子一样。这里像住着迪斯尼的公主们一样，街道整洁无尘，房子外表色调柔和而且色调十分奇特，像是被扇了耳光后的脸庞上那种淡淡的粉色。屋檐下挂着满是花边的窗帘，花园里放满了树脂做成的地精。尽管它们一动不动，但是在我的视角中，它们却叽叽喳喳地挤成一团，有些倒挂在树枝上，有些紧紧抓住树干，而大多数则似乎直接顶开地面上那些假的下水道盖子，从地下冒出来。尽管主人的意图只是想要美化房子，只是想要看起来热闹一点儿，但我还是觉得很吓人。它们就像午夜之后会变成邪恶的小精怪，随时会打开灌溉装置喷你一身水。

有那么一刻，我的记忆回到小时候。那天是我六岁的生日，母亲可能想要模仿教父，于是我睁开眼睛的时候，发现枕头旁有位鬼娃恰吉①的孪生妹妹。她就在对面，挺立的鼻子对着我的蒜头鼻，两只绿松石般的眼睛盯着我，嘴角勾起一抹邪恶的笑容。我到现在还清清楚楚地记得我那时的哭喊，还有她飞向衣柜时的那道轨迹——对于那道轨迹，不得不说，凭它我至少能在奥运会掷链球赛上拿到铜牌——还有她跌在地上那砰的一声。我敢发誓，在她落地那一刻，她的头发看起来就像一窝互相缠绕着的蛇。

而此时此刻，我必须忍住不发出与那时相似的哭喊声。我几乎想要逃跑，毕竟昨天的那通电话让人很是不安。

接电话的是一个听起来比较友善的女人尖细的声音。我向她解释了我的身份，也说明了给我这个电话号码的人，而后她就一直沉默着，沉默到我以为她已经挂了电话。片刻后她突然开始与我慷慨激昂地长篇大论起来，我听懂的就只有“找到女朋友”和“屁股从椅子上抬起来”，而后她就开始叫喊：“啊，当然，负责人口普查的小姐！您明天就可以来，我在家等您！”

我不得不怀疑，我所要面对的那些物件的持有者是一个非常危险而且身体强壮的精神分裂症患者，但我不能允许自己退缩。

我按响门铃，响起来一阵鸟叫声，大约半分钟后，一位女士打开了门，她的气质与这屋子和那些树脂精怪十分匹配。她身材娇小，头发为棕色，衣服的颜色乳白和紫红相间，笑容带着20世纪60年代广告的味道。

---

① 一部美国恐怖电影中的主角。——编者注

“请进，请进，我在等您！您是为那些设计低俗的娃娃而来的，是吗？”

我困惑地点点头，进了门。她请我坐在一个大厅里的沙发上。大厅里摆着许多用钩针钩成的刺绣小布垫，还有一些利摩日[①]瓷器。她坚持为我提供了一些饮品，我不得不喝下一杯看起来像泻药的茶水。她高声地谈论着人口普查和调查问卷，这些密集而繁多的谈话让我无法喘息。她时不时地走出房间，小心翼翼地望向那带着流苏花边扶手的长长楼梯，而后又退回来，用手势疯狂地向我打着暗号。

我根本无法开口，一丝不安开始袭上我的心头。是时候溜走了，我可不希望这位女士突然变成一位诺曼·贝茨[②]。我看着那半掩着的落地窗，暗暗计划着偷偷从那里跳出去。这个女人收集的肯定不是芭比娃娃，而是树脂精怪、瓷盘和爱尔兰花边的刺绣小布垫，那冰箱里可能还放着几个她收藏的人头。

突然，她靠过来，再次压低了声音：

“这都是为了防止米歇尔知道，您懂的。”

“不，我不懂。米歇尔是谁？”

“我儿子，如果让他知道了我想弄走他的那些小女人，他一定会暴跳如雷。”

理解的光芒终于刺穿了我苦苦摸索的黑暗。这女人并不是疯了……至少从临床角度来说不是。她只是个爱管闲事的母亲，好吧，我承认，也许还是有一点点疯的。

“他刚刚开始收集的时候，我没看出来有什么不好的。”她隔着

① 法国南部城市。——译者注

② 美国悬疑电影《惊魂记》中的精神分裂症患者。——译者注

只有二十厘米的距离对我讲道，“我也喜欢收藏。”

“我发现了。”

“但随后他就过火了。有的还不错：茶杯、邮票、古钱币、树脂地精。顺便问一句，您看到它们了吗？”

“看到了，很可爱。”

“是吧，不过，他另外的收藏品就完全不一样了：那些半裸的芭比娃娃。因此我决定要处理掉那些东西。”

“您儿子同意吗？”

“他根本不知道我想把那些东西处理掉，他连想都不会那么想，不过我得这样告诉您，他绝对不会同意的！他总是把自己关在房间里，看电脑、睡觉，或是看封面有着十分暴露的女人图像的杂志。”她表情十分愤慨地向我倾吐着不满，“他已经十七岁了，我想让他走出门，找个真实的女朋友。比如说罗莎娜——我表姐的女儿，她是个非常棒的女孩，但是米歇尔没兴趣去了解她。”

我想提醒她，近亲结婚可能会生出七根手指的孩子，最好还是让米歇尔自由地沉浸在他虚拟的娱乐里吧。但是她的这种决定对我有利，于是我把打印出来的图片递给了她。

“好的，这种芭比娃娃他似乎有三四个，这还不是最低俗的，但是她们的裙子也太短了，是吧？不过您拿她们来做什么呢？”她突然神情紧张起来。

“她们会被放在一场展览会上，用来谴责当代社会的不良风气。”

“啊，好，如果是这个理由您可以把她们带走。我害怕您也是个收藏者。跟我来吧。”

“您先和我说下价格。”

“价格？不，不卖给您！我送给您。”

“送给我？”

我注视着她，表情在喜悦与无力间挣扎着。但是这种喜悦之情只持续了一小会儿。我不能不让她知道，这些芭比娃娃价格十分昂贵，如果卖掉她们，她可以买到好多刺绣小布垫。我会感觉自己是个欺骗年迈老母亲的小偷和奸商，这位老母亲还正万分焦急地企图让自己的儿子娶自己表姐的女儿。

但是我低估了这个女人。

“其实我都清楚的，您以为是谁给米歇尔钱让他去买的？我曾经十分宽容大度，他爸爸死后，我竭尽一切办法来取悦他，但我没想到这会让他变得如此堕落。不管怎样，一个收藏芭比娃娃的男孩实在太不正常了！起初我是想卖给您的，后来我许了一个愿：如果我把这些娃娃送给您而不收取任何钱的话，圣庞加爵[①]就会让罗莎娜成为他的女朋友，而几年以后，就会有个金色鬈发的可爱小孙子被我抱在怀里。”

我还能说什么呢？什么都别说了。

这位女士站起身来，于是我跟随着她走进了一楼的一个房间。刚跨进门，我就感觉喘不过气来，像被关在电梯里的幽闭恐惧症患者一样。

这个房间简直是病态性质收集的典范，这里塞满了各种各样色调的瓷器，还有各种各样与火烈鸟相关的物件。火烈鸟的画，火烈鸟的枕头，火烈鸟色的窗帘，还有一些从外面的花园逃进来的精怪。米歇尔的收藏品在这一堆东西中很是醒目。我不仅仅看到了芭比娃

① 一名天主教敬奉的圣人。——译者注

娃，而且还有一系列未成年人禁止买的日本手办，这些东西一定也让他的母亲很是烦扰。

在一堆杂七杂八的东西中，我很快就注意到了一个身着橘黄色服装的芭比娃娃，她盛装打扮成《花花公子》里面兔女郎的造型，头发间还夹着假耳朵。还有一个嗑药女王芭比娃娃，身着闪闪发光的迷你裙，脸部轮廓却十分刚硬。

我强忍住向她推荐心理治疗师的冲动，也强忍住建议她去参加《我与我的烦恼》电视节目录制的冲动。正当我准备向这位女士道谢，逃出这恐怖博物馆的时候，一个男人的声音突然响起，吓得我一抖。

“妈妈，你在干吗？”

门口站着的就是米歇尔了，至少我觉得是他。这男孩满脸疙瘩，头发凌乱，看起来很不愉快。

“那是我的！”他大喊道，或者说是咆哮道。

这位妈妈尽管身材十分娇小，此时此刻看起来却像一位圣母一样，悬在牺牲者的上方，保护着每一个信奉她的人。

“你错了，那是我的，你是用我的钱买的。”而后她转向我，不容分说地催促道，“您快走吧，这里我来解决。”她就像一位听天由命的驯兽师，决定独自面对一只狂躁的狮子。

接下来发生的事情，在我的记忆中似乎被抹去了。我只记得我踩着我的坡跟鞋狂奔，而米歇尔在后面追，用外星人的语言不断地吐着一些侮辱性的言辞，那位母亲则试图阻止他。

这场追逐持续了大概几分钟，我们跑在郊区的小道上，绕着那些居民区的小屋一直追逐着。那些像乐高积木一样一字排开的小屋里，没有一个人探出头来看看发生了什么。我跑啊，跑啊，包里装着那些娃娃，心提到嗓子眼，强有力地大步奔向前。其实已经没有人追我了，因为那位女士抓住了她儿子的一条腿，用柔道功夫把他摔在了人行道上，真可惜没有人欣赏到那漂亮的动作。

我跑得气喘吁吁，感觉汗都沁到骨头里去了。我开始大笑，笑得像一个世纪没有笑过了一样，混着满脸愚蠢的泪水大笑着，直到走到出租车乘车点才停下。我大笑着，急促地喘息着，心脏猛烈地悸动着，向出租车司机打了个手势，司机从反光镜里惊疑、茫然地看着我。

这感觉真是奇怪，我竟感觉自己活着。这场逃逸、奔跑和抽风般的大笑好像把我洗涤了一遍。有一部分在最近几周积攒下的疼痛，好像变成了火烈鸟升到了空中，轻飘飘地、柔软曼妙地，飞向这一片火星区上方的天空。

11

母亲开始不断地打电话骚扰我，问我想要什么生日礼物。六月一号我就满三十岁了，而我越不愿去想这件事，母亲越要让我记着。

“我知道还有很长时间才到你生日，但是准备一场很棒的聚会也是需要花很长时间的。告诉我你到底喜欢什么，珠宝？鞋子？还是面霜？或者在福利健康中心做一次体检？”

“拜托，我知道你一直想送我一套喝伏特加的小杯子，或者是一套印着日历的抹布。现在千万别让我相信你会给我买个蒂凡尼的吊坠，最后却喊着‘惊喜！’掏出来一副丝瓜络手套。还有，求求你了，什么聚会都别办。我厌倦了，我真的很辛苦的。”

“我会为你准备椰子糕的，好不好？”

“不是很好，椰子让我犯恶心。”

“从什么时候开始的？”

“从我生下来开始。椰子糕是埃丽卡的最爱。”

“太奇怪了，你可能弄错了。”

“我应该知道我喜欢吃什么吧，你觉得呢？不管怎样我不想要糕点。”

“你更喜欢小蛋糕吗？”

“告诉你我不想要甜点，也不想要聚会！”

“你得变得温柔一点儿，亲爱的。”

“温柔？你是想让我变成一个职业荡妇吧？因为你总是给我介绍男人呀！”

像往常一样，当我说了一些她不想听明白的话时，她就会转移话题。

“奥莱斯特送给你的礼物可是超级棒的。”

“奥莱斯特？那又是谁？千万别推给我另外一个卡泰洛，不然我会把他焚烧殆尽！”

“奥莱斯特是我新交的一个朋友。”

她说出“朋友”这个词的时候声音里带着明显的喜悦，她指的似乎不是那些真正的朋友。我吓坏了，母亲有新男朋友了？

“他是个可爱的男孩。”她发出了让人无法忍受的笑声。

“男孩？”

“他比我小二十岁。”她带着扬扬自得的语气感叹道，“他向女士出售内衣。”

“卖内衣？”

“内衣裤，他掌管着很多连锁店，还送了我一些性感内衣……”

“我不想知道！”我大喊着，本能地把听筒从耳朵旁移开，“我也不想要奥莱斯特的礼物！我不要任何人的礼物！不要聚会，不要点心，也不要一群亲戚以最高等级审查我交了多少男朋友。你们就忘记我曾经出生过吧。”

“怎么可以呢，亲爱的？就是因为你，我腹部现在还有妊娠纹。每次看见它我都会想起你。”

我挂掉电话，把话筒扔了出去。多棒的消息啊，我的母亲有了一位可以当她儿子的男朋友；后代子孙会记得我，因为我让她肚子上长了妊娠纹；生日那天我将不得不忍受那该死的椰子糕。

我接受了托尼的邀请，同意去他的画展，但我绝没想将我们的关系向前跨一步。相反，如果他想向感情的方向发展，我会把一切都截止到现在。事实上，在我接受之前，我已经伴随着各种千奇百怪的借口，塞给他三次“不”了。之后，我一定会借着他的好脾气，毫不客气地暗示他不可以这样烦我。我会和他说，在目前的情况之下，我这一生都不会把自己献给他。或许下辈子也一样。

焦万娜和她的新欢来接我了。托马斯，她的现任男友，不是个喜欢吃醋的男人，正相反，他就像个老鸨一样，推着她去和这星球上所有的男人交往。

我准备出门了，卢卡含糊地向我打了招呼，并向我投来一种我最近一直都不能习惯的奇怪目光。自那天起，在他用他的方式向我道歉之后，我们之间的关系似乎得到了改善。我们终于可以不用含含糊糊、饱含着深仇大恨似的讲着话。我不再恨他了，怒火也渐渐消除，渐渐温顺下来。但我还不能从容地面对他，而他也一样。比如说，他不再为他那些荒谬的女性角色向我征求建议了。他一定还在与那个保拉见面，有可能他已经去过她家了，因为我这里不再有任何女人的身影，不管是穿着衣服的还是赤裸着的、毛发旺盛的还是秃着头的，都没有。我猜卢卡已经立了个守住贞洁的誓言，因此他很明显地投入其他的事情上去了。

有时候，我总觉得他要告诉我些什么事。不是想把我扫地出门，而是想告诉我，他已经为一个女人而神魂颠倒了。有些时候，他盯着我，嘴唇半张，好像就差一个音节，他就可以把他的真情完完全全地吐露给我。也是在那些时候，我总是像只狡猾的猫一样，不经意地从他面前溜走。我什么都不想知道，起码现在不想。

“以后再告诉我，等等，等等，等等，等我变得更坚强一点儿。”

“永远不要告诉我，求你了。”

无论如何，今晚我和托尼待在一起。我假装一副很高兴的样子，相信自己应该足够好看，毕竟我正穿着蓝色丝绸料子的新衣服，腰上系着件古粉色的羊毛衫，脚穿着焦糖色的高跟鞋，连线轴式鞋跟都是焦糖色的。我试图用一排闪闪发光的小夹子驯服我的头发，但驯服的结果只是让我的脸变得比以往又滑稽了一些而已。

画廊里站着许多人，只有受了邀请的人才能进来。人们的脸上带着一种目中无人的表情，这种表情在这种场合也算是习以为常了。画廊里，聚光灯巧妙地集中照在占满墙壁的一块块巨大的画布上。光线与客人中间，站着一些服务生，端着的托盘上放着盛满酒的笛形香槟杯和小小的油炸面包丁。

我没有靠近托尼的那些画作，那是我的文化禁区，因为我从未能欣赏那些抽象派艺术。我没法感到一丝享受，这些画作在我看来只是神经质的人画的一条条干瘦的线，在一些十字交叉的痕迹旁边又画上了几笔。我曾经几个小时一动不动地让他作画，还一直听他喋喋不休地诠释着他对于画作的想法。他还不如把我画成一个芭比娃娃！然而现在我被画在这里，一团混乱的色块，上方还开了个像嘴一样张开的口子，一个圆形的裂口，或许是被螺丝刀戳出来的。我甚至没有试着去仔细观察它，但必须承认，那的确是我，用杂乱无章的明亮色调描绘着的，是我身体的一部分。其实我只能从标题看得出来那是我的肖像画，因为标题写着：《床上的卡洛塔》。很好，现在大家都会以为我们上过床了。不过说实话，认识我的那些人早就如此想过了。比如说卢卡，比如说焦万娜，甚至托马斯。当我欣赏着这幅画作的时候，托尼从后面抱住了我。

“一鸣惊人的美丽女人！”他低声道，“你美极了，我很高兴你能来。那么，你觉得怎么样？”

我评论了几句他笔触的力道，还有那透过那些洞所传递的深深的痛苦之情。他十分高兴，认为我抓住了他作品的精髓。他今天看起来很是优雅，似乎做了头发，发丝间反射出一种我从未注意过的深紫红色光泽。他亲吻了我的脸颊，而后，像个得体的家主一样，离开我身边，周旋在那些客人中间，敦促着那些最富有的宾客去争相购买他这些含义模糊的画作。我端着一杯香槟漫步在大厅里，最终停留在一张巨大的画布前。上面喷了一些喷溅的颜料点，再加上我的一点点想象力，看起来就像一个勃起的男性器官。这幅画作有一个神妙莫测的标题：《停泊的渔夫》。而在此时此地，我撞见了埃丽卡。

没错，我们真的差点儿面对面地撞在一起。她还是像以往一样完美，光彩照人、目空一切，不过很奇怪的是，她独自一人。

埃丽卡在一场社交活动的现场独自一人？这场景不仅难得一见，甚至可以被称作灾难性事件了。

她踩着她十几厘米高的鞋俯视着我。

“卡洛塔，你也在这里。”她低语道，“最近我们见面有点儿频繁啊，多么荣幸。”

“我也很是荣幸。”我回应道，“你想要买这幅画吗？它的确适合你呢。”

“你可真是体贴。”她冷冷地接话道，“我听说你是这位画家的朋友，他为你画的画很是传神。我自然就想到了那张床所指的寓意。”

“你错了，”我高亢的声音像一把把刀子从我的嘴里飞出来，“根本没有什么寓意。”

“当然了，别生气嘛。看到你能够时不时消遣消遣，我很是开心。不过，我有件事情必须要告诉你，这些知心话可困扰了我好几个星期。”

“这些困扰了你好几个星期的知心话，如果我们没有在此时此刻遇见，你连做梦都不会想到要和我说的……”

“不，我想给你打电话来着，只是……我实在太忙了。我真心真意地希望你和卢卡能够继续在一起。”她眨着眼睛，睫毛上下飞舞着。

“那么这种希望是怎么付诸实践的呢？”我问道，尽量不去想她和卢卡在一起的画面。

“是他想和我在一起。那天晚上我去你家找你。而他……他让我坐下，而后扑到了我身上。相信我，那件事情真的非常可怕。”

“你说的很好，埃丽卡，太过可怕所以你一定打了他耳光。”

“你想什么呢，我又不是什么圣女。我试图反抗，但卢卡的力气太大了，你知道的。我们之后也见面了，我去哪里他都跟着我！我当然只能对他一次次地拒绝了……我还能怎么办呢？我想，和你坦承这些或许是我正确的选择。这样你就知道了真相，而你不应该再对这样的感情抱有太多依赖了。”

“你的温柔让我好感动。”我和蔼可亲地低语道，她开始有一点点迷惑，“谢谢你善意的言辞，但你根本没必要担心，卢卡的确不适合我，我对他来说从来都无足轻重。就像你所了解的那样，他的确很好……但是他不是我的男人。”

“嗯，好的……”她没再多说什么，我也一样。我嘴角挂着微笑走开了。

她很失望，我似乎并没有受到伤害。我不知道别人的姐妹关系是怎样的，反正我的妹妹就是个放荡的女人。她的目光一直追随着我，看着我挽起托尼的手臂，浑身都显现着从容和自在的气质。她觉得这气质并不属于我，而应当是由她专属的。现在有一件事情我很确定：是埃丽卡先开始的，也许她打了卢卡耳光来逼迫他。这种可以恶心到我的可能性增长了她征服卢卡的欲望。

我呷着一杯香槟，得出这个结论的时候，焦万娜走过来了。托马斯似乎对一幅叫作《客厅里的狂欢》的画作大加赞赏。那张画布上涂刷着各种色调的黄色，杂乱无章地汇聚着，所有的融合都朝向画面中央的一个洞，这个洞具有很多种象征意义的可能性。他可能会买下这幅画，这幅画和他的卧室还挺搭调的。

突然她惊叫：“那不是你妹妹吗，站在那儿的那个？”

“嗯。”我懒懒地应着声，看都没看，“我们已经见过了。”

“那么你要小心了。我知道你一直坚持宣称你和托尼之间没有什么，但是我觉得，看着她一直有点儿厚颜无耻地黏在他身边，你也不会很高兴的。”

我猛地转过身，果然不出所料，埃丽卡正在托尼身边不停磨蹭着。我知道的，她想再赢一次。她觉得我和托尼之间好像有什么，那幅用我的名字命名的画作正摆在展会上，可激怒她的不仅仅是那幅画，更是我面对她虚伪的请罪时那从容淡定的气场。托尼对我来说毫无价值，就算他身边围着一个女子足球队，我也能继续安稳地锉着指甲。但埃丽卡又开始第N次暗中计划要打压我，这让我怒不可遏。我因愤怒而震颤着，心碎于一个与我有相同基因的女人对我的麻木不仁。我走向他们，片刻后便与他们面对面。我与埃丽卡为着一个我们都毫不在意的男人相互争斗着，起因只不过是为了互相挑衅。我们轮流恭维着托尼，轻轻碰触着他，像两只饥渴的老母猪一样。此时此刻，我已不是我，而是另一个埃丽卡，一个被逼着将自己作为武器来战斗的女人。我恨她。抱歉，我不该这样说的，她毕竟是我妹妹，但是我真的恨她。

夜晚还在继续，托尼被发生的事情弄得一塌糊涂，他不明白到底发生了什么，但是我敢肯定，这场争夺使他兴奋起来。我知道埃丽卡将占上风，因为她有手段。屈辱像虫子一样叮咬着我，我盯着她的样子让她很是愉悦：我的怒火使得她一切的努力都有了回报。晚会快结束的时候，焦万娜和托马斯离开了，我却依然留在那里。托尼被埃丽卡的说辞所迷惑，以为她的车真的出了毛病，于是同意捎她一程，然而托尼之前也说过要送我回家。我知道，她赢了。他会甩了我，奔去和她在一起，埃丽卡将会假装深情款款地和我道别，我将一个人上楼回家，托尼将会被写在她的夜宵清单上。我们的车在城市里前行着，车里还有第四个乘客——托尼的经纪人，他大赞着这场晚会的成功，并没有感受到车厢里硝烟弥漫的氛围，而这时一个危险的念头钻进了我的脑袋里。

我的怒火，我的难过，我在过去几周里压抑着的、从看到卢卡和埃丽卡在一起时就开始积攒着的烦躁，在这刻一起涌了上来，占据了我的身体，我的灵魂，我的理智。我想要理智一点儿，不要去做那件正被我愚蠢地策划着的事情……但是我理智不起来。我的心脏已经破碎，从未如此地渴望一个男人，渴望一场命运赐予我的身体之间的摩擦运动。因此，当托尼下车与我道别时，我口是心非地请他去我家说说话。那不是我的声音，而是藏在我灵魂深处的那名非法入侵者的冲动之词。我请他上楼，这种邀请对我来说是一种宣誓。托尼注视着我，笑着接受了。我看着他的脸，他吩咐着经纪人陪着埃丽卡回家时的那张脸，是一张准备进食的男人的脸。这一刻是我尽情享受的时刻，也是整个晚上我唯一能享受的时刻。埃丽卡目瞪口呆，脸色苍白，双眼像是冒着火花，就像被两团火焰牢牢占据。

我们上着楼梯，而托尼十分有绅士派头地把一只手牢牢放在我的臀部，暗笑着，暗示着他接下来会对我做的事。

我们进了门，我不知道自己究竟希不希望卢卡在家。其实我希望他在，并且立刻帮我逃出这即将走入的死路。

有可能我逃不出去了，因为他不在。

托尼吻着我，我真的不能再多加挑剔，因此我忍受着他摸索着我穿着羊毛衫的后背，而我想着我屎一样的人生。但我不想退缩：我快三十岁了，现在我真的应该明白了，所谓的爱情故事不过是讲给傻子听的传说！卢卡也和我说过，不是吗？他乱搞只是为了流汗，为了锻炼一下，为了感受一下这愉悦的快感，而后把这些全都忘记。托尼问我我的房间在哪里，我用眼睛为他指明。我们两个横向移了过去，就像一只寄居蟹紧紧抓住了一只海葵。托尼慢慢地脱去身上的衣物，就像个制作粗糙的拼装玩具。外套，衬衫，熟练地抵着脚后跟脱掉鞋子，舌头还在我嘴里不停旋转着。

我们进了房间，他跳上了床，而我，不情愿地关上了门。托尼在我脸颊上留下他满是口水的吻。他将我压进床垫，我感觉自己要被他的肚子和床垫一口吞没了……突然，托尼开始呢喃，像是诵经，像是在用土耳其语祈祷，看起来像要打瞌睡了一样。拜托，不要！真的不要，我不想这样——合约上可没有提供一条龙服务。我该怎么做，直接告诉他？拜托，大哥呀，你能从我床垫上起来吗？有没有这样的一套流程，可以永远将他驱逐出我的视野，而又不冒犯他？我不知道怎么办了，他已经开始打鼾了。这就睡着了？他身上装了什么东西？全自动催眠装置吗？我该怎么办，把他推下去？我不停地扭动着，终于从他汗淋淋的身体下挣扎出来。

房子里一片安静，我走出了房间，坐到沙发上，蜷起身子，感觉眼泪快要流出来了。这时卢卡的房门开了，他的脸出现在阴影里。他的眼睛眨都不眨，一动不动地看着我。他应该是一个人回来的，因为身上还穿着外套。这次轮到我看着他了，出乎意料地、大胆地直面着他的目光以及目光中所包含的内容的重量。

"原来你回来了啊。"我漫不经心地说着，声音却沙哑着。当一个女人在一场欢爱之后哭泣，却不是因为感动或者慰藉的时候，她连最平淡的话都说不完整。

"怎么了？"他面色严肃地问道。

"没怎么……"我回答道，说的时候却忍不住发出了一声抽噎。

卢卡坐在沙发上，意味深长地看向我的房间，那里正传出托尼的鼾声。

"为什么哭？那个垃圾强迫你了？如果是这样……"他猛地站了起来，双拳死死地握着。

“绝对没有！”

“他会待很久吗？”

“我不知道。”

“什么叫‘我不知道’？是你让他留下来的？”

“嘘……卢卡，他会听到的。”

“呵，我至少还比较得体，不会让你一整夜都得忍受陌生的女人。”

“我不知道怎么办。”我说道，声音控制得非常轻。

“什么意思？”

“我不知道怎样把他请走他才不会生气。”

“你管他生不生气干什么，不需要费那么大劲，就四个字——让他滚蛋！”

“我不能，不能这样。”

“不能这样？那你押着韵跟他说，唱出声来，不管怎样让他快点儿滚出这座房子。除非……你不希望他待在这儿，很明显。”

“我是不希望他待在这儿，但我不想让他生气地离开。”

“你可真体贴，卡洛塔。”他声音十分尖锐，“就像一片羽毛，尽你所能地不去伤害别人的感情。那么，如果你想，我去和他说。”

“绝对不要！我都和你说过了，我不想让他觉得被羞辱！你可不会那么客气。”

“我肯定不会跟他客气的。那么，你想怎么着？”

“我不知道，容我想想。”

“快点儿想，要不然我轰他走了。”

“安静……你听！”我被突然传来的声音吓了一跳。

“在这里等我。”他命令道，起身走出屋子，关上了房门。

我没时间去想他要去哪里，因为现在我房间的门槛边正站着托尼。他叫了我一声，搂紧我的肩膀，一只手暗暗地伸进我的衬衫里面。

“托尼……或许你应该……”

我正吞吞吐吐的时候，卢卡再次出现了，看起来就像刚刚下班回家一样。他停住了，瞪大双眼，盯着我，又盯向托尼，而后爆发出一声怒吼：“臭婊子！”

托尼吓得一震，连忙把手抽了出来。我则吓呆在那里，嘴巴张成一个巨大的“O”形，看起来就像一条鳕鱼。

“你这丑陋的婊子！”卢卡继续怒吼道，“你向我发过誓不会再重蹈覆辙的！还有你，你这肮脏、恶心的男人，谁允许你碰我的女人的？这次我不会轻易放过你的，这次我要把你和他全杀掉！”

“喂！”托尼大声地惊呼着，他是真真切切地害怕了，“卡洛塔，你可没和我说过你……”

“这荡妇是个骗子，你不知道吗？”卢卡回答着，走到了托尼身边。不过首先，我不得不说，这场景不就是《该死，我老公》的剧情改编吗？我强忍着不要爆笑，而卢卡似乎正气得嘴唇发抖。他额角的青筋暴起，就像一条蓝色的毒蛇。他表演得实在太棒了，我几乎要相信他其实不是装的了。“如果你再碰她，不，如果你胆敢再接近她，如果你胆敢再想她一下，我对天发誓，一定会打断你的腿！”

卢卡把一根手指戳到托尼的胸口，将他推开，而后向他鼻子上揍了一拳。这场大戏正到达戏剧现实主义的巅峰。卢卡再次抓住托尼，将他的脖子扭得噼啪作响。托尼试着反抗，但他实在害怕自己的下体受到袭击，于是本能地俯下身护住。

总而言之，在两分钟内，我房间的门口变成了一个摔跤场，他们开始面色阴沉地打斗起来。我突然插进了他们两个之间，英雄般尝试着分开这两位打斗着的裸男和穿衣男。结果就是，我被从卢卡方向来的一记重拳打到了。这次失误宣判了赛事的结束。托尼迅速地穿上衣服，一言不发地逃走了。我有种强烈的预感，他不会再联系我了。

如果卢卡这样做是为了让我心里好过一点儿，那么他犯了个非常严重的错误。我比之前感觉更糟了。现在除了我全部丢失的自尊，两颊间的疼痛，还要加上脑袋里面锣鼓喧天般的喧闹和眼睛里停不下来的泪水。我甚至没法睁开眼睛。他很是心烦意乱，忧心忡忡，他把冰块包在手帕里，让我坐下，一直唠唠叨叨地说着我有多傻。我非常想要告诉他，他是对的。虽然他让我的大脑里电闪雷鸣，但是我喜欢让他照顾我，喜欢看他问我“怎么样了”，喜欢让他靠我这么近，以至于能感受到他的呼吸。不知怎么，不知何时，在我脑子吱吱作响的时候，我发现自己躺在沙发上，脸颊贴在他的腿上，而他的一只手，被融化的冰弄湿了的手，正玩弄着、捋着我的头发。我很幸福，我是个坏女人，但是我很幸福。

“卢卡，”我突然说道，“我会去做修女。”

“你说什么？”他不耐烦地应声道。

“我决定了，我会去修道院闭关。”

“可能是因为被打了一拳，你看起来比往常更笨了。”

“不，打的那拳反而让我清醒了。”

“你指的是那一拳？我都和你说过了，很对不起，我的目标是他的脸，不是你的。”

“不是，我指的是托尼，是今夜，是之前发生的那些事。我身边有没有男人我并不在意，我一个人生活也挺好。”

“你疯了……”他抬起我的脸，看着我，眉头紧锁，“你到底遭遇了些什么，才能得出来这么一个极端的结论？”

“没有，我什么也没遭遇。我只是和一个我连喜欢都算不上的陌生男人上了床。”

“卡洛塔……”

你的眼神怎么会变成这样，卢卡，不要那么看我。别让你瞳孔里的光抖动。停下，停下你嘴角挑起的浅浅的微笑。别让我在你的温柔里溃不成军。

你沉默着，独留我的名字悬浮在空中，就像一丝吹过来的微风。你避开了，避开了我的碰触和恐惧。我独自躺在沙发上，冰水一滴滴地滴在我脸上。你回来了，片刻之后，带来了一张毯子。你明白，我不想回到自己的房间，起码我今晚不想。我不想让鼻子里再钻进那场性爱的气味。那不是托尼的错，他只是我绝望时攥起的一件工具罢了。

卢卡回到他的房间里，没有关门。他的呼吸让我感觉到这里是家。

12

我彻底地打扫了房间，就像这里曾经感染过埃博拉病毒似的，我甚至差点儿打电话请除虫专家过来帮忙了。我对自己也做了差不多一样的事情，花了四十五分钟淋浴，并且用光了一整瓶泡泡沐浴露。我知道，在这种情况下我表现得很不正常，毕竟托尼没有逼我，毕竟他也不是一个卑鄙的人，毕竟他也表现得十分热情。即使严格意义上来说，这根本不涉及强奸，可我还是觉得自己好像是刚刚经历了一场疯子的暴力性侵事件。想去修道院的想法依然深深刻在我的脑海中，因为这样我可以远离卢卡，远离他想要告诉我的，关于他深爱的那个年轻女人的事情。有时候他说话之前会先屏住呼吸，眼睛一直随着我的身影在房间里转悠，神经质得像一个充电过度的玩具机械士兵。这时我就会刻意地避开他，因为直觉已经告诉了我，接下来会发生什么事情。

我正用刷子刷洗着我房间的地板，这时卢卡突然闯进来，一只手扶住门框，直直地看着我。

“我得和你说件事。”他沉默了三十秒后突然开口。

我心里升起一种警觉，像只蜻蜓一样不停地扑扇着翅膀。我没有立刻回答，仍然跪在那里，一秒钟内脑子里闪过不下几万件事情。而后我鼓起勇气，握紧拳头，粗声粗气地问道：“你非得现在说吗？我很忙，你也看见了。”

“那你告诉我，什么时候才能和你说！你变得比地雷还难以接近。”他声音里带着恼火，十分刺耳，两根手指在门的边缘不停地敲击着，急躁地喘着气，“我知道，因为埃丽卡，你还在跟我生气，我明白，你也应该生气。虽然我道歉了，但是你看着我的时候，你眼睛里写满了男人的一千页罪状。”我想告诉他，一千页远远不够，但是我压抑下来了。“不管怎样，我想听听你对于……离开……的意见。”

“什么？你要去旅行吗？”我故作镇静地问道。

“你没明白，我指的是，离开这座房子，永远。”

“和……”我只发出了一个单独的音节，剩下的话语太过让我绝望，我没有办法说出口。

“很多时候我们相处得不是非常好，这很明显。有些东西已经破碎了。我十分清楚，我让你讨厌了。你变了，至少你对我的那些容忍都变了。你没有错，只是我不想再强行待在你的视野里了。”

我听着他的话，发觉不仅仅是我变了，他也变了。让我们之间的关系变得如此奇怪的，让我们变得彼此不再相容的，恰恰是他的改变。他和埃丽卡做的那件事情，的确让我变得自闭起来，但是真正让我万念俱灰的，是他对那位保拉的情感。

“不……”我打断了他，“我并不是不能忍受你，还有，说实话，埃丽卡的事情我已经忘了。说到底，你有想和谁好就和谁好的自由。只是……只是这样截然不同的你让我有点儿害怕。”

“什么意思？”

“一个不同版本的你；一张意想不到的面孔；一个嘴角不再挂着寻常微笑的卢卡；一个在家里转来转去，像拖着几斤重的铁链子的鬼魂一样的卢卡；一个不再把那些兴奋无比的女人带回家的卢卡。是你变了，而我知道这其中的原因。”

“你知道？”

“是的，我知道！”我爆发道，胸口由于痛苦而胀痛着，“你变得那么奇怪，那么恍惚，像只小羊羔一样叹息着。有些时候你甚至彻夜不归，这是以前从来没有过的事情。有些事情烦扰着你，拘束着你……你表现得简直像一个痴情的男人。但你或许是搞错了，或许没有看上去的那么严重。”我模仿着他说过的话，阐述着他的困惑，这些原话都是我在公园里偷听到的。他说过，他也不清楚那是不是爱，不是吗？因此我才可以这样坦白地说出来。“其实，我敢肯定，你一定是搞错了……一定。毫无疑问，那只是无稽之谈。卢卡，我是说，你不可能会产生那种感觉。我对于你的让步感到十分羞耻……不用多说，感情都是垃圾。你知道吗，你和我说过的那些，都是对的。你是如此聪明，却无法逃脱这样的麻烦。你有想过后果吗？要和同一个人生活一辈子，不觉得光是想想就浑身惊栗了吗？不觉得接下来的两个世纪都变得毫无色彩了吗？改变只是生活的一种调味品，所以，”我想要结束我这令人痛苦的长篇大论，“卢卡，仔细想想。没错，也许你感觉到了一些……一些好感。但是爱，你确定你真的知道那是什么吗？”

他盯着我，或者说，死死盯着我。

“好，卡洛塔，”他最后终于冷若冰霜地开了口，“我得说，你可真清醒。”

“我当然很清醒！我将一切都看得明明白白！你为什么要离开？完全没理由！我们两个明明相处得很好，拜托！你上哪儿再去找一个像我这么好的朋友？所以，我不许你搬走，我不许你陷入爱情。而你，尽管放心大胆地让那些女人挤满我的房子，想要多少个，就来多少个，随你满意！”

“好。”他冷冰冰地说道，转身离开，留下一句“再见”。

我真恶毒。他想倾诉，他想告诉我所有他经受的痛苦，而我却阻止了他。但我并不是言不由衷。总的来说，我确实不相信他是认真地爱上了那个优雅的女人。他很喜欢她……但他不是也很喜欢我吗？如果这种关注和柔情一定要被定义成爱情，那么可以说，卢卡已经爱我长达好几个月了！因此他根本就不爱那个女人，就是这样。或许他只是被她的精致容颜所吸引，或许他只是想变变性生活的招式。是这样，就是这样。他让我很是痛苦，但是我不想让他走！如果他胆敢离开，我必会用一副手铐把他锁在床边，只有上厕所的时候才松开。

如果拉拉和焦万娜知道了这些事，她们必会把我也锁在床边，连厕所都不让我上。但我就是忍不住这样做：失去他的恐惧比我求生的本能还要强烈。

我不明白前几个世纪的女人是怎么活下来的。她们不工作，整天待在家里，用一生的时间进行思考来确保自己不要发疯。简·奥斯汀是怎么做的？她陷入爱情的时候，既不能看电视上那些愚蠢的节目，也不能抱着一堆零食狼吞虎咽……恰恰在那个时候，她创造出那些既俏皮又智慧的女主角形象，比如伊丽莎白·班纳特，又比如安妮·埃利奥特。她是怎么做到的？她是如此地才思泉涌，而不是变成一个患上慢性抑郁症、疯狂地大发雷霆的女人。

如果我失去了工作，失去了垃圾电视节目，失去了椒盐脆饼盒装大礼包的话，我会变成贾科莫·莱奥帕尔迪[1]和《美国杀人魔》里男主角的综合体。不过，罗基分散了我的注意力。只要有他的骚扰，我就不得不从我耿耿于怀的这些心事里抽离出来。

比如说，今天上午，他对扮演劳拉的那个女演员大发雷霆。那个可怜的女孩胖了几公斤，而这件事情对他来说等同于叛国。

那个女孩没有把他送去另一个世界，也没有威胁他要向工会起诉他。尽管她差不多有他两倍那么高，在他声音的压迫下她却显得很是娇小。我和伊里扎正站在舞台上，研究着怎么让幕布自动卷起却又不破坏舞台布景，感觉就像是站在这风暴的正中央。弗兰策试图让罗基平静下来，伊里扎望着弗兰策，眼睛里盛满了爱意。我看着罗基，想要抓住他，让他体验一次终点设为门厅的快速飞行。

伊里扎注意到了我奇怪的神情。为了分散我的注意力，她开始向我问起采购这些舞台道具的过程。

“妙极了，我成功控制在了预算之内。一小时之后我会去见一群男孩子，他们会卖给我一些收藏品。”

“我陪你一起去好不好？这里的气氛太沉重了。罗基训斥谁的时候，会变得让人难以忍受。他会把罗米纳弄哭，逼着她节食，而且对待所有人都面部紧绷。我们还是回避一下为好。”

---

① 意大利诗人，意大利浪漫主义文学的代表。——译者注

这间房子里没有树脂地精，也没有火烈鸟。恰好相反，这是一座幽雅的别墅，对于这一点我并不感到惊讶：收集这些可以说是无用的东西的人，是不可能住在普通居民区的。我希望这些居民能够正常一些。

打开大门的是一位女士，牛仔裤配毛衣，年轻又漂亮，手里还拿着本书——《银河系漫游指南》，样子真可爱。

"杰伊和他的朋友在车库里。你们去找他们吧，拐了弯就是，希望你们携带上耳机。"

"耳机？"我和伊里扎异口同声道。

这位女士对我们嫣然一笑，向我们指了方向之后就关上了门。

片刻后我明白了她那句话的意思。我们慢慢地走近车库，听到了一阵十分有节奏感的音乐。不，有节奏感的形容不太准确，这是一阵十分激烈的音乐。大力敲打的音乐，呜咽着的电吉他，时不时穿插进这片喧嚣中说着英语的男声。作为探险队的小队长，我走上前，谨慎地从车库的入口探出头。大门不断震动着，我踮起脚尖，似乎闻到了一股很明显的大麻味道。

这四个男孩不知疲倦地演奏着，我不得不承认，他们发出的这种铿锵之音听起来更像是那些乐器一起痛苦呐喊着的合音。如果我再不采取什么措施，我的耳朵在今晚就会聋掉，因此急需立刻采取行动来让这四个家伙安静下来。于是我走到了车库的中央，就站在一组打击乐器的旁边。这乐器可不太好，它祸害了一个眉毛上穿着环的十六岁青少年。我拼命地挥着手，像个等待着救援的灾难幸存者。

不是所有人都立刻注意到了我。吉他手先给了贝斯手一肘，贝斯手踢了一脚鼓手，鼓手向键盘手扔了根鼓棒，键盘手咒骂着揉揉脑袋，就这样过去了整整五分钟。而后，所有人在突然的砰的一声后同时安静下来——团队就是团队。

“嗯，嗨。”我挥着一只手打招呼，伊里扎也站出来，简单地说了一句“嗨”。

这位队长、主唱、房子的主人、拿着道格拉斯·亚当斯著作的女士的儿子，应当也是吉他的演奏者。这是个可爱的金色长发男孩，头发可能是打了发胶，也可能是从出生以后再也没洗过了。

“你想干什么？”他困惑地问我。

那个贝斯手是个书呆子样的青年。他看起来像随时要开始向人们解释高斯定理的样子。他似乎不想让人看到他吸大麻，于是快速地熄灭了手指间的烟，把烟头踩在脚底下。

键盘手歪头看着我，键盘上放着一罐雪碧和一袋只吃了一点点的巧克力豆。

我向他们解释了我的身份之后，那名队长的眼睛亮了。

“啊，没错，你给我打过电话！”他惊叹道，“马西莫，把纸箱里面的盒子拿出来，就在我姐姐的光盘底下。”

马西莫，那位熄了烟的贝斯手，在一堆尘封已久的东西里搜寻了很久，拽出来一个被透明胶带密封着的盒子。作为一位弟弟，他完全没有想着要保护自己姐姐的隐私，开始毫不在乎地向我解释起来：“那个蠢货出去上大学了，我不知道她得罪了什么赌场，反正她现在需要钱，所以不得不出售她这些蠢东西。她真是活该，自作自受！”

“是这样的。”我饶有兴趣地插着嘴，“当一个人是蠢货的时候，总是不能避免地去干蠢事。那么，现在就让我看看她的那些蠢东西都是什么吧？”

男孩满意地点点头，将打开盒子的通行证赐予我，我压抑着想要快乐地尖叫的冲动，面无表情地打开盒子。里面有我们正苦苦寻求着的一切版本的芭比，包括电影《七年之痒》中的玛丽莲芭比！鬼知道那蠢货是怎么弄到的！

“这些多少钱？”我用漫不经心的语气问道，企图掩饰真实的情感。

“如果我是用黄金和钻石做成的，我的身价差不多能抵得上那女人开的价格。”这位弟弟讽刺地评论道，“我并不想帮她这个忙，毕竟我知道她是个蠢货。”

“这还真是伤脑筋啊。”

“这样吧，我愿意给你降到半价，250欧，而不是500欧，只要你帮我一个忙。”

我皱起了眉。这小子不会是想让我帮他倾销几百克大麻吧？

但他只是淡淡地说了句话，不容一丝质疑。

“我们写了一段舞曲，现在你们听听。”

就像旧年时光，在我很小很小的时候，在某些冬日阴雨绵绵的周末里，我被迫听着波尔齐亚姨妈大声唱着《再见塔巴林》《那时的雨》《玩具与香水》。在阵阵喝彩与掌声中，我在爸爸的臂弯里昏昏沉沉地睡去，梦见了一些小女孩，她们的母亲一心只想着把她们变得漂亮，因此她们痛苦地死去了。

鼓手敲击着小鼓。键盘手吞下了最后几颗巧克力豆，放了个屁，打了个饱嗝。贝斯手把烟头重新捡起来，别在一只耳朵后面。

金发吉他男孩一把抓起麦克风，摆出硬摇滚的姿态，跺着一只脚，举起一只胳膊，露出闻到猫屎一样的表情，喊道：“走！”

打击乐器上面印着他们乐队的名字，Fuck & Fuck。这首歌和《再见塔巴林》完全不一样，不过这男孩的声音，在某些声调上，让我想起了波尔齐亚姨妈的那句“下去吧，呸！”

歌词很是潇洒，他们一直熟练地重复着组成乐队名字的那两个单词。他们很不错，一直重复着同一个词，每次念的时候却又不同，这是一种掌控的艺术：一声不容置疑的 Fuck you——对着自己有点儿放荡的女朋友唱的；一声充满忧郁气息的 Fuck you——自杀倾向者对着生活唱的；一声严肃的 Fuck you——一位怒火冲天的长辈唱出的。还有许许多多的 Fuck you，其中必定有一些是对着他姐姐唱的。多么成熟的一首歌，不过这持续的时间也太长了，更别提这歌词只有两个单词。

他们刚一停下演唱，我就有种想要吸大麻的冲动。伊里扎的表情我看不太懂：她不是要吐就是在疯狂地憋笑。我反而感觉十分复杂。除去各种乐器独奏的时间，这场 Fuck you 只持续了三分五十秒，如此短的时间却没人对此感到奇怪，真是一场值得深思的经历。

“怎样？”那位歌手得意地问道。

“棒极了。”我回答道，“你们一定会大红大紫的。只要把这首歌放进送给你们亲戚的那堆圣诞礼物里，你们一定会一夜暴富。对了，如果你们录好了 CD，我想买一张作为我妹妹的生日礼物。你懂的，她也像你姐姐那副德行。”

他们没有 CD，不过纷纷对于我的评论表示非常愉悦。我拿出了 250 欧元，也拿到了芭比娃娃。我们非常迅速地撤离了，鬼知道他们会不会突然冒出个主意，让我们听听他们其他的伟大歌曲。

在从那些男孩视线里消失的前一秒钟，我转过身，笑眯眯地对他们喊道:“嘿，Fuck you！”他们四个一起赞许地向我竖起大拇指，几乎带着些骄傲。

我们走得特别远的时候，伊里扎爆发出一阵几乎像是犯了痉挛一样的大笑。

“弗兰策是对的。”她终于停下来感叹道。

“什么意思？”

“他常常提到你，对你特别有好感。他说过，你与众不同。”

“像个小丑一样。”

“不，他说过，只是看看你的简历他就心情愉快起来了。你真的很有趣，我从来没碰到过你这样的人。”

“如果我们变成了朋友，你要准备好，我能把全世界所有疯狂的事情都吸到身边来。”

“这就是他喜欢你的原因。因为在你身边，好像总是围绕着一种……一种明媚的光环。”

“他……喜欢我？”我面露疑色。

“是，非常喜欢，虽然他什么都没和我说过，但是我懂他，他看你的样子就和我看他的样子一样。你到来的时候，阳光也洒下来了。”

好的，现在我感觉十分不舒服。尽管伊里扎微笑着，我还是看出了她目光中的忧伤。她完全搞错了，完全扭曲了整件事情的真相。我耸耸肩，想要立即消除她的误解:“我的到来只能象征着一位扫把星的大驾光临，她总是陷入荒谬的处境中，因为她长着一副小丑一样的面孔，看起来年近中年。看看我，我甚至不需要戴上假发和假鼻子。在我看来，弗兰策只不过因为看到了一个小丑才开怀大笑，而不是什么阳光。”

回到家后，我惊恐地发现，卢卡已经正在做他内心深处想要做的事情。他要离开这里。门口的地板上放着个包裹，而他正在厨房写着一张小纸条。我差点儿把抱在怀里的包掉在地上，差点儿摔坏那些芭比娃娃。

“喂。”他对我说，“我要离开两天，先走了。”

“你去哪儿？”我的声音中几乎带着恳求与颤抖。真是个自尊自爱的女人啊，如果有女权主义者在场，她们一定会为我感到十二分的骄傲与自豪。因为我甚至想铐住他的小腿，阻止他去任何他打算去的地方。

“去我父母那里。我妈妈病了。”他满面严肃，十分忧心，如果这时候我再绑架他就真的太自私了。

“很抱歉。”我低声说着，“希望没什么大碍。”

“我也这么想，不管怎样她现在已经在医院做检查了。”

“会没事的。”我十分诚恳。希望那位亲爱的女士、有这样一个儿子的母亲，能够快些抚平、快些除去卢卡脸上的这种焦心痛苦的表情。

“嗯，那我走了。我不知道什么时候才回来，你要好好的。”

我完蛋了，我已经开始感到孤独了。他还没走出一米，这房子就已变成了一座坟墓。最重要的是，我很担心他。

“卢卡！”他刚刚关上门我就忍不住喊出了声。我迅速地打开了门，感觉自己像个被放在教堂里的弃婴。“我能一起去吗？”

什么白痴问题！我怎么想的？到底是我大脑里的哪个细胞提出

了这种荒谬的要求？车库里大麻的气味把我的神经元熏成糊状了吗？我想收回说出的话。我害怕看到卢卡目瞪口呆的表情，我害怕他用目光告诉我——感谢您的好意，但是这是我的事情。

“当然。”然而我听到了一个出乎意料的回答。

“什么？你说……当然？”

“是啊，可以。”他重复道，“但是快一点儿，少带点儿东西，我想立刻出发。”

我的确非常迅速：我在一个塑料袋中装进一套内衣、牙刷、一条牛仔裤，然后就跑到了楼下。卢卡坐上了他那辆又旧又破的车，这车居然还奇迹般地活着，还残存着几口气和一丝希望。发动了三次之后，汽车终于动起来了。

我不知道我们要去哪里，也意识到我对他的家庭完全不了解。他神情严肃地回应着我的询问。他的父母居住在盛产大理石的堡镇[①]。这次旅行一定很劳累，不过这也无所谓，只要能待在他身边，我愿意赤脚走到秘鲁。

卢卡十分紧张，我们慢慢地靠近彼此，夕阳慢慢地落下，大海的气息慢慢地袭来。我想要试着讲些笑话，于是跟他讲了Fuck & Fuck的事情。他突然开怀大笑起来，于是我也笑了。我们停下来给车加油，上了个厕所，吃着三明治就又踏上了旅程。有块该死的饼干掉在了车上，开始和我玩捉迷藏，我仰向后座伸长胳膊翻找着，于是他又开怀大笑，而我抡起胳膊给了他一巴掌。我心情很好，感觉十分幸福，在几周的徒劳对抗之后，我们终于又可以这样轻松地对话了，就好像时光都被锁在了这个车厢里面，这个我们缩着身子

① 意大利托斯卡纳大区中的一座沿海城镇。——译者注

坐着的老旧大盒子里面。

我们到达的时候已经是晚上了。车子冒着气，咳嗽得像个患有哮喘的老祖母，很多次甚至差点儿熄火，散热器的指示灯也变成了紫色。

这座小镇气温适宜，空气中微微泛着咸咸的味道。这是座典雅的小镇，旅店和别墅矗立在海滩的边缘线上，长长的码头把沿海地带切割成两半，圆圆的月亮挂在天上，像一块大大的薄脆饼干。

前方突然出现了一道栅栏门，似乎有个男人在向车内窥探。他穿着制服，或许是名警察。他不友善地审视着我们，但几秒钟后突然惊叹一声，不停地道着歉请我们进去。车子沿着大道向前开着，卢卡紧握着方向盘，神色紧张。不久后，我们开到了一座城堡前面：当然，不是那种真真正正的城堡，没有塔楼、城墙和鳄鱼蜂拥着的护城河，是一座巨大的别墅，宽阔的石层外表，几十扇窗户，树木无尽的剪影，里面没有阿芙罗狄特，也没有带裸体小天使的喷泉。

“你……住在……这里？”我顿顿地问道。

“恐怕不是，据我所知，我和你一起住在罗马。”

“是，没错，但是我的意思是……这是你的房子？”

“恐怕是的。”他神秘地回答。

我们开始往里走，脚下传来沙沙的砾石声，路灯洒下一簇簇灯光，篱笆被雕刻得像雕塑一样，这房子好像没有边界。卢卡抓紧了他的包，而我羞愧地提着我的行李，因为它们被装在一个带“买买多”超市标识的塑料袋中。

房子的门口映出了一个逆着光的人影，是个女人，但我不觉得那是他母亲。勇敢点儿，卡洛塔，你又不是他要介绍给家人的女朋友！刹住你心里那奇怪的不适！说到底又能发生什么呢？他们不会问你八八乘法表或是什么九九乘法表，不会问罗马历代国王的名字，更不会问怎么计算出直角三角形的面积！

不过在这里，什么事情都可能发生。比如说，那个站在上面的人影可能会是保拉。那个保拉。就是她，我认出了她温婉、美丽的容颜，她精干的短发，她优雅的举止。我呆呆地站在楼下，开始颤抖，濒临崩溃。卢卡停下脚步，吻了吻她的脸颊，而后转向了我。

"保拉，这是卡洛塔。"

保拉注视着我，打量着我，她有一双黑色的眼睛，闪烁着迷人的光彩。她的嘴角舒展开来，露出一点点笑容。

"卡洛塔，这是保拉，我的姐姐。"

什么？姐姐？姐姐？我将这个名词念了不下十遍。

怎么可能？我日日夜夜万箭穿心，只是因为他的…… 姐姐？

我昏昏沉沉的，呆呆地向她伸出一只手，仓皇地躲开我目前无法重新思考的一些信息。

卢卡与她说着话，问着关于他母亲的消息。她还待在医院里，但是身体已经在恢复了。卢卡又问到了父亲，却讽刺性地将其称呼为"你的父亲"。他的父亲正在国外工作，明天就会回来。保拉问我累不累，是否需要在晚餐前梳洗一下。她将我一直带到顶楼，向一位长得像个藏獒的管家吩咐，让他提供给我需要的所有东西。我走进了一个宽敞的、公主般的房间，空气中的每一个颗粒都在嘲笑着我塑料袋里放的那点儿可怜的东西。这间屋子连卫生间里的手纸都十分奢华。我穿着工作服，感觉自己与这里格格不入。我仔细地洗了手，抬头看着镜子里自己苍白的脸，镜子边缘镶着一圈钻石小玫瑰。我意识到，卢卡从来都没有好好地与我谈过他自己。我一直以为他只是个一贫如洗的调酒师作家，努力赚着钱，连自己的房子都买不起。而现在他却变成了个高高地坐在王位上的继承人。事实上，他厌恶着那个王位，而正是这个原因让他走出了皇宫。

晚餐只有我们三个人，我也不知道为什么，不由自主地感到万分羞愧。平常我总是习惯随意说些蠢话，这次我却一直保持着沉默。

他们彼此交谈着，话语间流露着深切的情感。这两个人分享了同一个童年，分享了对生活不同的发现，分享了成长的惊喜，分享着我与埃丽卡之间缺少的所有东西。但是我完全没有嫉妒，我感觉到了一种柔软的情感，让我既快乐又怀念的情感。

保拉突然起身，不一会儿后又折返，手里拿着一个相册。那蓝色绸子的封面上写着四个字："我的弟弟"。

"把那鬼东西拿走，我命令你！"卢卡嘴里咬着一片面包，笑着叫道。

"不，一定得让卡洛塔看看你小时候有多丑。"

"天哪，"我打起了精神，"如果这些照片真的让我大吃一惊，我会拿我爱的米莉亚姨妈的照片作为回报。"

然而我压根就没被惊到，卢卡从他小时候就如此迷人了。我爱不释手地翻看着相册，像是捧着个装满宝物的盒子。这里有他所有的过去。

小宝宝卢卡被他的妈妈抱在怀里：那是个娇小的女人，蓝眼睛，橘红色长发，就像波提切利[①]画作《维纳斯的诞生》中的维纳斯。大约六岁的卢卡，坐在一匹花斑小马上，身子向前倾着，紧紧抱住小

① 15世纪末佛罗伦萨的著名画家。——译者注

马的脖子。他看起来又天真又愉快，连身子下的那匹小马似乎也在微笑着。少年时期的卢卡已经比他班里的同学都要高了。他上的应当是某所私立学校或是寄宿学校，所有人都穿着简朴的制服，背对着一排巨大的楼梯。在这张照片中他不再露出笑容，脸颊染上了那种经历过失望的人才会有的痕迹。

看到那套专业摄影师拍出来的照片的时候，我非常惊讶。那是二十几岁的卢卡，名牌牛仔裤，敞着胸口的白衬衫。他摆着一副有点儿夸张又有点儿疲累的造型，可能是为了给某样东西打广告，洗发水或是软皮鞋什么的。一只手插着兜，一只手插在头发里，不带一丝笑意，鼻孔微微扩张，噘着嘴，表现出内心的某些不忿。

“你还当过模特？”我惊讶地问他。这发现让我有点儿不爽，因为我想起了埃丽卡。

卢卡伸出两根手指朝向嘴巴，就像是要插进嘴里催吐一样。

“一次，就那么一次，我发誓。十九岁的时候，我甚至差点儿就与世界伊丽特模特大赛签了合同。我们在米兰与伦敦之间辗转，但我只忍了三个月。我真的受不了那种环境。于是我决定去阿布鲁佐做做泥瓦工的活。”

我想起身抱抱他，但是我忍住了，因为保拉在盯着我们。准确地说，是盯着我。她一直把目光锁在我身上，某些时刻，我会不经意地发现她在观察我，嘴角还挂着微笑。我让她发笑？这倒确实是我的错，我总是让人们发笑，没有人认真地对待我。

就这样，我毫无防备地深入了解了卢卡的过去，知道了他的故乡，知道了他在遇见我之前去了哪些地方——我的心都融化了。在知道了他依然是他之后，我……我还怎么舍得让他离开？

这是个宁静的夜晚，充满了故事与回忆。

要各自去睡觉了。在房间门口，卢卡的唇掠过我的额头。他紧紧地抱了我一下，有那么一瞬间，我感觉到我们的心脏离得很近。但他立刻就撤走了身体，看着我的眼睛。他的眼神和那张寄宿学校照片里的眼神一模一样，都是冷漠无情。

“去休息吧。”他催促我进屋，而后走开了，身后拖着他焦油色的影子。

13

第二天早上卢卡和保拉去了医院，临近傍晚都没有回来。我战战兢兢地独自用了餐，毕竟我一直待在管家的目光之下，生怕会犯了什么不该犯的餐桌礼仪。我在花园里待了很久，听着大海的声音。声音离得并不远，但是这里只有被修剪下来的草屑，还有把屁股冰得冰凉的石椅。希望卢卡的妈妈一切都好，希望卢卡一切都好。我安静地沉思着，心中突然生出一种异样的感觉——我想保护他。不知道这意味着什么，但我很清楚，这种感情里充满了另一种含义：不再只有激情，不再只是知己，而是一种柔肠百结的温情，猝不及防地淹没了我。爱情可真是个烂摊子！在我以为一切到此为止，就此完结的时候，它却从不停下前进的脚步。这该死的无底洞。

太阳开始下落，在一片阴暗中，我有些疲累地回到房子里。保拉已经在家了，她告诉我他们的妈妈回来了。

“你想在晚餐前见见她吗？她没下楼，因为身体还有些虚弱。但我们谈论了你，她很想见见你。”

不得不承认，我开始紧张了，虽然自己也不知道为什么。都重复过几百万次了——说到底我只是他的一个朋友，见见卢卡的妈妈又有什么需要注意的呢，并没有。她又不是我未来的婆婆，不是吗？

“当然，不胜荣幸。”

“晚餐的时候我爸爸也会在场。”她的声音变得有些尖细，“他和卢卡的关系并不算太好。所以，如果他看起来像是要起身去放个原子弹的话，不用理他。”

“不用担心，我明白的。”我想起了我的母亲和埃丽卡，她们可是天生就能让我觉得自己狗屎不如。

“还会有一些我们家的朋友在。卢卡不总是回家，所以他们知道他回来了的消息，都急着想要见见他。”

“噢……”我低声道，“希望我不会让你们感到不舒服……我也是匆匆忙忙地赶过来的，所以依然穿着工作服。在我们家，请朋友吃饭意味着至少六十几人出席。他们中会有一半人，身上用各种羽毛和亮片装饰着，喝得酩酊大醉，将那另一半清醒的人拖进各种荒诞的场景，比如说一起比赛谁漱口的时间最长。”

我在说什么？脑子进水了吗？没错，这是真相，但是真的有必要让她知道这些吗？

“没有任何问题。不过如果你想，我非常乐意把衣服借给你，如果这样能让你更自在一点儿。”

“如果你的管家可以把衣服修改得紧身一点儿，或许我可以接受。”

她微笑着，我感觉自己像个傻子。

我们挑了一件简单的绿松石色紧身连衣裙，她帮我把衣服改小。总而言之，最后这件皇后装变成了一件蓝精灵的服装。她十分亲切大方，以最大的耐性容忍我的胡说八道。

直到晚上我都没看到卢卡。好吧，我真的紧张了。我有种预感，他爸爸不会喜欢我。事实的确如此，不过他妈妈却非常喜欢我。我进她妈妈的房间的时候，心脏跳得像个被叫到校长室的十三岁小学生。

屋子里没有其他人，只有我和她。房间里挂着一条精致的淡紫色真丝挂毯。我几乎是立刻就察觉到，这不是双人房，没有任何男人用的东西：很明显，她与她丈夫分房而睡。她躺在床脚放着的一张长沙发上，裹在水绿色的长袍和服中，这颜色十分配她苍白的脸色与长长的头发。她没有染发，鬓角爬上了丝丝白发，不过她并无意去遮盖。她刚一看到我，就起身向我迎来。

"噢，不，您快坐下，我走过来就好。"我温柔地对她说道。她看起来像一个古典芭蕾舞者，轻柔的脚步，单薄的手腕，完全素颜的面容。

我问起她的身体，她的回答让我安下心来。

"没什么大事，我总是受这些小痛小病所扰。但是我这两个孩子实在太担心了……"

"卢卡非常爱您。"

"我们之间用'你'相称，好不好？我的名字叫洛伦扎。"

"好的，我……我会尽力。"

洛伦扎注视了我一会儿，而后感叹道："卢卡一定很喜欢你。"

"噢，是，当然……"

"这是他第一次带女孩回家。"

"但我们……我是说……我们只是朋友，仅此而已。"

她对于我的解释不甚在意，就好像将我们两个联系在一起的那种约束关系完全不重要一样。突然我也不甚在意了。友情甚至比爱情更加珍贵，足够让我在这个房子里的角色变得特别。洛伦扎带着仙女般的虚弱笑容继续道："不，仔细想想，他有一次曾经带回来个穿着有点儿奇怪的女孩……不过只是为了气他爸爸。那时候他十八岁，他甚至记不得那女孩的名字。但是你的名字他记得十分清楚。在医院的时候，他与我讲了很多关于你的事情。"

"真的吗？"我的脸变成了大红色。真该死，我怎么表现得跟个少女一样。

"是的，亲爱的。你能耐心地理解他吗？他可以成为一位真正的白马王子，只是他还需要学习爱的存在。他没有真正地经历过爱情，因为有时候他对于感情实在太过于无动于衷。"

我应当重申一遍自己作为朋友的立场，告知她，她的一切猜测都只是误会。然而我却不自觉地低声道："我会的。我会耐心地理解他，爱他，直到死亡。"

洛伦扎握紧了我的手，向我投来母亲般鼓励的目光，她的手掌有着天鹅绒般的触感。就在这时卢卡进了门。我全心全意地希望这位女士不要在他面前谈论起这件事！如果她说了"我认识了你女朋友，她真的很讨人喜欢，刚刚她还和我说她爱你爱得疯狂"之类的话，我干脆躺在这熊皮地毯上死去算了。因此我立刻像受了惊一样地跳起来，就像凳子上铺满了玫瑰花刺似的，我有点儿语无伦次地结束了这场谈话："我得去准备准备了，我们晚餐见？"

"不，我得在房间里用餐，身体还不够好。"

"噢，那么晚安。"

我微微鞠了躬，吻了她的脸颊，就立刻离开房间，留她与她的儿子单独相处。在走廊里，我站在一面长相酷似莱特兄弟的控制台的古董镜子前，看着脸上深深印刻着的爱意，暗暗祈祷着——卢卡不要看到我的爱意，全世界都不要看到我的爱意，否则我就会成为一本完全敞开着的书——一本散了页的、连封面都被蹂躏过的书。

我本就该待在家里，不要过来。这次旅行给了我致命的一击。

“还好吗？”卢卡的声音突然响起。

我吓了一跳，发现他就站在我的旁边。在镜子的作用下，我才发现，他没刮胡子，简单地穿着白衬衫和褪色牛仔裤。我敢肯定，他一定是有意选了这样一身不正式的衣服，而他的爸爸对此一定不甚高兴。

“一切都好，你妈妈简直棒呆了。”

“你是不是跟她说了些有趣的事？她一直在自顾自地笑，还不肯告诉我到底是什么事情让她这么高兴。”

感谢洛伦扎！她守住了我们的小秘密。

“你也知道，人们光是看着我就能笑起来。她只是觉得我很讨人喜欢。”

“的确，真的非常讨人喜欢。”

“那么你怎么样了？”

“说来话长。”

“你不太喜欢这场晚宴，是不是？”

“你是不是知道了很多事？”

“一点点。卢卡，一场晚宴又不是一辈子，过去了就好了。还有……”

“还有？”

“还有……我一直与你同在，不论是这次，还是今后你希望的每一次。把手给我，小宝宝，今晚我愿意当你的妈妈。”

卢卡轻轻笑着，视线穿过额前的碎发望着我，眼神比以往要慌乱一些。他越过我走上楼梯，扬起一边的嘴角对我露出一个奇怪的笑容。

“我不会把你当成我妈妈的，今晚不会，以后更不会。”

这场莫尔家族的晚宴并没像我期待中的那样。一群群黑压压的包着穆斯林头巾的破坏大军——矮矮胖胖的姑妈们哀怨地问着侄女为什么总是躲着不见她们；穿着龙虾红外套的年轻人系着卡通领带，看起来更加稳重，更加酷，但是同时也有美中不足的地方。

卢卡的父亲是一个严厉的人。他十分英俊，看到他，我简直看到了三十年后卢卡的样子，只不过他和他儿子比起来还要更加缺少情感。他艰难地与我打了招呼，目光怀疑地盯着我。与我们同桌的还有三个人：一位表情严肃的中年女士，身材高挑修长，只简单地戴了一串黑珍珠项链作为饰品；她的丈夫看起来像是参过军的一位老人，戴着玳瑁眼镜，留着胡子，时不时咳嗽几声；他们的女儿看起来大约有三十岁，外貌十分具有异域风情，身材匀称，棕色头发，杏仁眼，化了很淡的妆，皮肤散发着自然的金棕色光泽。警报！警报！这个名叫约兰达的女人想要独占卢卡。更可怕的是，她想要在所有人的祝福下独占卢卡。她的母亲时不时就把她扯进话题里来，暗示着她亲爱的女儿可以对卢卡做这样或那样的事情。毕竟在这个星球上，她是最有优势做这件事情的女人了。我清楚地感觉到，卢卡的父亲并不排斥这件事情。而卢卡，却一言不发。我从来没见过他这么安静又分神的样子。整个晚宴上他都保持着沉默，甚至连被父亲责备穿着的时候都一言不发。与此同时，约兰达一直在审视着我，评估着我，想要搞明白我到底有没有资格被列入危险分子的清单。

“我没太搞懂你到底干的什么工作。”约兰达突然对我说道，“道具采购员？买卖破烂的？”

她的母亲不太温和地接口道：“我认识一个保加利亚的女人，她也是做这类事情的——收集那些用过的旧东西，再把它们摆到街头卖掉。”

受到这样针对性的羞辱，我心中简直怒火冲天。我并不觉得收集废品或者在跳蚤市场卖二手货有什么不体面的，但是非常明显，她们说这些话的意图就是想要羞辱我。我完全可以妙语连珠地把这两个吹毛求疵的女人堵得无话可说，可这不是在我家，我不想表现得无礼。莫尔先生勃然大怒，但不是针对那两位女士的无礼行为，而是针对我。他狠狠地瞪着我，很明显，在他看来，我与患有麻风病的叫花子一样令人生厌——不仅在这个宴会上，也在卢卡的生活中。

保拉准备说些什么，但卢卡在她张嘴之前直起了身，这是他今晚说的第一句话。他转向约兰达，脸上绽放出迷人的笑容，感叹道：“我们来谈谈你好不好？那个小马倌还在鞭打你吗？”他啜了一口红酒，享受着客厅中突然瘫痪下来的沉寂，继续发起攻击，“还有那个和你情投意合的棒小伙儿，那个有钱的，记得吗，他怎么离开你啦？难道他终于发现你人尽可夫啦？真抱歉，我亲爱的，就算你全身涂上一层巧克力酱，我也完全没兴趣。”

约兰达吭吭哧哧地说不出话来，涨得满脸通红。她的母亲双眼大睁，身体摇晃着，像是喝醉了一样。她的父亲可能有点儿耳背，嘴角依然挂着迷茫的笑容，咳嗽得更加频繁。但是真正的威胁是卢卡的父亲。

“立刻向我们的客人道歉！”他发令道。

“我还真不太想。”卢卡开始变得没那么冷静，“你对于热情好客的理解未免有些狭窄，对于那些不该来的客人，你未免太过照顾，真的。不过我又有什么好惊讶的呢？你的妻子刚刚从医院回来，而你却急急忙忙地干着你自己的事情，还组织了晚宴。她不在你身边，也不用非得让你上楼去打声招呼，但是至少问问她是不是还活着吧？然而呢？对你来说重要的只是对外的那些面子，那些与钱有关的事情。而现在你又真的能听懂我说的这些话吗？我要走了，这场聚会真恶心。”

他站起来，拉起我的手，把我拽到他身边，就像我为他所有。围观的观众脸色吓得煞白。在一片嗡嗡的讨论声中，我们一起离开。保拉起身跟着我们，在大门口拉住了卢卡。

“卢卡，求你……”她哀求道。

“我做不到，保拉。代我向妈妈说声对不起，但是……我真的得走了。”

她没有答话，睫毛上挂着两颗泪珠。我们停都没停一下就关上了车门，我身上还穿着保拉的衣服，然而汽车就这样发动了，车轮在碎石头上吱吱作响。我很迷惑，还有点儿冷，车门没关好，刮进来的风像鞭子一样抽打着我的右耳。卢卡直直地看着前方，就好像现在他独自一人。他回想着什么，眼皮轻轻颤抖着。汽车几乎在飞速行驶，尽管车身极端恶劣的条件并不允许这样的放肆。夜晚的风吹动着，将盐分通过水珠带到我们身边，卢卡大口大口地呼吸，似乎这样就可以将自己彻底释放。我不知道这种寂静与逃亡还要持续多久，不知道轮子滚过了多少圈，不知道处在这种洪水漩涡般摇晃的我恶心了多少次。突然他看向我，意识到自己并不是一个人。

“抱歉。”他喃喃地说，“这次……”

“我知道的。这样的局面我已经体验了快三十年。我知道，有时候我们的家人会让我们的心脏感到撕心裂肺的痛；我知道，那些与我们血脉相连的人，不接受我们灵魂本质的时候，有多难受；我知道，尽管你真的非常非常爱你的父亲，但同时，你对他的恨意就像硬币那生了锈的另一面。你希望他尊重你的年龄、你的身份、你的个性，但是这种愿景并不能永远得偿所愿。完美的家庭只存在于饼干广告和 70 年代的电视连续剧里。真实的生活里，家庭只是一群人缠着的一团乱麻。我们必须得想通一个简单的道理：自然、教育和选择都不能赋予的东西，不能奢求他人会赋予我们。他们一定在用他们的方式爱着我们，我相信的。但是忙忙碌碌地耗费精力是无用的，因为他们不是查尔斯·英格斯和卡洛琳·英格斯。[①]”

卢卡转过身看了我一会儿，尽管夜色笼罩着四周，我还是看得见他脸上能够使得阳光都暗淡下去的微笑。

“你知道吗，你真的是一只智慧的小花蝶。可惜最近这段时间，在父亲带着保拉来了罗马之后，除了逼迫我他就没干其他的事。他要求我到家里的公司去工作。他对我的很多事情一直耿耿于怀。比如说我一到法定年龄就离开了家，比如说我一直单身，比如说我做了一百万份让他感到可耻的工作，比如说我在追求当作家的梦想。对他来说，那种梦想纯属胡扯。我很对不起我姐姐，她一直在努力

① 《草原上的小木屋》作者的父母，作品描述了他们一家人的幸福生活。——译者注

地拼着这一地的碎片，却从不愿意承认，其中有些碎片根本无法匹配。我自己也应该克制的，应该干我自己的事，不去故意说或做任何惹他生气的事情，但是有时候我就是忍不住。”

“就比如说你今天晚上故意穿成这样子，还有十八岁的时候故意把一个穿着有点儿奇怪的女孩带回家。”

“你怎么知道的？”他不禁问道。真是值得欢呼雀跃，车子终于不再在每个拐弯处飞到空中去了。

“你妈妈和我提过。”我终于鼓足勇气问他，“你答应让我来，也是出于同样的原因吗？你知道他不会喜欢我？”

他皱起眉头，果断地说道：“即使是开玩笑也不可以这么说。你是特别的，是我最好的朋友。不过，我得就今晚的事情向你道歉，那些乡巴佬还以为自己比你高贵。”

那句“你是我最好的朋友”让我感到像被深深砍了一刀。但是这已经不错了。

我提起精神，欢快地对他说：“别担心，毕竟他们也没全说错。我在工作的时候遇到过很多奇葩的事情……比如说，为了那个奶酪广告，我曾经委托一个工匠做了一堆巨大的泡沫奶牛乳房；还有一次更可怕，我得把一对真人大小的里亚切[①]纸板模型搭地铁一直搬到剧院。你说，约兰达会喜欢听这些故事吗？太可惜了，我们走得这么早，要不然我还可以给他们讲讲 Fuck & Fuck 的故事。对了，说到这里，你说的关于她的那些事是真的吗？”

“我已经控制自己只讲那些最平和的故事了，我并不想让她妈妈大惊失色。”他笑着应答。

① 意大利国宝，两尊青铜武士雕像。——译者注

我们谈了很久很久，关于我们，关于我们的童年，关于他坐在小马上的那张照片——那是在马戏团被他妈妈抓拍下来的。我也有一张类似的照片，也是在马戏团，只不过那时候的我正被母亲逼着在一位柔体杂技演员旁边摆姿势。照片里的我绝望地哭泣着，旁边站着那位把身体环成一个水手结的女孩。从那之后我就讨厌马戏团了。

我们聊了许多东西，我们安静地休息着。有那么几分钟，他牵起我的手，紧紧地握着，即使需要换挡的时候也没有松开。我希望时间停下，在此时此刻。

已经出发两个小时了，卢卡似乎有些疲倦。

“我们最好停下来歇一会儿。”我提议。

沿着 A11 线路，我们找到了一家旅馆。那是一片空地上挨着的几间平房，光秃秃的连棵树都没有。这里没有很多人入住，我们挑了两个相邻的房间。已经很晚了，我们互道晚安，他的嘴唇轻轻地贴上我的脸颊。

房间相当地寒酸，所以我希望明天快点儿到来。屋里的温度非常低，我把自己裹在被子里，心里清楚，今晚没那么容易入睡。我的大脑开始一丝不苟地高速运转，渐渐搭构起这最近二十四小时的事件框架。附近街道上响着汽车鸣叫的噪音，前灯昏黄而细长的光线洒满了整个房间。这时我听见有人敲门。

是卢卡，他手里还提着瓶酒。

“你想喝点儿吗？”他问道，“我在吧台买的。有可能是用有毒粉末制成的烂酒，不排除我们会醉死的可能性。”

“还有可能会腹泻。哇！我加入。我一直想在一家汽车旅馆胃疼一次。”

他进了门，坐在床上，用两个古钱币撬开瓶塞子，一口灌了下去，悲壮得像个试毒员。

“如果我突然死了，你就别喝。”

“如果你突然死了，我更有理由喝了。”

他直接从瓶口喝的，亮紫色的红酒滴在他下巴上，还在他白衬衫的衣领上留下一抹粉红色的酒渍。他把酒递给我，用手背抹了抹嘴唇。

“作为一个妙语连珠的侍酒师，我不得不说，这酒真是一坨狗屎！”他笑着大喊道。而据我模糊的记忆，酒的味道好像有点儿像杀虫剂。

我们轮流喝着酒，直到最后一滴也喝尽。我们一直像两个傻子一样大笑着。其实并没有醉到那种程度，只是高兴罢了，我们的头脑还很清醒。突然卢卡侧过身来，手肘撑在枕头上面，嘴角弯起一抹迷离的微笑，紧紧地注视着我。

我不知道他是怎么开始的，片刻前我们还在嬉笑着，谈论着这熔岩石般的床垫和砂纸般的床单。突然他开始慢慢地抚摸我的手臂，慢慢地，两根手指抚着，好像在写些什么。向上移，从手腕，到手肘，再到肩部。我的背脊掠过一阵战栗，或许我应该让他停下。然而我却保持着沉默，紧紧闭住嘴，将任何可能会冒出来的抗议牢牢锁住，再把钥匙扔进下水道里。

事情继续进行。开始的吻并不带着很多感情，但后来，他的吻停驻，流连忘返，紧紧粘住我的嘴唇，又伸进嘴里面，转动着舌头。起始我闭着双眼，又睁开来确定是不是他……是他，是他拥抱着我。

这次不再是玩笑了，母亲也没有在走廊的尽头里偷听。这里只有我们、附近的街道、时不时发着光的车前灯、记不得我们面孔的脸色苍白的经理。一切都是真的，他的双手掠过我的身体，抱紧我，抱起我，这是双价值连城的手。他吻着我。他就是这样对所有那些女人的吗？做爱的时候，他的眼睛也一样带着相同的光，带着这种绿色的风暴吗？他的嘴唇也是如此地燥热吗？这个女人真的是我吗？

是我，爱着他的我。我爱着他的所有。我的脑海被夷为平地，什么也不剩，除去这场肉欲的奇迹——嘴唇，舌头，指尖，心跳……

我不知道外面的人能不能听见我们的声音，我只知道，我很幸福。即使现在死去，我也得到了永生。在今天之前，我从来都没有真正做过爱。尽管现在正发生着这样的种种事情，我却感到无比地纯洁。

卢卡双眼锁着我，流着汗，紧紧靠着我，他微笑着。

他还记得我的名字。

"卡洛塔。"

他只说了这一句话，但我心中的幸福迅猛地涌起，如此狂烈。

但是我立刻就发觉到不对，让我心碎的不对。我害怕他憎恨我，那幸福的一刻已经过去了，现在开始的，都是之后的事情。我们一起沉默了几分钟。我知道，我也归属于不准在他肩上入睡的女人行列。我的心脏开始发疼，或许是心肌梗塞吧。卢卡动了一下，极地的冰隔开了我们。他跳下床，我不想看见他这样。他开始穿衣服，又胡乱地套上裤子，没有看我。我裹在被子的碎片中，此时赤身裸体已经不再是刚刚那段美梦中的含义。我感觉像是受了伤，大出血，生命垂危。我没有哭，我知道事情会变成这样。他转过身来，向我投来内疚的目光。

“妈的，卡洛塔，我真是个蠢蛋！”这完完全全不是我想听到的话，当然，我并没有期望着他向我求婚，但是这句话就像一鞭子打在我身上，“毕竟，我们没用安全套，你发现了吗？”他绕着房间走来走去，搓着双手，像是很冷的样子，“你明白我在说什么吗？不用怕染上疾病，我一直都有做检查，而且一直都很谨慎。而你，当然了，没有任何问题。”

我点点头，感觉头在转。他的担心是有意义的，但是这份担心让我恶心。他还在转着圈，好像有一阵风缠绕着他。

“但我想说的是……就是,你有没有到一个月里的那段时期……”

“没有，没有，放心。”

“真的，卡洛塔，我太羞愧了。”

“别这样，卢卡，没有什么好担心的。”

“是，我知道……但是，这件事本不该发生的！不管是不是偶然都不该发生的。这是个错误，我们喝了点儿酒，而且那时我心里还挺难受的。人在又醉又难受的时候总是会干蠢事。”

走开吧，卢卡，求求你了，走开吧。一个字也别说了，要不然我会像个陶瓷雕像一样，正被一脚一脚地踢爆。

“卡洛塔，我……我最好还是回到我房间去吧，好不好？”他紧张地看着我，像个犯人一样等待着我的回答，也许他害怕我会赖着他不放。

“是，当然了。快去吧，一切 OK。不会有病，也不会有孩子！”我笑着做了个鬼脸，尽量装出俏皮的样子，就像往常一样。我只是想让他没有太多负担地离开。

他走到一半，突然停在房间中间，目光转向我，咬着嘴唇。他什么也没说，我们隔得很远。不久之前他还亲吻着我，而现在我们互不相识。我爱着他，也恨着他。我坐在床上，被子围着身体。

“卢卡，你不该把这件事情看得那么悲观。这无法改变任何事情！那只是性欲罢了！一场不错的性爱，但除此之外什么都没有。”一个欺骗性的微笑被我强行挂在嘴角，我感觉到脸上的皮肤被用力地拉扯着。

“我……当然，当然。其实，我还以为……”

“你以为我还想要更多？你怎么会有这种想法？”

“因为是你，因为我很喜欢你，因为我们是朋友，而且……”

“一切到此为止。我困了，你也回你的房间吧。不要待在这里，我习惯一个人睡。明天早上见。”

他点点头，一言不发地离去了。窗外的路灯闪烁着，在一声哨响后所有灯光突然全部熄灭。我抓过枕头，紧紧压在脸上。流泪，啜泣，哭叫——轻轻地哭叫，与街道上的那些噪音交织在一起。我希望有人来为这一切拉下帷幕，但是我只有这床粗糙的被子，陪我熬过这漫漫长夜。

14

不知道你们有没有曾经觉得自己像一辆摇摇晃晃的、过时的二手车，车顶上面还堆着一吨重的鸟粪。在我们的返程中，我就有这种感觉。

我们极力避免着目光接触，一言不发，各自长时间地看着车窗外的田野、路面和信号灯。我想，北极圈附近住着的那一家子海象的体温都要比这个车厢里高上一些。无可否认，我感觉很糟。卢卡没有理我。他沉思着，偶尔鼓起胸脯做几个深呼吸，时不时咬着脸颊里面的肉。我们回到了家，手上空空，心里空空。他立刻去了酒吧，然而此时距他工作时间还有三个小时。这又是一次冷战，我和他之间仿佛竖起了一道无形的柏林墙。

这种逃避和疏离一直持续了好几天。一天下午，他突然拿着他的 HIV 检测单在我身边走来走去，声音带着光荣地大声说道："是阴性的。"他把检测单像个名牌一样地展示着，可我看都没看他一下。我想他是想一直这样继续下去了，像个孩子一直对我板着脸、噘着嘴，同时还假装什么也没发生。是时候面对这件事了，必须给一个说法，不管结果会是怎样。我知道他在想什么，那天晚上他已经试探过我了。

那是一场酒精引起的错误，一个疏忽，一场过失。

我的心中驶过一列火车，上面载满了绝望的牲畜，它们痛苦地嚎叫着，因为它们正一步步踏上通往死亡的旅程。

“我很清楚你为什么很多天都没有和我说话。”我低声道。

“嗯，但你也没有与我说些什么。”

“是的，安静可以帮助我思考。我向你承认，那时我的确非常迷茫。但现在我终于确定了：那是一个错误。这错误发生过，但是永远都不会再发生了。所以你大可以安心。我感觉到，你对我很抱歉，怕我迷茫、失望。事实上我完全没有任何的幻想或妄念。我们都是成年人了。既往不咎，到此为止，好吗？”

他直直地盯了我一会儿，仿佛在读着我脑子里的想法。他一只手开始揉搓着头发，干咳了几声。最后他终于坚定地说道：“好，既往不咎。是我干了蠢事，但是我已经吸取经验，绝不再犯了，相信我。”

我内心很想痛打他一番，但是脸上挂起微笑。我笑得颌骨都痛，这时我身边经过了一位天使，念着阿门，将这个咧嘴的笑永远地停留在我的脸上。我挽救了我的骄傲和自尊；我假装成一个对一夜情丝毫不屑的女人，装成他的朋友；我阻止了他向我吐露最后决定的言语。但是我感觉比之前还要难过。

我不会与拉拉和焦万娜讲任何事的：我已经知道她们会怎么回答了。谴责卢卡，埋怨我的轻率，可我又如何能反驳得了呢？难道我要说“这不是轻率而是爱情”吗？“即使已提前知道结果，即使再重来一千遍，我还是会做与当时一样的选择的”吗？虽然我现在心碎不已，但是脑海里还浮现着一些从记忆中挤出来的《圣经》中的词句，比如“你的温柔比酒还要甜美”，甚至是“在微风吹起、影子拉长之前，归来吧，我的爱人”。如果我把这些想法透露给她们，她们一定会马上为我预约精神科的紧急治疗，或者还可能会和我一起哭吧，我不知道。

其实，我不想愤怒，也不想要同情，我只想静一静。

好在这份工作经常会让我走出家门。我去搜寻各种剧场所用的物件，绝望地寻求着收藏品中那最后一个芭比娃娃，尽管我早已意识到，这个芭比根本找不到。同时我还要待在剧场，帮伊里扎一起绘制背景图。

我们两个像疯子一样工作着，颜料从手上一直沾到喉咙。我知道我依然不是很健谈，但是，像往常一样，劳累的身体、全神贯注的大脑和性格霸道的罗基让我感觉好多了。伊里扎试探着问我是否一切顺利，我回了她一丝微笑。

一次我负责画劳拉父亲的肖像画。他是阿曼多的丈夫，曾经突然抛妻弃子，只留下一条简洁的消息：“永别”。我抬起手准备下笔，却突然失去了力气。

男人就是这样，不管是在剧本里还是在现实中，他们在需要你的时候锁住你、利用你、欺骗你，在你身体里留下孩子的胚胎，而后就消失。你很奇怪，虽然你的控制欲极强，但你不坏，你只是一个留不住丈夫、想要试着留住剩下所有东西的可怜女人。

我从来都不是什么楚楚可怜的女人，更别提在众人面前流泪了，而且在这众人中还有一位屁股上长着暗疮的罗基。但我很难控制住自己。我感到眼泪在眼眶中打转，但我不会让它掉下来。我已经哭够了。

"我出去抽支烟。"我对惊讶地看着我的伊里扎说。

"你抽烟吗？"

"不，但随时可以开始。"

我走到了中庭，开始沿着小路散步。天气很是寒冷，狂风暴躁地卷起各种东西。为什么我伤心的时候天气总是这么糟糕？现在明明是春天，为什么却像是在特兰西瓦尼亚[①]的11月2号[②]？是大自然与我心中的冬季达成了一致，还是我心中的冬季影响了大自然？或者说，其实此刻阳光明媚，鸟儿鸣叫，鲜花盛开，只是我看到的世界是黑白的？我靠在墙上，身边走过一个吸烟的男人，我直截了当地向他要了根烟，他机械地照做，仿佛早已习惯这种敲诈。他甚至为我点燃了烟，而我愣愣地站着，手指夹着烟，不知道怎么做。我向他道谢，而他却板着脸走开，好像刚刚遇到了个让他不爽的人。

我吸了一口烟。正如所料的那样，我呛住了，开始咳嗽。

这时一只手轻轻拍了拍我的后背，伊里扎的声音从旁边响起："你不太舒服吗？"

我静默了片刻，并不想滔滔不绝地扯谎。我没有回答问题，而是向她问道："你有没有曾经在某些时刻，在想着一个男人的时候，脑子里一直转着《雅歌》[③]的各种段落？"

伊里扎笑着摇了摇头。

"如此便可以知道，我的神志其实已经离我而去了。"我低声道，"我的脑袋已经无法容下其他东西了，只有我的爱人，他雪花石柱般

① 罗马尼亚中西部地区，被称为吸血鬼故乡。——译者注
② 万灵节，即天主教纪念已去世教徒的节日。——译者注
③ 《圣经》66卷中很独特地讲述男女之情的一卷书。——译者注

的双腿，他嵌着蓝宝石的胸膛。”

“而你的爱人并没有同样地看待你？”

“把我看成太阳，月亮，一颗石榴，一只鸽子？不，不，在他看来我最多只是一个巨大的错误。还记得我推测过的彭妮洛佩与女妖锡西的事情吗？这样告诉你吧，我试着模仿女妖锡西的作风，而且并不觉得我表现得特别差，却毫无作用。”

在伊里扎发表评论之前，另一个声音突然响起来了。绣球花，那位脸长得像褶皱的纸一样的女巨人，在不知不觉间接近了我们。她拿过我手里的烟，享受地吸了一口。

“嘀嘀咕咕什么呢，女孩们？背着妈妈吸烟？这脸拉得！你们在讨论男人？”

我看着她，不知为何突然脱口而出：“你爱过人吗？”

绣球花有那么一瞬间脸上竟露出了她真切的一面：她其实只是个老女人，肩上还背负着沉重的回忆，还有对死亡的恐惧。她深深地吸了口烟，面孔变得与手风琴一样褶皱，烟雾从她的鼻孔和嘴巴里缓缓飘出。在一片烟雾缭绕中她说道：“是，有过那么一次。那时候我身处巴里，在一家大剧院做服装设计师。剧院里有位扮演伊阿古[①]的男演员，他十分英俊，对那名背叛者的演绎接近完美。很久很久以后我才意识到，他并不是演的。”

“他背叛了你？”

“男人都是这样，在得到一位女士的芳心之前，口蜜腹剑，山盟海誓。要机灵一点儿啊，女孩们，比起那时候的我，你们学过更多的东西。不要相信伊阿古，也不要爱上伊阿古。当然了，更不要爱

① 《奥赛罗》中的反面人物。——译者注

上比他还烂的男人。”

“那他就没有给你留下任何美好的东西吗？”

“噢，有的，罗基，我的孙子，我的小麻雀。”

说完这句话，她把香烟扔在地上，用矫形鞋的鞋尖碾碎烟头，转身走回了剧院。我与伊里扎面面相觑，相对无言。爱情欺骗着每一个人，无论在哪个时代，在哪片天空之下。不管你是第二次世界大战中的女裁缝，或是21世纪苦苦谋生的三十几岁的毕业生，爱情必定会在你身上留下伤口与疤痕。的确有些人幸存于爱情之下，然而又有多少呢？这种幸福的表象又能持续多久呢？是否只是像我一样，仅仅持续了一次性高潮的时间呢？

“弗兰策会约你出去的。”伊里扎突然打断了我的思绪。

“什么？”

“他不是伊阿古，相信我。”

“出去？什么意思？”

“他喜欢你，我和你说过了，不是吗？”

“但……但……”

我说不出话来。伊里扎似乎毫无心事地微笑着。我开始怀疑自己，难道我真的看错了？她真的不爱弗兰策吗？难道我有一双混沌的双眼，不仅看不清自己，也看不清这世上其他的事物吗？现在我是不是连萤火虫和蜡烛都分不清了？

不管怎样，我不希望弗兰策喜欢我，不希望我们之间有什么浪漫的情感。不仅仅是为了我，为了伊里扎，也是为了弗兰策本人。因为我的心脏已经被封住了。

“我越来越确信，你是错的。如果你真的对了，我希望他还是不要约我了。我没办法同时处理多件事情，此时此刻我甚至连一件事都处理不好。希望他能再好好看看四周，去约一个比我更配得上他的女人。”

“我倒希望他能约你出去，也希望你能接受。”

“你是认真的吗？我并不是真正适合他的那个女人！”

伊里扎露出一个微笑，甩了甩她的红色披肩长发。她带着雀斑的面颊看起来就像一朵罂粟花。

“我很了解他，我希望他也能真正了解他自己。”

“你的意思是，希望我和他的约会能让他明白，与我约会是没有意义的？”

“没错，类似这样。这样可以让你消遣消遣，也可以让他明白你们并不合适。面对着一朵永不开花、毫无经验的爱情之花，没有什么比这更艰难了。人们总是倾向于把尚未使其失望的人理想化。所以，如果他邀请你，为什么不接受呢？祝福你们。”

如果我可以闭上双眼，在精神世界按下一个按钮，把心中占据着的那位卢卡先生换成弗兰策，我会是这世界上最幸福的人。可惜我不能，也绝无可能。

不可能的原因还有一样：以前每月准时光临的月经，这次迟迟未来。卢卡问我是不是在危险期的时候，我给了否定的回答，我撒谎了。事实上，就是危险期。但是，说真的，我不是故意的，我完完全全没有预料到这种情况。情况就是我的经期已经延后三天了。我买了一根妊娠测试笔，但是它还躺在我的包里，与药店的卡卷在一起。我不知道为什么，可能是因为我不想那么早发现我怀孕了。我知道，我应该被关进精神病院：年近三十，做着低薪的工作，身边没有男朋友，与一个男人马马虎虎地上了六分钟的床，而且从此之后那男人连句话都不和我说，对于怀孕他更是完全不会接受。我知道，我应该祈祷检验的结果是阴性，如此便可为逃过一劫而举杯欢庆。一个正常的女人可能会有如上的想法，可是我不是正常的女人。我的 DNA 里有一些疯狂的成分，我的脑海深处生出了一些新的细胞，使我处于一种奇怪的兴奋状态。那是母亲的本能，这可能是我绝经之前的最后一次怀孕经历——因为就我的感觉而言，直到安息之前我都不会喜欢上其他男人——除了卢卡。无论如何，我有点儿亢奋，甚至希望自己真的怀孕了。他厌恶我，而我却希望能怀有他的孩子。我真是个完完全全的白痴。

怀着这种心思，我参加了艾玛的生日派对。焦万娜由于忙着工作来不了，但是我怀疑那只是个借口，因为她害怕小孩子。她是个少见的充满斗志、浑身是胆的女人，但是她不知道如何面对那些十二岁以下的人类个体。有些人有蜘蛛恐惧症，还有些人有蛇类与真空恐惧症，而焦万娜则有熊孩子恐惧症。

到了拉拉的家，迎接我的是一个迷你抢劫团伙。他们到处喷着巧克力豆，弄脏了我的裙子。艾玛抱着我，迫使我弯腰到一个五岁小家伙的高度，不断亲吻着我。不过说实话，她也没比我矮多少。

拉拉的屋子里挤满了一群妈妈，还有尖叫着到处翻找着、奔跑着的孩子们。我带来的礼物是一本童话书，还有个装满了树莓味口红的化妆包，艾玛对此十分兴奋。我帮拉拉照顾着她的小客人，阻止他们把餐巾纸当作弹弓向油画上射蛋糕。而与此同时，我还要听着拉拉抱怨前夫的残酷行为。

“他甚至没有打电话来祝贺她！”她愤怒地说道，一群妈妈热切地竖着耳朵，“丑恶的浑球，他肯定又在和别的女人交往了。”

“男人都是蠢货，没人能够幸免于难。”另一位妈妈应和道，那是位瘦削、结实的少妇，蛋黄色的头发，皱着眉头的脸，“如果要给世界上所有的猪颁发许可证，我的前夫一定能得到一张。我们结婚八年以后，他居然发现自己更喜欢有巴西风情屁股的女孩。那他和我结婚干什么？我从来都不曾有过巴西风情的屁股！”

“这不是屁股的问题。”另外一位母亲回答道，她的身材像侏儒一样娇小，“我把它称为对立理论。如果你高，你的丈夫就喜欢看矮子。如果你矮，就会发现他又去看那些壮女。如果你是家庭主妇，他会爱慕事业型女人。如果你工作，他又会去奉承家庭主妇。男人们所爱的东西，恰恰都与他们身边拥有的东西截然相反。这样让他们很舒服，可以总有借口指责，是你不符合他们的期望。”

“如果你们的痛苦只有那么一点点，那么现在听听我的故事。”一位身材健美、气质独特而又隐隐有些火爆脾气的女人感叹道，“我丈夫在与我结婚四年之后，突然发现他其实喜欢男人！”

真不知道拉拉是不是把全世界的女性输家都召集来了，她们有一个共同的特点：都是被浑球抛弃而枯萎、憔悴的女人。

我听着这个前妻军团发着牢骚，抒发着她们的不满，对那些男人破口大骂，叙述着各自恐怖的孤独生活——只能偶尔在过道上遇见男人，家里的孩子们还在尿床。我不禁开始想象，如果我真的变成了单身母亲，养育着一对吵吵嚷嚷的双胞胎，我腿上的汗毛可能都会卷曲起来，因为我连刮体毛的时间都没有。哎呀，我完蛋了！我怀孕了！我将会被卡在电梯里，身后的商业代表努力地把我往外推，看着我腋下渐渐沁出汗水的痕迹。我将不得不辞职，或者更糟的是，不得不把孩子托付给我的母亲。她会教导我的女儿变成荡妇，教导我的儿子变成付费的嫖客。我的肚子会鼓起一个大包，大得我连弯腰系鞋带都做不到。情况危急，万分危急。

我站起身，头晕目眩，也许是时候结束这样的折磨了。我找到包，悄悄地躲在冰箱后面弯腰前行，躲开那些活蹦乱跳的孩子，反锁卫生间的门，从包里扯出来那个怪玩意儿——一根蓝白相间的塑料棒，它会告诉我，未来几年我是否能够为腿刮毛——我开始看说明书。

这份说明书很是准确、详细（坐在马桶上，妊娠测试笔一头的棉塞用尿液浸湿，平放在架子上，等待测试结果）。我很惊讶上面居然没有“根据需求欢腾雀跃抑或抓耳挠腮”。不管怎样，我等待着结果。我不想偷看测试的过程，于是在浴室里转悠着，好奇地看着拉拉的柜子，发现她对于薄荷味的滑石粉有着别样的热衷。最后我看向结果。我一动不动地看着测试笔，那四四方方的小屏幕上逐渐显现出清晰的字迹，就像隐形的墨水在蜡烛的热度下逐渐现形。没有怀孕，没有嗷嗷待哺的小婴儿躺在我的肚子里。我不知道我什么感觉——如释重负？心如刀割？

我坐在马桶上，拉拉开始敲门。

“卡洛塔，你还好吗？你在里面待了一个世纪了！你被马桶吸走了吗？”

我把测试笔藏在包里，走了出去。我再也不能以同病相怜的心态，听着大厅里那些妈妈的抱怨了。我还可以明白她们身边无人陪伴的痛苦，但是养育孩子的痛苦我将永远感受不到。我现在看起来一定十分古怪，比往常都要古怪，因为拉拉正忧虑重重地看着我。我对着她咧开嘴，生活是美好的，我没有怀孕，我的肚子会依然平坦，我不用买橄榄油来试图抹平妊娠纹，不用买那些河马才能穿的内衣裤，不会把脑子都吐在马桶里，不会一分钟上七次厕所。一切依然井然有序，我解脱了，从身体里有卢卡某样东西的幸福感中解脱出来了。

我又在这里待了一小会儿。艾玛像匹小母马一样，扭动着身子追着一个调皮的男孩。我抱住了她，差点儿没忍住对她说：不要这样追在男人的身后，至少不要这样公然……你可以尽情想象失去他们的痛苦；可以殷切地盼望一夜情之后创造出一对继承人；可以在地板上把身体蜷缩成一团，一直待到黎明时分等待着他们的归来；可以偷偷躲在浴帘后面，闻着他们留在椅子上的毛衣的味道。但是追随他们……最好不要这么干。屈辱也是有条规的。就像我一样，假装自己是个风风火火的女人：与谁交往、被谁抛弃，对我来说都无所谓。我是一个真正的女人，永远都不会去追——直到死亡。

我与各位女士道别，走了出去，真是该死，我依然没下定决心去买辆汽车。

我慢慢地走着，夜色温和。我穿着轻薄的大衣，鱼尾裙，短靴，一头鬈发上戴着棉布贝雷帽。我没有怀孕，该庆祝一下的。我走进一家酒吧，我不知道这是什么酒吧，进来只是因为这家店的灯光刺进了我的眼睛。店面很小，烟雾缭绕，反正我肚子里也没有孩子，想喝多少就喝多少。这里大多数的男性客人都戴着六颗耳钉，穿着吊带，大咧咧地露出他们健美运动员般的肱二头肌。台球桌旁边零星地围着几个女人，套着短裤和满是铆钉的背心。但我对这些不甚在意，径直向一位酒保点了喝的，他的眉毛十分浓密，浓到我甚至怀疑它们会掉一些到饮料里。

我坐在长凳上，死死地盯着我的烈酒。在酒的表层，有根汗毛正在欢快地进行着海豚式游泳。这时走过来一个男人。他的皮肤就像橡树那坚韧的树皮。他向我问道，一个像我一样的女人为何会出现在这个地方。我与他说了实话。我哭了，向这棵陌生的大树倾吐一切真相。这男人端详着我，像一位伪装成大树的诗人。终于他开口了，板着他那张大树诗人的脸，只说了一件事："宝贝，那个男人不适合你，你得离开他。否则你就会被囚禁，永远。"

有可能这个诗人只是在暗示我，他可以取代那个男人的位置。不过他的建议依然为我指明了一条道路。我飞速追上一辆公交车，浑身都是杜松子酒的气味，头晕目眩。我回到了家，决定先睡上一小会儿再履行我的计划。我走进家门，所有的困意却不翼而飞。

卢卡在家，而且不是一个人。他的衣服落在地上，而且，更重要的是，有一件女人的衣服也落在地上。我呆呆地站着，他的房间里传来了声音。

我顿时火冒三丈，我想杀了他，但我极力控制着。我试着数到十，但是数到三的时候我就放弃了。我怒气冲天地踹开了他房间的门。他仰面躺着，一个女人躺在他的身边，似乎在聊天。她居然可以和他聊天！我咬牙切齿地走了进去。他们两个一起转过身来，四只眼睛同时盯在我身上。那女人吓了一跳，目瞪口呆，而卢卡还处于性爱之后的倦怠状态中。瞬时，卢卡立即把被子盖在身上，我并不能理解他的用意，毕竟这屋子里的两个女人都见过他的身体。而后我平静而邪恶地说："我只是想通知你，我没有怀孕。"

我走出去，故意敞着门。卢卡跳下床，穿上他的平角内裤，气势汹汹地追赶出来，我真害怕他是想捏碎我。他头发凌乱，怒不可遏。那女人也走了出来，衣衫不整，用手捂住胸部。

“卡洛塔！你在说些什么？你喝多了？”他问道。

“也许吧，不过不关你事。真正的问题应该是：这女人是谁？”

他向我投来蔑视的目光。

“这回轮到我说了，不关你的事。我不需要你的许可。”

“毫无疑问你需要我的许可！我受够了你那些妓女，受够了我的房子无法由我掌控，受够了这一切。真的够了。你必须离开，不是明天，立刻离开。”

“嘿，蠢货！”他大喊道，“不用你来赶我，是我自己要走的！你以为和一个疯子住在一起有多愉快吗？鬼知道你在想些什么？好好用你的脑子想一想！不久前你还和我说‘随便带那些女人回家，我们不会在一起，我们已经是成年人了，不用搞那些电影情节’，而现在你却又开始审问我？你这算什么，难道你精神病晚期了吗？以为我会向你下跪求婚吗？”

“结婚？我宁愿去和那名浓眉大眼的酒保交往！宁愿去和厄瓜多尔人的香蕉生孩子！你以为我无时无刻都在想着你吗？你以为这几周以来，我就只一心一意地想着你——卢！卡！事实是你无法在我生活中留下任何痕迹。对话到此为止，卢卡，我希望你立即离开。”

“我当然要走！毫无疑问！我再也不想整天面对你，你是我见过的最蠢的女人！”

我再也说不出话来，声带好像破裂了一样。卢卡盯着我，双拳紧握。那女人拿起衣服，消失在门口。我没再说什么，没为这最终的沉默添上任何音节。我转过身，走进我的房间，双腿瘫软，几乎滑倒，得用力地扶住门才能不滑到地上。我反锁了门，门把手一直紧紧地顶着我的背，把外面每一处声音都传递过来。

他正穿着衣服，他正粗暴地打开衣柜，他正把东西扔进行李袋中。我不知道这一切持续了多久，这些道别的前奏，只知道大门突然传来一声巨响。

他走了。他不再在这里了。从现在开始，直至以后。我的帽子还戴在头上，身体却失去了平衡，像一朵枯萎的花一样跌落到地上。我太过绝望了，但是我没有哭。

15

这就是我，一只迷人的、碎裂的夜壶，睁着两只熟茄子般的眼睛。我已经把自己关在家里整整一周了，眼睛里流下来的泪水也不知如何才能擦干。我甚至不知道今天是几月几号。我编了无数个不去上班的理由，吃光了家里所有的去核橄榄，舔干净了所有的刺山柑罐头。我渴得像头骆驼，喝着尝起来有点儿发酵的豆奶，心脏慢慢地被埋进了垃圾处理厂。卢卡离开了，我的神志也随着他走上了一条不归路。我沉溺于保持自己的尊严中，却在每一次电话响起的时候希望着是他。我好想他，想得快要失去呼吸。我睡在他的房间里，从不打开窗户，只为了留住他的一点点气息。

母亲给我打了电话，问我更喜欢天然钻石还是合成钻石——我明白，这预示着我的生日礼物将会是一个疗伤的礼物。拉拉也打了电话过来，她十分惊慌，因为她在整理浴室的时候，在垃圾桶里发现了妊娠测试笔的包装盒。弗兰策也打了电话过来，很多次，问我感觉如何，还请我回去工作。我知道，第一次演出就要临近了，我的缺席不可原谅。但是我真的没办法从沙发上坐起来。一堆人都给我打来了电话，除了卢卡。

我应该感到荣幸，我对于很多人是那么重要。我应该去洗个澡，刮体毛，喷上香水，回归到正常的生活中，但是屈辱压得我起不了身。我是他一辈子里交往过的最蠢的女人……

我狂奔到马桶旁，开始呕吐，而后洗了把脸，听到门铃的响声。是焦万娜，但我不想见她。我装成一名中国女佣（然而我并没有什么女佣）与她说话："我家女四（士）已经搭蹭（乘）桑（商）业火车去环游四（世）界了。"

焦万娜大笑了一声，亲切地警告我不要再做蠢事："马上开门，不然我打电话给精神病院，让他们把你关到暴躁患者的病房去。"像往常一样，强者击败了弱者，我打开了门。她不是独自前来，手里的皮带上还拴着一只狗。刚一认出我，大白熊就跳进我怀里，撞得我坐到地上，我被埋在了一座毛茸茸的欢快的山里，这座大山摇着尾巴开始舔我的脸。焦万娜把它拉开，但是它又开始舔一袋不知道什么东西，看起来像一袋玉米卷。

"卡洛塔，发生了什么？你的确应该心烦意乱，但是总会有解决方法的！到底是什么把你变得像一个粪堆！"焦万娜感叹道，而那只狗正沉浸于喜悦当中。它从我疯狂地扫荡一空的家中找到了一小袋幸存的零食。

"会有什么解决办法呢？用一辆绞车把他抓回来？用一块巨大的磁铁把他吸在冰箱上？告诉我，怎么解决？从我看到他的那一刻开始，唯一合适的解决方法就是，待在这里，吞下所有的东西，直到我变成一颗咸咸的开心果，死去，然后再把我的尸体钉在一个桶状的盒子里。"

"你知不知道，你现在正一只脚踏在老年痴呆症的门槛上。"焦万娜对我微笑着，高高在上地审视着内心已支离破碎的我。她的发型永远都像刚刚被理发师打理过的样子。她弯下腰，靠近我趴伏着的身体，拍了拍我的小腿："总之，你说的那些话我都没听懂。如果你不想要孩子，总是有办法可以解决的。"

"孩子？什么孩子？"我很困惑，我的家与我的生活都变成了一堆废墟，而我无法跟上她的思路。

"孩子，卡洛塔！拉拉和我说过的，她在厕所里发现了你的妊娠测试笔。"

"啊，没错，我明白了，你指的是那对双胞胎……"想起那一对我幻想中的小麻雀，我不禁露出难过的表情。

"什么？是双胞胎？"她猛地跌坐在沙发上，压到了一个包装袋。吃完薯片之后那个包装袋被我吹得鼓胀起来，而此时此刻它在她屁股下被迅速压扁，就像一只涂了油的金丝雀的尸体。她又猛地站起身来，骂了句脏话，在大白熊吃掉它之前迅速地把它抛了出去。

"焦，孩子们不在这里了，不要担心。"

"你是说你流产了？"这件事让她万分惊慌，或许她是来劝我留下他们的。

"我的意思是，他们从未来过，我没有怀孕，曾经没有，未来也不会有。"

"我明白了。"她温柔地说道，"能不能告诉我，那对双胞胎的父亲是谁呢？我是说那对幻想中的双胞胎。托尼吗？我曾了解到他没再给你打过电话，但是他没有跟我解释原因。"

"还是尊重他想要保守秘密的想法吧。"我低声道，"不过我那对双胞胎的父亲是卢卡。"

“什么？”焦万娜不可置信地望着我。

“是卢卡。”我又说了一遍，我不想陷入回忆。在过去的这些日子里，我已经想起他3600次了，我想，我有权利在一次又一次的回放中间插播上一段只属于我自己的广告。“你如此吃惊，是不是在想，他怎么可能会想要我？”

“并不是，傻瓜，说实话，如果真的没发生过我才会惊讶。我很确信，你并不会听从我们的建议，不会让他搬走。这不是你的错。人生当中，总会有些时刻需要让我们来犯错，来经受痛苦，如此我们才能学到东西。我也犯过很多次错。我现在可以彻彻底底地告诉你：卢卡不是可以托付于终身的理想类型，你值得拥有另外一个不同的男人，那个有勇气留下来的人。”

“我们对于时间的概念没有达成一致……”我低声说，“他只想和我短暂交往，而我想和他生活一辈子。”

“没错，我们都知道的。你闻闻，你的房子就像个垃圾处理站；你得为你那一丛荆棘做个面具了，它们曾经是你那美丽的鬈发。还有……”她突然沉默了，好像在沉思什么事情，刹住话头，吞吐着一些说出来会让我不高兴的话。

好吧，这应当就是对我致命一击的最后时刻了。来吧，握紧你手里那把该死的刀，刺进我的背脊。

“我还没告诉你，我看到他和你妹妹在一起。”

“什么？”这一击刺激得我立刻醒过神，从沙发上跳起来，像颗子弹一样弹射起来。

“埃丽卡？什么时候？”

“在卢卡工作的地方，我偶遇了他们。他们锁了门一起离开了。

还有一次我在大街上看见了他们。我之前没告诉你是因为怕你难受。”

“难受？不不不，你在说什么，我简直欣喜若狂！”我大叫道，看起来就像安息日时在圣火盆周围跳舞的巫婆。我垂下眼帘，低头看着地毯上散落着的杂物。我的大脑中有些东西在嗡嗡作响，那是嗡鸣着的警报声。卢卡和埃丽卡。之前我以为他爱上的是保拉，现在却发现，竟然还涉及我妹妹。那么那天在公园里，在我偷听到的对话里，他说的人到底是谁？是谁让他内心产生了奇怪的情感？会不会有可能，那意想不到的爱情源泉来自埃丽卡呢？

我不寒而栗，嘴里涌上来一种恶心的味道，让我想要呕吐。我奔向浴室，看着镜子里的自己：卡洛塔，停下吧。你不可以再生活在黑暗中，闻着他床单的味道。你现在不是个十五岁的少女，更不是在经受着什么失去初恋的痛苦。

我不知道这些事情是不是真真切切地就这样发生了。我已经是个成年人，却从来没有经受过这样的事情。我必须走出来，至少要留存一份骄傲。生活还要继续，即使没有卢卡，即使没有那样一个声称喜欢我，却又把我当成随意的女人一样利用的男人。自然，我不能假装他爱我，但是起码要让他尊重我。我不能看着他得逞而归，而我却变成一个发着霉、无家可归的变形虫。

我站在浴室里任由水哗啦啦地浇在身上。焦万娜收拾着我这一周与世隔绝的生活所留下的一堆堆垃圾，表情嫌弃得像是在收拾尸体。大白熊紧紧黏着她，试图从她手里夺下一些薯片的碎屑。我听见她用德语向它发出指令，音调就像罗登迈尔小姐[1]一样。不过在我看来，这只狗完全不在乎她说的话，因为它听不懂这种语言，还在

① 日本电视动画《阿尔卑斯山的少女》中的角色。——译者注

继续追着那些脏东西舔。我洗着身子，迅速地用剃刀刮着体毛，水哗啦啦的噪声让我头晕目眩。我又重新变回了人类。

我出去的时候，心中怀着迎接一切希望之情。第一份惊喜是我的房子，虽不是非常华丽，但是最起码打扫干净了。第二份惊喜是弗兰策，他正站在我家门口，与焦万娜交谈着。我敞着浴袍走出浴室，而大白熊一直嗅着他的鞋子。该死，焦万娜就算提前喊一嗓子也行啊！我急忙系上浴袍，对她怒目而视，而她俏皮地向我抛了个媚眼。

“我现在必须走了，以防这只狗再吃下其他的什么垃圾。”她对我说道，“你现在状态已经不错了。”

“你还好吗？”焦万娜刚刚关上房门，弗兰策就急切地问起我。而我，令人出乎意料地，把一切真相都告诉了他。

弗兰策真的很让人安心。如果我是小雏鸭，他就是一面平静的湖水；如果我是穿着条纹服、戴着草帽的桨手，他就是引船人；如果我是天鹅，他就是与我交织着脖颈比出心形的另外一只天鹅。他对我来说就像十五滴立舒定[①]，像热石和长毛刷之间的一场按摩。我们同坐在沙发上，膝盖相触，我除了浴衣什么也没穿，思绪一片清晰。为什么我和卢卡就不能这样呢？又是为什么，那个夏天的下午，我在家门口看到他的时候，耳朵里会传来海啸的声音呢？

我说着话，弗兰策则认真而亲切地倾听着。最后他开始跟我讲一些关于他的事情。

“我也一样，去年对我来说很是痛苦。”他开始娓娓道来，“我与我的妻子离婚了，她带着孩子回了德国。我非常想念我的安妮卡小

---

① 精神安定剂。——译者注

宝贝。”

我们坐在沙发上，沉溺于各自不幸的命运中。弗兰策非常温柔，他仰望着屋顶，讲述着他烂尾的爱情故事，脸上挂着一个模糊的微笑。

我们谈话的时候，身后突然传来一个声音，把我们吓了一跳。

在我的家门口，站着一位邪里邪气的人形化身：我的母亲。她不是已经把钥匙还给我了吗？那么现在她是如何再一次大驾光临，而再一次欣喜地撞见我几乎半裸着与一位英俊的年轻人促膝长谈的呢？恐怕我真的得换把锁了：保不准在她房子的抽屉里还保存着三十把钥匙，随时准备着下一次的即兴拜访。

“我亲爱的！”她感叹道，踩着一双极不合脚的高跟鞋蹒跚前进，“我给你打了好多天的电话，我以为你死了。可是……那是什么味道？你衣柜里藏了一具尸体？还有，你对你的头发都做了些什么？你看起来像只豪猪。”

“我还活着，妈妈，房子里是我新买的环境除臭剂的味道。你不知道吗？这是现在最流行的时尚气味。”

迫于教养，我不得不向她介绍弗兰策。她摇着他的手臂，剖析着他的身体，评估着他的内心。他非常具有同情心，而且心思敏捷，在意识到我肉眼可见的尴尬之后，立即起身离开，并与我说明天希望能在工作的时候看到我。我的母亲一刻都没有等待。她觉得这名年轻人应当到了一楼的时候，立刻用巨大的声音对我说道：“我更喜欢之前的那个，那个更有男子汉气概。这个好像有一点点软弱，而且太过精瘦，看起来也不像那些纨绔子弟……”

“这似乎是个优点吧，不是吗？”

“哦，不！一派胡言！”她反应强烈得就像我说了什么脏字似的，

“现在谁还喜欢那些好男人？没人！”

“还是谈点儿别的吧。你是来干什么的？”

“我是来看看你死没死的，没死的话，我是来通知你生日聚会的事情的。我已经邀请了所有的亲戚，甚至包括黏在你父亲身边的那位无趣的小女人。”

“我倒觉得科雷塔挺讨人喜欢的。”

“他至少去找个名字没这么可笑的女人来啊，拜托……这名字能让我联想到一大串乱七八糟的东西呢！”她冷笑着，却没想起她给我起的名字也一样很可笑。

“我和你说过，我不想要任何聚会。还记得去年那场聚会吗？有个弹尤克里里的人喝醉了，开始在大提琴上跳踢踏舞。自从那以后我就再也不相信你举办聚会的能力了。做好贵宾席没有人坐的准备，因为我不会去的。这是我最后一次跟你重复这些事。”

“你未免太过激动了！自然，你也没什么好庆祝的，毕竟你变老了，没有丈夫，更别提孩子，还做着一份我没法和朋友讲起的工作。但是自暴自弃是没有用的，这样反而会让你长皱纹。你有没有试过最新出的蜗牛泥面霜？他们说那面霜效果惊人。”

“你可以把它当作我的生日礼物，在那场我死也不参加的聚会上送予我。现在请你离开，并打消我会在三十岁生日那天参加你那聚会的念头。”

“你可真是忘恩负义又粗暴无礼。我得快点儿离开，要不然连我也要长皱纹了。”

“据我所知皱纹是不会传染的，不过我很赞成你立即离开的决定。”

她离开的前一刻，我几乎要忍不住向她打探埃丽卡的消息，并试图从她的言语中听到些卢卡的踪迹，但是我忍住了。如果她真的知道什么事情，我早就被狂风暴雨般的消息淹没了。

她离开之后，我终于有时间看看四周，留意一下我大败的惨状。卢卡不会回来了，我得生活在没有他的世界里，我得把他驱赶到抽屉的一个角落里，我得把他变成回忆，就像绣球花对她的伊阿古那样。但是首先我得想个办法杀死他——这当然只是比喻了。

而后，一个疯狂而发热的念头袭进了我的脑海。我从工具箱中拿出画笔和颜料，爬上了卢卡曾睡过的床。床头板后面的那面墙宽阔且光滑，而且一片空白。这是块理想的画布。

我脱下浴袍，开始作画。不知道我采用的是哪种艺术流派，可能是愤怒裸体主义者流派吧。作画的时间长达几个小时，一支画笔，两只手，一腔怒火。

最后大概到了深夜，我筋疲力尽，全身沾满颜料，奇寒透骨。创作的狂热激情似乎齐心协力地帮我赶走了心中的怒火。那只在我身体中撕扯着肝脏的老鹰不见了，取而代之的是一种穿出我身体的情感：这情感被封锁在这幅野蛮的画作里，被禁锢在涂满整面墙的强烈色彩中。

但愿卡拉瓦乔不会在意我改画了他的画作《朱迪塔与奥莱奥斐讷》。我的朱迪塔有着一头鬈发，两只火一样的眼睛，套着蓝色牛仔裤。我的奥莱奥斐讷则有着异色瞳孔，一只绿色一只黑色，就像卢卡一样。他躺在床上，一支剑插在胸口，在心脏的位置。我并不是真的想让他死，只是想把他赶出我的生活。这幅画并不意味着我已经痊愈，但是至少能看出我的努力。

最后，为了庆祝这出大戏完美落幕，我粗暴地把他的床单拽起来，揉成一团，摆出一种带着仪式感的姿态，将它抛到空中，最后落入洗衣机里。

再见，卢卡·莫里。你就在这里，与那些泡沫一起翻滚着，上浮，下沉，时不时从这艘大船的舷窗中露出身影。而我，跪在地上，注视着你这场旅行。从这一刻开始，我想我终于可以毫无积怨地想起你，而一场新的旅行，刚刚扬帆起航。

16

我重新开始了工作，弗兰策的形影不离给了我许多安慰。这种形影不离不是那种男人对于女人的抚慰，而是一片蓝色湖面之于小雏鸭的安全感。伊里扎对我们之间的友谊似乎并不恼火，如果连她都没有意见，我更不需要有什么顾虑。

舞台场景变得越来越鲜活，排练也在紧锣密鼓地进行着。我开始时常待在剧院里面帮忙。这部作品尽管是新版本，依旧让我为之着迷。劳拉勾起了我无限的柔情，然而吉姆——皮波·包多，在故事的世界中淋漓尽致地演绎了他的流氓角色。他诱惑着劳拉，而后却又向她展露他已婚的事实。我差点儿没忍住对他声嘶力竭地大喊道：Fuck!

时间飞逝，但是还需要多久呢……每天早上我都会从日历上划去一天，希望接下来的这一天可以将我从对卢卡的记忆中解脱出来。我会做到的，不惜一切代价。有时候，在马路中央，我会双腿发软，只是因为看到一辆酷似他那辆破车的汽车，或是一个远远看去像他的男人。在又一个演绎着星球大战与爆米花相伴的夜晚，我只是听到类似他名字的发音——天行者卢克，就不可自制地萎靡下去，像一条被抓住的鳟鱼。不过这都不重要，这些边边角角的事情可不会摧毁我的意志，我必须专注于那些真正重要的事情。

比如下面这一件：第一场演出之夜已经临近，而我还没有找到收藏品中的最后一个芭比。

我不知道从何处才能理清头绪：芭比一号比逃犯还要懂得隐藏。

我坐在观众席最后一排，弗兰策向我走过来。

“我有个好消息要告诉你。”他在我耳旁低语道。

“罗基嗓子坏了，所以会安静一小会儿？”

“更妙。我发现有个人或许会有我们需要的那个芭比娃娃。”

“你说真的？”

“是的，我在网上深入地搜索过了。我看你太辛苦了，所以想着，至少要帮你解决这件事情。”

我差点儿对他脱口而出：感谢弗兰策，感谢小雏鸭的可爱池塘。

“你怎么找到的？”

“我发现了一个稀有物件收藏家的论坛，一位住在佩萨罗的老人在那里发过言，他或许会有这个传说中的芭比娃娃。”

“或许？那他会卖吗？”

“不知道。也许那娃娃根本就不存在。不过去看一看也不会失去什么。怎么样，走吗？”

“走吗？”

“去佩萨罗，我陪你去。周日你有空吗？”

我愣了一下：这算伊里扎提过的那种约会邀请吗？应该不是，这是工作的事。至少我希望不是。于是我点了点头。

“周日我有空，走。”

我知道，不应该什么东西都和卢卡比较。但我不禁暗暗想到，与弗兰策的旅行和与他的那次旅行真是截然不同。首先，弗兰策有一辆名副其实的汽车，配有空调、CD 播放器和舒适的座椅，而不是一艘全手动控制、通风良好的破船，而且开起来就像是刚刚从另一个星球降落到地球上。弗兰策彬彬有礼而又体贴周到，时不时问我状态如何。虽然他脸庞如雷神般英俊，却能够给予我米老鼠般的神奇服务。

这场旅程只持续了三个多小时。在此期间我们愉快地交谈，听着音乐，毫不尴尬地享受着沉默。我们停在一家奥德自助餐厅享用午餐。而后，刚下高速不久，我们就遇到了个卖野草莓的小商贩。那不是一般的温室栽培草莓，而是小巧玲珑、鲜嫩多汁的野生草莓。吃上一颗，感觉上下腭和舌头都唱起歌来。弗兰策为我们各自买了一大盆草莓，我们坐在一座喷泉前面，一边大快朵颐一边眺望着海面。

而后我们开始寻找那位难以捉摸的芭比拥有者的家。

终于找到了。那是座迷人的石头房，伫立在一片向日葵花田中间，藏在离小山丘最近的那个城镇里面。但这座房子似乎无人居住，门窗都紧紧地关闭着。我们敲了门，但是无人应答，于是我们坐在了靠近门口的长凳上，头顶上方的凉棚挡住了炎炎烈日。

“看来这里没人住，他可能是搬走了。”弗兰策遗憾地说道。

“也许它根本不存在，有人看到过它，但谁也没有证据可以证明，就像尼斯湖水怪，在纽约下水道的巨型鳄鱼，还有 UFO。”

“真的很可惜，这个芭比比我想象的还要罕见。”

“不只是罕见。这是已经持续了大半个世纪的魔法的第一步。这是一场最初的爱恋，而就像每一个初恋一样，其最后的结果注定会变成海市蜃楼。这个芭比娃娃就是有这样的价值。”

弗兰策沉默了片刻终于开口:“不管怎样，这是一场不错的旅行。”

“非常不错，我很久很久都没有这么放松了。其实，说真的，我这辈子都没有这么放松过。”

“小时候的出行也算在内吗？”

“噢，别提了。一群亲戚在一起叽叽喳喳，母亲一刻不停地责骂，怎么可能放松得下来？”

“你母亲很严厉吗？”

“说严厉不太准确。想象一个处于 19 世纪、举止庄重的母亲——肘部不可放在桌上，说话时嘴里不可有食物。不，那不是她。她有她的固执，但是她的固执与那些正常的母亲完全不同。她想拥有一个更加好莱坞式的女儿。而后埃丽卡的降生弥补了她的遗憾，我的妹妹埃丽卡。”

“好莱坞式？”

“没错，一个从小就是漂亮小女人的小女孩，十二岁成为学校最受追捧的女孩，身着时尚装扮，引爆着其他小女孩和小女孩妈妈们的嫉妒。成年之后由朋友介绍，轻松无比地找到了工作。或许她不需要任何工作，因为她轻而易举地就能勾搭到一个有钱的丈夫。这一切的最长保质期为二十九年，过了那个年纪，她就开始慢慢地加入褪去色彩、万念俱灰的女人行列中。”

“在她看来这倒真的很符合 19 世纪的情形。”

“在她看来的确……但是那只是她的看法。幸好有我爸爸，是他将我从妈妈的魔爪下解救出来。在他面前，我不用成为一位女士，也不用成为一位母亲。好了，关于我的事情已经说得够多了。你小时候又是什么样子呢？一名蓝眼睛的小王子，等待着自己的那匹白马被牵来？”

弗兰策笑着摇摇头。

“不，小时候我是一个真真正正的淘气鬼，长大的过程中才渐渐变成王子。”

这回轮到我大笑，背靠着这座房子的墙壁。这里真是凉爽。向日葵花田里刮来的风有些催眠，一只路过的蜜蜂开始绕着我的面颊嗡嗡转。我就知道，如此田园诗歌般的场景，在我这里也会变得奇怪。

蜜蜂被缠在我的卷发中，绝望地嗡嗡作响着，我开始感到心惊胆战。我对蜜蜂的刺过敏，如果它刺我一下，我会立刻肿成一只巨大的�鱼。我将会变成大象女死去，弗兰策会把我埋在那片向日葵花田下面。不过这倒也不坏。

但是弗兰策根本不是什么白马王子。他帮我赶了几下蜜蜂，告诉我不要动，让他来，而我相信了他。我闭上眼睛，感觉到头发中穿过的他的手指，感觉到那只蜜蜂快速地逃亡。但是弗兰策的手并没有离去，而是慢慢滑到了我的脸颊。

我睁开眼睛，发现他近在咫尺。他看起来真的就像一位日耳曼神灵，绿松石晶片般的双眸，很明显想要吻下来的嘴唇。

好的，来吧。管什么伊里扎，管什么卢卡。这是个不错的男人，气味很好闻，吻技一定也很不错。去吧，卡洛塔！

我们嘴唇就要相触的时候，房子的门突然打开，我和弗兰策身体一震，好像被突如其来的警报声吵醒。

一位穿着牛仔裤的老先生皱着眉头看着我们，而后说道："进来吧。"

有那么一刻，我感觉自己像是恐怖电影中的女主角，比如说《德州电锯杀人狂》。希望这座房子里不会也有人皮面具。

片刻后，我们惊喜地发现，打断我们接吻的正是我们苦苦寻找的那个人。他的皮肤被太阳晒得很黑，有一双蓝灰色的眼睛。

他请我们屋里坐。这房子在很久很久之前应当很华丽，但现在看来却有些荒凉，尘土到处堆积，都可以在家具的表面上用手指写一部《荷马史诗》。

除了自我介绍，他没说一句多余的话。他示意我们随他走到一个房间门前，而我和弗兰策不解地面面相觑。他看起来并不危险，也不会舞刀弄枪，如果他真的表现出一丝精神病患者的征兆，弗兰策完全可以及时制止他。

他打开房门的那一刻，我的心脏停止了跳动。

这是一个年轻女孩的房间，整洁、干净，整个环境透露出的气质十分优雅。风格略显老式，就像是从80年代的电视剧里走出来的一样，每个摆着的物件都带着粉红色的色调：从床罩到吊灯，再到柜门。书架上装饰着用废布料做成的花边，比巴卜泡泡糖颜色的地毯覆盖着地板，写字桌的对面配着一面大镜子——这个芭比娃娃的世界像茂盛的草地一样展现在我们面前。芭比的小屋，芭比的马，芭比的小狗，几十件娃娃的衣服被挂在一个微型展台里，全都是粉红色。屋子里还放有其他的微型模型，比如茶室和满是肥皂泡的浴缸。奇怪的是，这里并没有很多芭比娃娃。我只看到一些不是特别罕见的、被玩得很破旧、身体末端还被咬伤了的芭比娃娃。而后，我看到了她，躺在床上的她——神话般的，幻想中的芭比娃娃一号。她被保存得完好，就像刚刚被从美丽的盒子里拿出来一样。她坐在枕头上，傲慢地看着这个世界，眼睛似乎真的聚焦着世界，正制订着秘密的计划，只有特定的人才能了解、揭露她的秘密。她就像一个被拘禁在此处的迷茫的孩子，在这平行世界中，不知所措，充满怀疑。我几乎要流出泪来。我害怕碰触她，害怕打碎她。

老先生注视着我，轻声地说："她也喜欢那个娃娃。以前，她总是带着尊重小心翼翼地在这里玩耍，把那个娃娃视作玻璃做成的一样。"

片刻后我们揭开了这个奇妙而又动人的秘密。三十年前，他的孙女十三岁。那是个智力发育迟缓的女孩：她的身体在成长，但是她的欲望、她的表情、她的技能都停留在婴儿时期。她绝望的父母无力照料这个问题女儿，准备把她送到一家疗养机构。但是她的爷爷坚持要留下她。他把她接到这座被绿色包围的房子里，为她精心地量身设计了一种别样的生活——纯净的空气，毫无保留的爱，城堡，马厩，敞篷车，公主的礼服，梦想。多年以后，女孩的病情加重，医生告知他，没有希望了。于是他决定要实现她最大的心愿：拥有世界上第一只芭比娃娃。他采购了一台电脑，安装好 DSL 线路，开始寻找。找了很多很多之后，他终于查到了这个特殊娃娃的拥有者：一位法国收藏家。他卖掉了除这片向日葵花田以外的所有土地，买下了她。如今他的孙女已经过世整一年了。

这是我听过的最悲伤的故事。比《佩琳物语》[①]和《苦儿流浪

① 日本动画片。——译者注

记》[1]加在一起还要悲伤。听的时候我流泪了。我仔细地看着这个男人，恍惚间仿佛看到了爸爸的身影，于是哭得更凶了，甚至号啕大哭。

“对不起。”我抹着眼泪说道。

“别担心，”他回答道，“我听见你们在外面说的那些话了。您说了一句直击我内心的话。‘不用成为一位女士，也不用成为一位母亲。’这是真的，我也是这么想的。我相信劳拉也有同样的想法。”

他孙女的名字是劳拉！命运真是个乐于编织人类命运的顽童。她的名字与我们戏剧的主角的名字一模一样。我将这件事告诉了他，并如实说明了我们来此拜访的目的。

“您可以带走她。”他最后低声道，“您像一位母亲一样对待您的父亲，您能理解她。”

我能理解，是的，我能理解。我想请他和我们一起走——这座房子里，除了这个房间以外，灰尘布满了每一个角落，我不想让他留在这里，独自一人。

但是我沉默着什么也没说，因为我明白：如果不让他陷入过去的回忆中，他会不知道怎样去生活。

在大门前，向日葵花田包围着我们，他向我们露了个短暂的微笑，挥起一只手，与我们和芭比娃娃道别。我们离开了，就像坐上了一艘永远都不会再将芭比娃娃带回来的远洋客轮。

车开到了我家门口，我从弗兰策的车上跳下来。此时已是傍晚，芭比娃娃在整个旅途中都睡在我的臂弯中，我也睡了一小会儿，在又哭了一次之后。弗兰策不会再把我当成什么阳光，甚至也不会是

① 法国影视剧。——译者注

一个优秀的小丑。我看起来很随和的面孔背后隐藏的是朵朵乌云。

“我决定了。”他对我说道，“这将会是一场专门送给那个老先生的孙女的演出。我会在海报上面特别标注出来。你觉得怎么样？”

“很棒的主意。”

“我会把第一张票送给他，邀请他来罗马，费用由我们来承担……虽然我觉得他不会来。”

“没错，他不会来的。但是他会把这一切都保存好，见到劳拉的时候，他会把所有故事都讲给她听。”

弗兰策望着我，对我温柔地微笑着。

“之前，他打开门的时候，我们……”

“是啊。”我也望着他。无须挑明，我们都明白我们在讲什么事情。

那时候我们正要接吻。

“也许那还不是时候，”我低声说，“那就这样吧。”

“所以将来会有那么一个时候的，对吗？”

“也许吧，我不知道。”我微笑着，很真诚地说道。

“需要我陪你一起去检查一下家里有没有进小偷吗？”

“不，谢谢了，小偷知道，我那四面墙里连个豆子都偷不到。”

“好吧，去休息吧。我们剧场见。”

他身体倾向我，吻了一下我的脸颊。他站在原地，看我打开大门又轻轻合上才驾车离开。一位完美的骑士。

我双眼浮肿，心脏也被这奇怪的一天弄得千疮百孔，懒洋洋地爬着楼梯，走到家门口，打开了家门。

而我立刻就吓得呆在原地不能动弹。我本应该请弗兰策上来的。门口的灯开着，而我清清楚楚地记得，今天早上离开的时候我关了灯。卢卡的房间里也传来一些声音。

片刻后，卢卡走了出来。

他胳膊下夹着一台笔记本电脑，出现在门口。他身着皮夹克，套着牛仔裤，踩着没有鞋带的马丁靴。他的头发变长了，还长了些胡子。他的眼神充满敌意。

突然间，我觉得自己就像是那些吸毒者，几天没吸之后，自以为走上了解脱的道路，然而只需要那么一刻，所有的美好愿望就全部破裂。

怎么才能杀死爱情呢？能不能重重地给我一击，割断爱情所有的脉搏？如果可以，谁能告诉我那一击在哪里？因为我似乎还没有受到足够的打击。他对我做的那些还不够。

再次看到他已经足够了。我的肺部开始扩张，自从他离开之后，我好像就没再呼吸过。

“壁画不错。”他说道。他指的是他之前住的房间墙壁上的那幅画，“那幅画表达了你对我所有的想法，胜过千言万语。”

他带着敌意的说辞引得我内心的海洋再次泛起了汹涌澎湃的浪潮。

“你在这里干什么？”我径直问他，提都没提那幅画的事情。“这是我的房子，我想画什么就画什么。”

“我来取电脑，电脑忘在这里了。我按了门铃，但你没在家。出去玩了？”

“去哪儿是我的事情。把钥匙还给我。”

卢卡笑了一声，移步向我。他的靴子在陶瓷的地板上吱嘎作响，仿佛在给它搔痒。我不禁后退一步，我也不知为何。

“我看到你与金发男走在一起，你们在交往吗？”

我没有接他的话，而是说："你东西都拿完了吗？希望如此，因为我要换锁了。如果你再进来，我就报警。"

我话音刚落，他又走近一步，我立即变成了夹在他身体和墙中间的一片叶子。隔开我们的只有那个芭比娃娃，她依旧蜷缩在我的臂弯中。

"你们交往了吗？"他再次问道。

我有种奇怪的感觉，感觉自己就像热蜡一样开始融化。卢卡离得太近了，从远处看来，我们两人之间充满了爱意、甜蜜的吻和无间的亲密，而不是厌恶与仇恨。我伸出一只胳膊，使劲将他推远。

"滚。"我用我声带能发出的最决断的声音命令道。

他摇摇头，发出嘲讽的，从鼻子和喉咙间挤出来的一声"呵"，一只手穿进头发中而又收回。他从口袋里拿出钥匙，不屑一顾地扔在门口的台子上，打开门走出去，然后砰的一声关上门，门板被撞得晃动起来。

又一次独自一人了，我用钥匙锁好门，拉上门闩，发现自己在颤抖。我滑到地上，蜷缩成一团，就像在飞机上遇到了突发事件一样。

在港口的码头，那艘船带着特伦斯越行越远，变成地平线上一个小黑点的时候，那个老人对坎迪说了什么？

"不要哭，小女孩，只要还活着，人们总会再见面。"

好吧，希望他是错的。我希望能活下去，不要再看见他。每次看见他，我的内心都会变得支离破碎。我不求什么，只求一件事：让我们分道扬镳，让我孤独终老。

求你了，卡洛塔，回到你该去的地方吧。面对着这个软弱迟缓、泪水涟涟的女人，我不知道该如何是好了。

17

最近几天，弗兰策和我没有再花太多的时间私下交谈，这也不坏，因为我不知道该和他说些什么。在我看来，劳拉祖父的出现，打断了我们的吻，是天意所为。上天不愿意让我们在一起，我也不愿意。

其实伊里扎也不愿意，虽然她坚持认为，尽管这件事与她有关，但她无权干涉。她向我问起我们的那次旅程，我将所有细节坦白地讲给她听，听到我们要接吻的时候，她耸了耸肩。

“你不生气？”我惊讶无比，“不生我气吗？不生他气吗？不想开着坦克从我身上碾过去吗？”

伊里扎回我苦涩的一笑，逻辑清晰地开始作答。

“首先，你们并没有接吻，准确地说，只是想而已。其次，我和他并没有在一起。还有……我们不能命令谁去爱上谁。”

“我知道的，但……”

“我不能假装他更喜欢我，只能希望，随着时间的推移，真的可以出现这种事情。但是仅仅因为这种事情对我来说更有利，就命令生活依照我的想法进行下去是荒谬的。我只能让事态自由地发展，让命运自然地降落。我跟你说过，我就像彭妮洛佩一样。生活教会了我：有些事必须接受，绷紧神经也要忍受，如果你不想和那些事情同归于尽。”

我望着她，心中明白，她并没有屈从。她，带着这种看似冰冷的智慧，看似和平的态度，却比我做了更好的准备，随时准备征战沙场；而我，摩拳擦掌，虎视眈眈，事实上一杯水就能淹死我。我很佩服她。

“你说得对，而且我和弗兰策之间不会发生任何事情。所以，你至少可以考虑忽略掉我这道障碍。”

我们交谈，一起艰苦地工作着，所有人都团结起来。终于等到了演出的那一天。开幕之夜，剧场里座无虚席。虽然坐满并不需要许多人，但是我真的没预料到会出现人海。拉拉和焦万娜也在，还有焦万娜的新男朋友罗伯特。他是个化妆品代理人，而在我看来，他也是一个同性恋者。但是焦万娜坚信，他是出于尊重才会不与她同居。

芭比娃娃们在展台上绽放着迷人的光彩。演员们的妆容与服装都极其苍白，看上去就像游荡的鬼魂。罗基围着平时围的围巾，画着七层黑色的眼线。绣球花走过，伸出手摸向弗兰策的屁股。弗兰策早已习惯她的意图，向前一动，躲过她咸猪手的一击。一切都像以前一样，我爱这个疯人院。一切都结束的时候，恐怕我会开始想念。

观众们专心致志、饶有趣味地欣赏着罗基对剧本的改编。我徘徊在幕后，预想着演员的下一句台词，所有细节我早已烂熟于心。

突然间，在幕间休息时，我感到了一种很奇怪的气氛。一切都顺利进行着，罗基却表现得十分紧张。我并不想问他在烦恼什么，于是为了躲开他，我走向了更衣室。我并非有意，但是在那里，我目睹了一场意想不到的生活剧。

罗米纳，那位扮演劳拉的女演员，正泪流满面，绣球花在试着安慰她。她们旁边还坐着个刚刚还在工作的女孩，她是公司的服装设计师，对于绣球花的话像一个士兵一样绝对服从。绣球花让她把导演叫来，她立刻爽快地答应着起身去找，片刻后罗基出现了。

我不是故意偷听的，但是在他们开始说话之后实在太难掉头离开！我被服装设计师挡在更衣室的外面，穿过紧闭的大门，我偷听着绣球花对着她孙子有力的声声责骂。她从来没这样和他说过话，如此的尖酸刻薄。他曾经是她的小麻雀，现在却好像被她当成了想吞掉小红帽的大灰狼。

“你必须负起你的责任，我以声誉起誓。你不能给这个女孩留下充满嘲笑的生活。你要娶她。我们家族，在等待这么多年以后，终于能看到你的孩子了。一切按照我的决定执行。”

罗基试图抗议，我听到了一些细碎话语，但他的祖母态度十分强硬。罗米纳发出哀哀的哭泣声，而后大门突然敞开，罗米纳站在我面前，情绪非常激动，甚至没注意到我，一只手捂住嘴直直地奔向卫生间，把神志一股脑地吐进了马桶。

简而言之，罗米纳怀孕了，孩子是罗基的。

现在我终于明白了，罗米纳那逐步上升的体重并不是由于胃的罪过，而是另外的原因，而罗基这个大蠢猪居然还辱骂了她。那个可怜的女人在卫生间里哭得死去活来，我觉得有必要去安慰她，毕竟我也差一点儿当了妈妈，不过我没有像绣球花这样的祖母逼迫那个浑蛋与我结婚。

“太恶心了。”她喃喃着，依然紧紧地抓着马桶，就像抓着“泰坦尼克号”沉没后漂浮在海面上的一扇门，“第一幕的时候我还能试着忍住，现在我真的不行了。”

“什么不行了？”我问道，心中隐隐升起一丝警觉。

“表演！我不能吐在舞台上！”

“你说得对，但是那要怎么办呢？”比起询问她，我更多是在喃喃自语，“我们没有替补人员，那么就要中断演出了。”

“可怜的宝贝，”两次干呕的间隙，罗米纳低声地说道，“他付出了那么多。”

我过了一段时间才意识到，她话中那“可怜的宝贝”指的是罗基。你们也能理解的，我真的很难想象他被当作珍贵的宝贝的样子。爱情真是奇妙，这就是所谓的情人眼里出西施吧。

这时绣球花进了卫生间，后面跟着罗基，他板着脸、噘起嘴，面孔看起来就像一只老母鸡的屁股。

“别担心，亲爱的，”绣球花说道，“卡洛塔会帮你表演的。”

我大脑空白了一段时间，试着去听明白那个要在舞台上代替罗米纳的女人是谁。刚一意识到她说的是我，我不由得发出一声尖叫，就像丛林中的那只人猿泰山正把他的部落聚集起来，列队欢迎那位偷猎者。

“别跟我开这种玩笑！”我大叫道。

“别跟我开这种玩笑！”罗基也大叫道。

“我们没有替补演员，要不然就中止表演，退还门票钱。你，亲爱的，你对每个细节都烂熟于心，再化上那种活死人一样的妆容，没人会发现换了演员。”

“毫无疑问他们一定会发现的！”他大吼道，“她根本就不是演员！还有那堆头发！我们怎么处理她的头发？罗米纳的头发顺滑得像丝绸，她的头发却像木头碎屑！”

“这些都是小事，交给特技导演处理就好。”绣球花继续道，“这场剧里罗基已经做了太多的蠢事，再多一件也无妨。”

罗基被她对于他艺术工作的评价气得怒火冲天，几乎忘记了他奶奶的提议。

“我拒绝！”我重复道，“我的合同上可没写我有提供表演的义务。”

但是这位小老太太紧咬不放。

“我们不是根据合同关系在请求你，我们是以朋友的身份，以最近几个月与你联系最紧密的人的身份。这位不舒服的准妈妈在请求你，这位可怜的老太太在请求你，如果弗兰策知道了这件事，也会立刻请求你，因为他一定非常害怕要退掉所有的门票。”

我听着她这一段狡猾的长篇大论，茫然地张着嘴说不出话来。

“绝对不行。”罗基说道，这时候他已经顾不得会不会违抗他的祖母了。在一夜之间，突然成为爸爸，又突然让我做他的演员，这些连环的打击让他不能再屈尊于他的长辈。“我不想要这样的蠢货。她又丑陋又愚蠢，我一看到她的头发就恶心得说不出话来。别毁了我的剧！如果想让这样一个饭桶去扮演我的劳拉，先踩着我的尸体过去！”

这一连串的“恭维”之语刚一落地，我就听见一个狂怒的声音响起来：“那么你准备好去死吧，大屁股脸，因为在第二幕里会有另外一个劳拉，一位令人惊叹不已的、优秀的劳拉！”很久之后我才察觉到那是我的声音。

好吧，我准备好了。妆容和假发已经就位，说是假发，其实只是比喻。服装完全合身，台词我应当还记得。应当，因为在这个时刻我甚至记不起来自己的名字。弗兰策一直说着让我不要担心，不要强迫自己，演出的日期可以再改动。但是我不能放过罗基，我要向他证明，我不是他想象中的那种蠢货。

幕布拉开的时候，我却不禁开始咒骂自己刚才为什么要血气上涌。该死的，就不能静静地任由侮辱，念念阿门吗？

但我不想让劳拉被毁掉，我那么的爱这个人物。而且，我不希望那个劳拉，那个在天国的床上沉睡着的劳拉，那个名字被特别在海报上标注出来的劳拉，因为我感到难过。于是我决定全力以赴，为了我的劳拉，为了所有那些毫不起眼的女人——她们爱着一个万众瞩目的男人，那男人使她目眩神迷，却又转身娶了另一个女人。

于是，我站在这里，虽然我陷于无尽的恐惧中，但是我站在这里。

劳拉被她母亲逼着穿上优雅的衣服招待新来的客人。

劳拉忐忑不安地颤抖着。

劳拉蜷缩在沙发上，面对着她唯一的朋友，一台笔记本电脑。

一举手一投足均很自然，因为这就是我。我不是在表演，而是把自己搬到了舞台上。

当然，面对着吉姆，他的一举一动都会使我发笑。于是在我的精神世界中，面前站着的男人变成了卢卡——如此一切都被赋予了意义。

她在高中就倾慕于他。

他连看都不看她。

她对自己毫无自信。

他邀请她跳舞。

她向他展示自己的收藏品。

他打碎了最珍贵的那一件，虽然出于无意，但是他打碎了。

“那些与众不同的人与其他人有很多不一样，但是他们没有必要为此感到羞愧。因为其他人不像他们那么非凡：他们是千千万万中的千千万万，而她是独立的一个；他们在世界上激荡不安地上翻下滚，她定坐其中；他们像野草一样平凡，她是一朵玫瑰，一朵苍白的玫瑰，一朵美丽的玫瑰。”

与吉姆，不，卢卡翩翩起舞的时候，我忍住了眼泪；他吻我的时候，几颗泪珠轻轻滑落；而当他告诉我他已经订了婚，很快就要举行婚礼的时候，泪水像决堤一样流了下来。这不是预料中的场景，罗米纳没有哭。她应当看起来心烦、悲伤又凄凉，但确实没有哭。我看起来就像一个在树林里迷路的孤儿。但是他说：“爱情使我焕然一新，爱情是一种非凡的力量。”听到这句话，让我如何能够不去想到我的变化，如何能够不扪心自问：未来会发生什么，我该去向何方，我是否真的能够做到。

在结尾一切都崩溃了，而这不是比喻。

我独自一人看向观众。汤姆请我去关灯，我应当做出按下开关的动作，缓慢地离开舞台。幕布会在光秃秃的舞台上对折成两块，就像纸牌一样。

但是某件事情让我无法移开目光——观众席的深处坐着卢卡。

最近这几周，无论我去到哪里，面前总是出现他的幻影，但这次真真切切的是他。但这不是扰乱我心神的事情，是他身边的埃丽卡给予了我致命一击。

他们在这里干什么？他们一起在这里干什么？

我的猜测扭曲成一个个字谜，我头晕目眩。站在幕后的他们打着默片中的手势，让我移动身体，让我离开舞台。我得离开了，我知道的，先迈出一步，再迈出另一步，直到离开舞台。但是身体中的某样东西阻碍着我——我看着他们，坐在一起，在最后一排，坐得很近——我身体的其余部分也停止了工作。我什么都干不了，只能看着他们——在那里，离得很近，在一起。

幕布折起来，打在我的头上。

我倒在地上，再看不到任何东西。

当我睁开眼睛，发现自己在一间更衣室里，身旁坐着拉拉、焦万娜和伊里扎。头非常疼，我吃力地伸出一只手。这胳膊好像是我从别人那里借来的，有点儿不合我身体的尺寸。我把手指插进鬈发里，摸到一个肿包，大得像一夜长成的瓜一样，一阵抽痛传来，一直传到牙根处。

我听见伊里扎说道："幸好幕布顶端是中空的。"

"还好吗？"焦万娜问道，在我头上放了个干冰袋。

"我们去急诊室吧，现在就去。"拉拉决断道。

"你怎么不动呢？"伊里扎问道。

我看到拉拉和焦万娜四目相对，同时做出一模一样的表情，她们用眼神交流着。

“不用使什么眼色。”我低声道，“我看见他们了。”

拉拉脸上显现出鹰狮兽一样愤怒的表情。

“我们也看到他们了，真是厚颜无耻。他们或许是想进来看看你怎么样了。但是我这八十五公斤肉不是白长的。我和你妹妹说，如果她敢靠近，我会让她一直滚到马路上去，她听了溜得比猴子都快，那个蠢货。所以，她已经走了。”

“那卢卡……”

“他坚持想和你谈谈。不过如果你想见他，我就……”

“我一点儿也不想看见他，不管是现在还是之前。”

我说道，态度坚决。

我害怕自己的声音，强硬而又尖锐，就像我此时此刻的心情一样。我现在已经够糟糕了，不能再让他来戏弄我。他担心吗？那就让他用埃丽卡的头发上吊吧。

或许是挨的那一击点亮了我的心灯，那盏劳拉本该在离开舞台之前熄灭的灯。我感觉很糟糕，但眼前不再有什么十字路口。现在只有一条路可走，我已别无选择。

“不过你表现得很不错。”伊里扎说道，她或许无法明白所有，但是她明白我现在很难过，不仅仅是因为头骨上的那一击，“演技非常自然。罗基甚至承认你的表演可以被接受。我甚至听到观众席里有人赞扬最后一幕，就是你晕倒的那一幕。他说演得很真实，就像是真的失去知觉了一样。你可以转行了。”

“噢，我可不这么想……不过那些芭比娃娃怎么样了？她们没被伤到吧？”

“没有，不要担心，一切都很好。”

我松了一口气，继续说道：“告诉罗基，我再也不想经历今天晚上的事情。所以，要不去给罗米纳买罐止吐药，要不去找个替补演员。还有，如果卢卡还在走廊里，拉拉，我请你让他也滚到路上去。但是要小心，他比恶魔还要了解女人。那么现在我们去医院吧？因为，向老天发誓，我真的感觉十分糟糕。我们从后门走，我不想看见其他人。”

急诊室的女医生震惊地盯着我，以为我刚从精神病院里逃出来。当然这不是她的错，毕竟我脸上依然化着舞台妆，泪水还在脸上耕出了一条条白色油彩痕迹。我感到头晕，还有点儿醉，虽然我只喝了水，还有拉拉逼着我用吸管喝下的一口桃汁。他们为我拍了X光片，仔细检查了身体，并无大碍。弗兰策和伊里扎也坚持要陪着我，我为他们的真情感动。如今，我的四周都被关心紧紧地包围着，那还要去奢望什么呢？

我真希望自己没有注意到卢卡和埃丽卡。他们中，到底是哪个人提出一起来剧院这样一个绝妙的主意的？我一直思考着这个问题。同时那位女医生问我感觉如何，将一盏小灯对准我的眼睛，用手触摸着我的头，好奇地问我到底参与了什么演出。

我机械地回答着：还好，请把灯移开。啊，你摸得我眼冒金星。一场很精彩的演出……虽然导演是个蠢猪，服装师总是摸执行制片人的屁股，女主角在马桶旁边呕吐，我脑袋上还挨了一下子。

焦万娜想陪我过夜，我拒绝了，并请求他们让我自己一个人待着。我很好，我是一朵花。一朵伤痕累累的花，但仍然是花。一朵苍白又美丽的玫瑰花。

弗兰策坚持要陪我，而且坚持要把我送到家。他扶着我的一只胳膊，生怕我像被折断的茎一样瘫倒下去。

“是他吗？”我在包里找着钥匙的时候，他问我。

“嗯？”

“我说，他是不是就是你爱上的那个男人，那个想进更衣室的人？我果断地把他赶走了。有那么一刻我以为他要冲我挥起拳头。”

“是，是他。你可能没注意到，他身边还有一个尖叫的女人。她是我妹妹，她想要往我伤口上再撒点儿盐。”

“唔……他好像让事情变得更加复杂了。”

“不，完全没复杂，相反还简单了。这样更好，不是吗？劳累心神毫无作用，该怎样就怎样吧！他喜欢她？被她拿去又怎样？”

“不过说实话，在我看来，他并不真的那么冷漠。他非常担心你，想知道你的状况。”

“我毫不怀疑他会担心我的身体健康，这是他喜欢我的方式。但是还有其他非常重要的事情，比如说，怎样去对待别人的心。”

我把钥匙插进锁孔后，意识到一个非常严重的问题，我换了新锁。为了防止卢卡的惊喜拜访，也是为了不再继续遭遇母亲的指手画脚。只是，我没有扔掉旧钥匙。于是在我奔向剧院的时候拿错了钥匙，现在我被流放到家门之外。我悲恸欲绝地解释给弗兰策听，他只是耸耸肩，好像这并不是什么很大的问题。

“这有什么？今晚来我家睡，明天早上我们叫个锁匠。”

“什么？”

“你知道和我待在一起是安全的，对吧？不用担心，我只是想提供一个房间和一片阿司匹林。”

“我还是想提前说清……”

“不需要特别指出来的，卡洛塔。”

事到如今，我们很快就达成了一致。弗兰策住的地方离得并不远，他的房子是一座幽雅的小别墅，整洁，舒适，简单地摆着几样浅色木制家具。他坚持要把他的房间让给我，而我坚持要睡沙发。我赢了，因为我现在心烦意乱，疲惫不堪，头痛欲裂，脑袋变得像《巴黎圣母院》里的那位敲钟人卡西莫多一样畸形：与一个处在这种状态下的人争执可能会显得有些无礼，即便出于好意。在卫生间里，我用皂液洗了脸，看着镜子里的自己，真是一朵苍白的玫瑰。弗兰策为我准备了吃的，我们挤在一起，像一对老夫妻一样，在厨房里品尝着美味的面食，还配上他自制的美味杏仁香蒜沙司。真是个居家好男人。

我们谈论了一会儿今天的表演。进展很顺利，人们都相信，女主角在第二幕的换角，甚至于对头部的最后一击，都是罗基实验性的想法，这些东西在这类戏剧表演中已经不是什么噱头了。不管怎么说，现在必须立即聘请一位扮演劳拉角色的替补演员。

“我不是想强迫你，但你真的不想演出吗？你表演得比我预想中的还要好，而且罗基的重编并不需要莎士比亚戏剧式的表演。仅仅是再聘请一位女演员就至少要花上好几天的时间。毕竟罗米纳身体真的很不舒服。”他想起了要被逼婚的罗基，坏坏地笑了起来。祖母已经定好了日期，她想让她的曾孙带着姓氏、不带一丝耻辱地呱呱坠地。

在剧院里我的情绪大起大落，而在这里，或许是止痛药的效果，又或许是由于弗兰策湖泊一样的声音，我感觉到，所有事情似乎都是顺其自然的，是正确的。再次登上舞台，再次感觉到自己像劳拉一样被世界抛弃，对我来说或许是一种治疗，是一种可以吸出毒液，再吐掉，试着让伤口愈合的手段。如果想要克服疼痛，就不可以回避。否则不久之后，当你认为你终于骗过了痛苦的时候，它又会突然卷土重来，将你吞没。必须深入虎穴，让自己变得伤痕累累，灰头土脸，最后到达目的地。

“好吧，但只能扮演几天，你这样请求我，所以我答应你，但我的脑袋绝对不能再被打到了。”

他对我笑着，握了一会儿我的手，给我拿来新鲜的水果，带着慈父般的耐心为我把苹果削成一片一片的。我吞着苹果片，而他感叹道：“我怎么那么讨厌那个家伙！”

“谁？”

“那个男人，那个让你情绪这么低落的男人。”

“又能怎么样呢，这就是生活。”

“你说得对，这就是生活。我们不能总是得偿所愿。”

他看着我，我感觉我现在应该明白一些东西了，但我宁愿装傻，或者准确地说，再傻一点儿，因为此时此刻我确实是有点儿傻。

然而我却气血上涌，冲动地脱口而出：“伊里扎也明白这个道理，她也无法拥有她想要的东西。”

弗兰策漫不经心地问道：“她想要什么？”

如果她知道了现在我正在做的事情，或许真的会变身成与她同名的那位动画人物，顶着一头火红的头发，对我露出一个恶魔般的微笑。即使是这样，我也无法再忍受下去。我再次脱口而出：“她想要你。”

他差点儿被嘴里的苹果片呛住。

“她没有明确地与我说过什么，但在我看来……她很喜欢你。如果是这样，无论你真正的意图是什么，请注意，不要伤害她。至少在她面前，不要表现出对于那些配不上你的女人的好感。”希望他明白，我话里指出的那些“配不上他的女人”是可以和现实中的人物对号入座的，而且这完全不是巧合。

说完这一串话，气氛陷入了寂静。我说我有点儿累了，想要休息。弗兰策缓慢地点了点头，拿给我一条毯子，为我打开电视，还把遥控器放在旁边。他关上灯，与我道了晚安，而后缓缓走开。

“谢谢你做的一切。”他马上要越过门消失的时候，我低声说道。

现在，我躺在软软的小毯子下，电视机里音量极低地放着《在摩羯星下》[①]，心中涌起一阵不安。我将毫无悬念地成为一个枯燥的老处女，埋怨着楼上邻居走动的声音，咒骂着那些吠叫的狗。我会忽略——如果还有的话——那些魅力四射的年轻男人发来的消息，只是因为我曾经不幸地爱过一个人，那是一场毁灭性的、不可复制的单恋。我会长出两根白头发，然后一百根。在八十岁的时候，就像罗基的祖母一样，我会努力地回想起那个如今已经变成了老太太的年轻女孩，再努力地把那些悲伤的回忆通通隐藏在漫不经心的语调之后。

电视里的英格丽·褒曼被过去绊倒，变成了一个失魂落魄的酒鬼。而我想着卢卡，想着，要有多少水流过桥下之后，我才能忘记他。

---

① 英国电影，导演为阿尔弗雷德·希区柯克。——译者注

18

接下来的两个晚上，我扮演着劳拉，亲吻着吉姆。罗基的面色越来越阴沉、凝重，我并不觉得是由于演出的缘故，而是因为罗米纳此时此刻正在某个地方呕吐着，护着她肚子里的孩子。罗基睫毛上面干干净净，没有像平常一样画着眼线，这反常的现象说明了他烦躁的严重程度。但是，绣球花的脸上却露出一种从没出现过的笑意，就差给我们发喜糖了。她甚至忘记了弗兰策那漂亮的屁股。

弗兰策突然对伊里扎尴尬起来，虽然他试图让自己表现得正常，但我还是发觉了。我不知道，如何能面对着如此深情而直接的眼神——尽管隐藏在友谊的面具下——却完全视而不见。我就能清清楚楚地看见，因为我不瞎。

一天晚上，爸爸邀请我在餐厅共进晚餐。那是个朴素而安静的地方。刚一进去，我就意识到，我不是唯一的客人。里面坐着科雷塔，还有埃丽卡。刚一瞥到围坐在桌旁对话着的他们，我几乎想立即逃跑，然后打电话编个借口给爸爸。但是我不忍心这样对待爸爸。他在电话里的语气是如此兴奋，让我想起小时候，他读起圣诞老人写给我的信，而我知道，那是他之前偷偷写的。他在电话里的声音和那时候一模一样，一模一样的热情，带着点儿孩子气，还带着些温和。十二月二十五日听到这样的声音，我根本无法抗拒。因此，我鼓起勇气走了进去，朝他打了招呼，献给了他一个微笑。

“我亲爱的。”他站起来拥抱了我。科雷塔向我伸出一只小小的、圆润的手，而埃丽卡只是点点头。

我们漫无目的地聊了会儿天。温室中已是鲜花盛开；嫁接的植物像早产婴儿一样被悉心照料着；大风把那棵老棕榈树刮断了；科雷塔在下着雨的大街上发现了一只小猫，收养了它，她把它叫作银莲。

点了餐后，我注意到埃丽卡今晚没有跟我讲话。她平常的确跟我也没有什么话，但今晚她甚至都不看我的眼睛。她小口小口地咬着食物，坐的姿势就像胳肢窝下面夹着两本书、屁股下面插了根棍子一样。她甚至没有聊起让她扬扬自得的工作，也没有招惹我。可疑，太可疑了。

爸爸突然向我问道：“那个陪你一起参加贝阿特丽切婚礼的漂亮男孩子呢？”

埃丽卡和我同一时间脸红起来。她的反应给了我一些安慰，或许她仍存有一丝羞耻之心。她看起来又紧张又恼火，如坐针毡。谁知道呢，也许在她那到处都铺着红地毯、蠢货公主们在上面跑来跑去的王国里，夺走姐姐的前男友，并不能被列入可以大声吹嘘的事情清单吧。好吧，其实我们不是男女朋友，不过她不知道……至少我希望她不知道。或许卢卡已经和她讲了，或许他们已经为此哄然大笑过。

“这是个结束了很久的故事。”我解释道，“不过这不是什么要紧事。”然后，我变身成了那个挑衅的角色：“那你呢，埃丽卡，你有男朋友了吗？”

我的妹妹今天晚上第一次看向了我。她眯了会儿眼睛，看起来就像一位枪手在挑战开枪击中一匹小马的腿部。我永远搞不懂她，理解她的大脑超出了我的能力范围。但这算什么？她抢了我的男人，她将之公之于众来羞辱我，而现在她却在憎恶我？她应该表现得痛悔无比，筋疲力尽，应该把自己的骨灰撒在地上，而现在她似乎在用眼睛将我千刀万剐？

我想一把抓住她那丝绸衬衫的衣领，提起她的脖子，但是爸爸在场，我不可以这么做。他不可以看见自己的两个女儿在餐厅里扭打起来，因为恐怕我冲动的结局就是，爸爸将不得不用消防水管把我们分开。

最后她终于回答道：“有，我有个男朋友，我们相处得很好。”

“啊，多么美好！”爸爸感叹道，“我很高兴！而且，说到这里，科雷塔与我有个好消息要告诉你们。”

他们看起来像一对爱情的共犯一样，心有灵犀地微笑着。他们是如此可爱，就像雷蒙·佩内[①]笔下的一对情侣，只是比漫画里那对情侣更年老，更了解如何和谐地相处。

“我们要结婚了，”科雷塔用舒缓的声音低声说道，“我与你们的父亲要结婚了。”她的左臂之前礼貌地放在桌下，如今伸展开来，向我们展示了一枚玫瑰金色的花朵状戒指，四周镶满了闪闪发光的小钻石。

戒指美极了，精致而又奢华，但是他们才是最美丽的。科雷塔的脸颊染上了一种类似于珊瑚色的红晕。我的喜悦实在太多，多到

---

① 法国漫画家。——译者注

来不及顾及那些愤怒的情绪。我站起来，拥抱他们，我们都很感动，甚至连埃丽卡看起来都很高兴。我们祝贺着，称赞着戒指，问婚礼何时何地怎样举行。爸爸低声对我说：“你也会找到爱情的，亲爱的，别担心。我原本希望会是那个年轻人，因为他看着你的样子就像是爱情……下一次会遇到那个对的人的，会遇到的，不要丢掉信心。还有，要记住，所有的经历，即使是那些不好的，都会为你留下礼物。与你妈妈的那场婚姻把你们带给了我，即使只为了你们，我也愿意再来一次。你们曾经是，现在是，未来也一直会是，我最宝贝的人。”

我把头放在他的肩膀上，一时间，我觉得自己像一只幼小的、没有安全感的、还没有学会飞行的鸟。如果我能告诉他一切……不，我不能。父母成为老人之后，你会看到他们的脸颊失去光泽，他们的头发慢慢变灰，他们的步伐逐渐犹疑，他们的记忆慢慢退化。然后，终于你变成了一位父亲或是母亲。你想要保护他们免受痛苦与忧思，你几乎要试着去向他们解释如何过马路时，你牵着他们的手，就像他们以前牵着你的手一样。我希望爸爸幸福，尤其是现在，生活赐予了他一份真正的爱情。我希望在他的世界里，永远只留有香气和花瓣，叶和根，还有害羞地藏在地下的小芽尖。因为母亲，他的生活中已经经历了足够沉重的现实与残酷。现在的他，值得享用一点儿美好，值得拥有我的沉默。

用过甜点，讨论了一大堆关于婚礼的事情之后，我们说了再见。我第一个离开，尽管爸爸坚持要送我，我却坚持步行回家。家就在附近，今天晚上的气温也比较适宜。我穿着薄薄的牛仔套装走出了餐厅。

我刚要跑起来的时候，就听见身后埃丽卡的声音响起。

“怎么不把那个迷人的金发男人一起带来？他在剧院可给了你许多关怀。”她讽刺地问道。她终于回归到攻击状态了，刚刚她装得就像我可爱的小妹妹，因为有父亲和科雷塔在，但现在她完完全全就是她自己。

“那么我也可以问你相同的问题，那个也给了你许多关怀的男人哪里去了？”

“你指的是卢卡？”她就这样大胆地说出来了，我真想扇她一巴掌。

“我不知道，那是你的事。”

“我不知道，你这样做……”

她看着我，目光几乎要切开我的皮肤。她脸上的表情就像一头野兽，舌尖在迅速掠过下唇。

“你知道吗？他为我着迷。”

我在牛仔衣的袖子之下握紧拳头，喃喃道：“这可真是个值得庆祝之夜，我听到了多少好消息。”

“而你，什么好消息都没有吗？”

我可以告诉她真相，告诉她，那些好消息躲过了我；脑子里他们在一起的场景让我想把石头绑在脖子上，在台伯河中结束自己的生命；疼痛让我变成一朵被打碎的玻璃花。但是我内心响起一个声音，告诉我——我需要向她，向卢卡证明：我想都没有想他们，他们在我眼中几乎等同于不存在，他们在不在一起也完全触动不了我——我需要向她撒谎。

“还真有个好消息。我和弗兰策在一起了，但我没说，因为我不想把焦点从爸爸和科雷塔身上转移。”

埃丽卡斜视着我。

“你们在一起了？”

“是的，他是我的完美男人，对我充满了照顾与关怀。”

“你爱他吗？”

我系紧了牛仔衣腰间的皮带，轻描淡写地问道：“你什么时候开始关心别人爱还是不爱了？你对这种事情通常都毫不在意的。或者你打算对弗兰策也采取行动，但首先要确保我是认真地喜欢他，以保证你真的能把我搞得一塌糊涂？”

话音未落，我就转身大步地走开，把她甩在身后。我的背脊挺立着，展现着果敢与幸福，而我的脸却像扇子一样褶皱，我从未感到如此孤独。

一天下午，弗兰策请我陪他一起逛文艺复兴百货公司。他想买个礼物送给他的女儿，因为一个月后他要回到德国去看望她。他非常开心，看起来就像一只欢快的小狗。

我们很长时间穿梭在这片华丽的天地，五花八门的商品几乎将我们淹没。这里的楼梯像迷宫一样，这里的人们欢声笑语着。我发现弗兰策真的是属于少数有耐心在百货公司里绕来绕去的那种男人。我们看中了一个特别漂亮的娃娃住的小房子，于是他去排队付款，而我在外面看着其他的橱窗等他。

我站在一家卖高跟鞋的店铺前，那鞋跟的高度让我眩晕。突然，我看见了一个映在玻璃上的身影。在我身后，有个人站在花亭附近。花亭上标注着“玫瑰给您所爱的人，每两束二十”。那人是卢卡。

我的心脏和胃部之间燃起一团火。这个小镇到底有多小？我没有走开，而是继续若有所思地窥探着他，看他在买什么东西……他在买玫瑰花。他在一张小卡片上填下收件人的地址，鲜花由花亭负责寄送到指定住所。他看起来很是局促不安，就像一个从未送过花的男人。这时他抬起头看见了我。好，我晕倒了，我倒在地板上了。不，没有，我骄傲地转向他，平静如水，不带一丝感情……没错，就是那样，我在装！

橱窗在我身边绕着圈，我感觉自己就像房子还没有飞向奥兹王国的多萝西[①]一样，不过我很确信，我是被牢牢固定在地面上的。完全没问题。我可以走过他身边，完全忽视他，这是他应得的，就连乔瓦尼·德拉·卡萨大主教都不会觉得我是一个粗鲁的人。但是这样就向他表明：我受伤了，他在某种程度上让我难过了。不，我要让他觉得我过得很好，我已经越过了过去的一切。

“嗨！”于是我说道，报之以最饱满的热情与活力，看起来就像一只兴高采烈的鸭子。

“嗨。”他冷淡地回答。

就这样结束了？这场相遇的寒暄走到了终点？现在，我要走到这里，而你要走到那里，之后不知道还要多长时间才能再一次相见？我几乎觉得答案是肯定的了，因为这里的空气凝固了。卢卡有些忧愁。或许他感到有一点点愧疚吧，毕竟他曾经那样对待我，而且还选择了我的妹妹。他变瘦了，脸部线条更加硬朗，头发更长了，眼睛变成了深黑色。

我的天啊，这个男人是怎么做到让我甚至想安慰他的？不行，

① 《绿野仙踪》主人公。——译者注

我要克制，他又不是受害者！于是，我痛苦而熟练地绷着一张伪君子的脸，坚持让微笑挂在脸上，装出一副轻松安逸的样子。我鼓起勇气，向他报以问候。

“我很好。”他用几乎令人毛骨悚然的语气回应道，“你呢？剧场事故之后，你恢复了吗？”

“嗯，那不算什么大事，上帝与我同在。”

“看出来了，你现在神情很……安定。”

“如你所见，我生活得很满足。”

“你很棒，在表演的时候，我完全没想到你会表演。”

“我也没想到，不过不会再有了。我对汤尼奖[①]没兴趣。你呢？现在还在酒吧工作吗？”

“是的，每天晚上。”

“那本书呢？”

“完成了，我找了个代理人。试想一下，他说那是一本杰作。”

“好极了！”这次我的热情是真诚的。他似乎也发现了这一点，于是有一瞬间他的面部表情不再硬邦邦的了，就像一抹阳光从一座座大楼间落了下来。我想念他直达眼底的笑容，我想念他饱满的双唇。我再次笑了起来，心脏像吃豆人一样在身体里到处乱窜。我补充道：“我真的为你高兴，我敢肯定，你一定会找到出版商的。”

上帝啊，我对他的爱意没有减损丝毫。我不知道该怎么做，我已迷失。我爱他，我的心中万马奔腾。他是那么地迷人！他碰了下头发，手上不知道在做些什么，插进口袋，在里面寻找，又拿出来，

① 意大利一年一度颁发给最佳舞台剧演员的奖。——译者注

搓了搓，又把头发揉得乱糟糟的。

“所以，一切都很好。”我继续道。

“是的，一切都很好。真是大福音。”

“你母亲怎么样了？”

“好，好多了。”

“好的。”

“好的。”

“你做了个好选择：黄玫瑰。多么美丽的花！”我漫不经心地说道，试图将这些花注入新的生命。

“嗯？啊，是的，这些花。”而后陷入新一轮尴尬的沉默。卢卡，我知道这是给埃丽卡的。不要忧郁，不要痛苦，你很快就会忘记的……我们很快就会忘记的，等着吧。或许，明天，我们就又能成为朋友了。

“我走了。再过一会儿，弗兰策就该问我干吗去了。”

卢卡轻微地摇晃了一下身子，然后看着我淡淡地笑了。

“那么以后见。好好保重，卢卡。”

“嗯，好的。好好保重，卡洛塔。”

我转身离开，感觉到他在我背后一动不动地站了好长时间，而后走入了人流中。我闭上眼睛，漫无目的地走了几步，心脏都快跳到眼皮底下了。弗兰策手臂下夹着个很小的包。他立刻注意到了我的表情，注意到了消失在我身后的卢卡，于是向我问道：“都还好吗？”

“嗯，还好。安妮卡的礼物呢？”

“他们会帮我送到家。幸好我是开车前往，要不然真不知道该怎么把它带过去。”

“她一定会喜欢死的，看着吧，无论哪个六岁女孩都会想要这样的一份奇迹。她会想把自己变小，然后住到里面去。那么现在，我们走吧？”

在车上，我沉默着。弗兰策偷偷斜视着我，尝试着与我搭讪，我却只回复他几个单音节的词。他突然低语道：“我也想让你陪我一起去法兰克福。”

“我想我也会喜欢的。那会是一场在克劳拉[1]所在城市的美好旅行。在我还是个孩子的时候，就非常想去那里，想去追逐海蒂的足迹。但我已经不再是孩子了。这场旅行是不公平的。”

“对谁不公平？”

“每个人，弗兰策。对你不公平，因为我把你当成朋友，仅仅是朋友；对我不公平，因为我不是那种为了把自己拉出泥潭而去做实验的人；还有，对于伊里扎也不公平。答应陪你一起挑礼物已经足够了。”

“但我和她不……”

“我知道，你们不是一对，也没在一起，但是这不重要。重要的是，虽然我们认识没多长时间，但我非常喜欢她；重要的是，她看着你的样子，就像查理进到了威利·旺卡的巧克力工厂里一样。”[2]

“你错了，绝对不像你说的那样。”

“你们男人都是如此地盲目。”

“你们女人也是一样。”

“你什么意思？”

---

① 《海蒂》中主人公的朋友。——译者注

② 情节来源于欧美电影《查理和巧克力工厂》。——译者注

“你总会发现的。”

“什么？”

他没有回答我，任由我陷入迷惑。也许他想说的是，他也对伊里扎有些什么感觉？我全心全意地希望如此。不管怎样，我衷心地希望他们在一起。

车开到了我家楼下，我准备下车，而他突然拉住了我的一只胳膊：“你生日那天我不在，所以我为你买了个礼物。”

他身体倾向了车的后座，拿出了那个小包裹。我笑了，那是玩具店的袋子。他给我买了个娃娃吗？

我欢喜地拆着包装，袋子上面画着泰迪熊，还系着橙丝带，最后我看到了里面的东西。那是一个草莓形状的包，配着绿色的肩带，还有叶柄状的磁铁开关，真是可爱。包泛着光泽，容量很大，色彩艳丽。这个包让我想起了卢卡对我外貌的那番评论，但面对着弗兰策的好意，我不应该分心，卢卡也不值得我如此分心。

“谢谢你！”我脸上的表情很是着迷。我敢肯定，在法兰克福，当安妮卡看到那个娃娃房子的时候，脸上也会露出同样的表情。我拥抱了他，那是个朋友间的拥抱。我想念他，我已经开始想念他了。在最近这段时间，他几乎与我形影不离。他要走了，而我的一部分也将会随他一起离开，虽然我知道，这不公平。

我下了车，挥起一只手与他道别，将草莓小包紧紧地贴在胸前，眼睛中闪烁着感动的光芒。

我已经等不及再次见到你了，或许那时你身旁会站着伊里扎，或是其他认真喜欢着你的女人。到时见，感谢你所做的一切，我温柔的蓝色湖泊。

今晚我没有外出，虽然是周六，但是这个季节很热，于是我留在家里。我拔掉了电话线，这事我最近常常会做，因为我不想和任何人说话。母亲试图重新提起生日聚会的想法，但我对此选择忽略。如果我如此抗议，她还是安排了聚会，那么那场聚会将不会有我出席。她将独自享受那些冰雕、椰子糕，还有通常由波尔齐亚姨妈准备的鳀鱼味的泡芙。

“独自”只是一种说法了，说实话，这些世俗的娱乐活动始终都是由整个家庭一起参与的。贝阿特丽切前不久刚刚生下一对双胞胎男孩，所以我想，她来的时候，一定是满面春风的，仿佛她是整片大地的母亲。两个小男孩则会躺在双胞胎婴儿车里，吸引着全场观众的注意力。在我的生日聚会中，对于那辛勤的劳动，她会展开一次漫长而又细致的描述，而下面会响起电视中的各种伪造音效：尖叫、喝彩以及最后的掌声。每年出于不同的原因，都会发生同一件事：突然我发现自己瘫坐在角落里，手里拿着一杯柠檬酒，喝得烂醉如泥。而我的亲戚们跳着桑巴舞和伦巴，孔雀冰雕融化着，旁边堆满了一大堆愚蠢的礼物：防烫套垫、锅垫、按摩脚跟的粗糙海绵、有关盆景艺术的书籍、响着音乐的茶壶，还有上面印着裸女的围裙。

所以，不要有任何的生日派对。年过三十本身就已经是一次身负重担的攀登，一段路途暗淡的旅程，一次方向不清的前行。我不希望母亲举办的聚会让一切都变得更加困难。她尽可以在电话留言中喋喋不休，也可以试着闯入我的家门，不过我换了锁。感谢上帝，感谢我的无能，感谢我的英明远见——我没有手机。我只想一个人静静地待着。

我坐下来，背倚在沙发上，用手指蘸着吃掉一整瓶巧克力酱，而后才发现，已过期两个月。如果我身体不舒服，也没有人会注意到……我会在遗忘中死去，而很多天后，他们才会发现我。我干枯得像一尊木乃伊，穿着我优雅至极、背上画着一头河马的礼服。

我突然站起来，走进了卢卡以前的房间。我已经几周没有进来过了，空气中有发霉的味道。我坐在床垫上，看着分隔开我和他房间的那面墙壁上面的壁画。很明显这画生效了。壁画很大，画满了半面墙壁。那时我站在床上，一直画到最高处。我想象着卢卡在回来取电脑的那一晚，看到这幅画会做何感想。朱迪塔的表情很疯狂，奥莱奥斐讷看起来却像一只待宰的羔羊。为什么我会这么画，画出这一双令人痛心的眼睛？为什么对卢卡的这场杀害，看起来不像伸张正义，反倒像一场大屠杀？怎么回事？我之前没有注意他这猎物般的表情。但我作画的时候是恨他的。又或者不是？或许，是不是就算尽上全世界的努力，我也不可能恨他？所以，上面的这个奥莱奥斐讷才会无辜地咬着嘴唇，而朱迪塔则双手紧握着刀柄，将刀尖深深刺入他的胸膛。

我意识到，最大的问题，不是我爱他。每天都有数百万人的爱情消失殆尽，这迟早也会发生在我身上，希望如此。问题是，我依然如此地爱着他，而且这种感情随着时间流逝变得更加坚不可摧。爱情是一件时髦的衣服，一年后再来看，可能已经过时。而感情是一件传统套装，可能不曾惊鸿一瞥，但在年华流逝中可保持韵味不减。感情不允许我忘记过去，于是诱使我，在画奥莱奥斐讷大浑球的时候，为他画上了一双如同受尽了折磨的眼睛。

我站起身来，准备离开，却突然看到写字桌的一个抽屉半掩着，从夹缝中露出了白纸的一角。我打开抽屉准备整理整齐，却一动不动地顿了好几秒。那是一整摞打印出来的文件：是卢卡的小说。他带走了电脑，但在这里留下了备份的打印文件。这是疏忽，还是有意?

我不知道，我只知道我想读一读。我握紧了拳头，下定了决心，趴在空荡荡的床垫上，开始在一页页纸张中遨游。

我读了好几个小时，一页接着一页，中间没有任何休息。终于我的双眼疲累到再也读不下去。我交叉着双臂，呆呆地倒在床上。

我原先以为，女主角应当是一个疯疯癫癫的受虐狂，如今我却发现，她是一个有着悲惨过去的女人。读到她的青春，她失去的爱情的时候，我哭了。我在这些句子中看到了我自己：她感觉自己孤单而渺小，对于爱情总是很迟钝。但是，那件事情彻彻底底地把男人从她的生命中抹去了：她像一位堕落的天使，一位反叛的恶魔，但是她唤起了我的柔情。尽管这个女人变成了一位复仇的无情杀手，我却想和她成为朋友。我想从背后给她拥抱，在她灵魂尚且纯洁的时候，在她轰轰烈烈地爱着的时候。激情的场景很是密集与细致：呼吸、叹息、真实的呻吟声，脏乱、满身是汗，色情……却又令人难以置信的天真。然而，在命运撕裂了女主人公绝望的美梦之后，性欲的描写变得赤裸裸却又寒冷刺骨，与之前截然不同。我在阅读的时候屏住了呼吸。卢卡知道其中的差别。卢卡知道什么是爱。

你发现了呢。你终于明白了，两个身体的结合也可以渗出纯洁的力量。

为什么你又让我多爱你了一些?

你不应该这样做的，你让我看到如此非凡的你，这样我就更艰难了……

该死，卢卡，我想要停止爱你，可是真的好难，就像要把整片海洋锁入怀里。

19

剧院结束了那十场演出。结果还不坏，观众人山人海，媒体也七嘴八舌地谈论起来，尤其在看到第一场演出中那如此逼真的昏迷之后。明年似乎还会有意大利全国巡演。罗基甚至还被当地的网站采访了，尽管那天天气很热，视频上的他却依然戴着围巾。

然而，今天却真的一点儿都不热。天空是铅灰色的，看起来一点儿都不像六月份。空气潮湿，远方传来疾驰的雷声。尽管天气不好，我依然去了剧院，与每一个同事打招呼，探讨着我们下一个新的冒险。几乎所有人都在，除了弗兰策，他已经去德国好几天了。罗米纳也在，她终于停止了呕吐，腹部也开始微微鼓起。绣球花无微不至地照料着她，把她当成她手心里珍贵的微缩模型，一直拉着她的手，无处不在地为她保驾护航。

“他们将在七月份结婚，”她跟我说，“在教堂！不要什么户籍登记处的办事员，而要聘请一位真正稳重而顽固的神父！多么美妙！我们家都不知道多久没人结婚了，更别说去教堂了！罗基真是幸福极了。”

我看向罗基，坦率地说，他看起来似乎马上就要忍不住溜之大吉，逃到另外一个地方，过上隐居的生活。他有一点点发胖了：或许压力迫使他不得不开始进食，而不是继续以空气和艺术为生。他对我们说，他想出了一个新计划：把《裸足佳偶》[①]改写为未来科幻的风格。这样的改编会撞击出怎样的火花，我简直不敢想象。

他开始描述那对新婚夫妇在大屠杀后居住的地堡，而这时却突然停住，沉默地盯着我。“你要尽全力去找到那些舞台道具。”他低声道。

绣球花放声大笑道：“拜托，你就承认吧，她工作做得很棒。几天前的晚上你还和我说，靠着那么一点点的预算，她却帮你采购来了那些价值连城的收藏品。我们的卡洛塔真是精明能干。”

罗基的目光十分可怕，就像一名干瘦的拳击手，正恶狠狠地瞪着宣布他被淘汰出局的那名评委。“嗯……”他十分艰难地承认了我的能力，“作为一个卡拉布里亚人，她的确高于她那些同乡的平均水平。”我想，我也不能太过奢望他过高的评价，这样倒也不坏。

我们在舞台和观众席间交谈着，而灯光突然熄灭了。一阵距离极近的雷声响起，剧院的地基都在摇晃。我坐在伊里扎旁边，想着或许是出了故障，或者是电费太久没交。雨声伴着人们的低声细语。不久之后，走廊中央出现了一道烛光。我站起身来，想起今天是一个不寻常的日子。

今天是令人悲伤的日子，我终于到了三十岁。我的年龄以后就要以“三”为开头了。上午的时候，拉拉和焦万娜打来电话迅速地问候了我一番，还向我道歉说不能亲自前来，但我知道，这全都是借口。我毫不怀疑，今天一定会有一场惊喜的派对。此时此刻，她

① 尼尔·赛门于1963年创作的戏剧。——译者注

们两个推着一辆手推车款款走来，上面放着一个整整三层的蛋糕，最上面覆盖着一层薰衣草色的糖霜，旁边还装饰着小小的糖花。在蛋糕的顶端，至少有两百根蜡烛在闪闪发光，即使对于我这样一个年龄来说，这数量也委实太多了。

这场景不像母亲安排的聚会一样悲惨，但我承认，我曾经希望今天可以完全被忽视地安然度过。灯光再次亮起，热烈的掌声响了起来，我仿佛置身于一股旋风的中心，四周飘满了亲吻、拥抱、祝福、拍肩、拉耳朵，礼物的包裹也如同小山一样地堆积过来。

好吧，说到底，我真的很感激他们。我很高兴地发现，如今我对于一些人来说还是很重要的，而不是像以前一样，只能变成某一张模糊照片里的背景。当然，今天罗米纳依然是真正的无可非议的主角，我始终要让自己站在比孕妇靠后一步的位置，但是我很高兴。至少今天，我不必把自己伪装成另一个人，也不会有人来问我在做什么工作，现在有没有男朋友。

我吹灭蜡烛，开始许愿。焦万娜突然靠近我，轻声地说:“对不起，我甚至没来得及告诉你，因为她一个劲儿地用电话轰炸我。”我刚醒悟过来她指的是哪件事情的时候，门口就传来了母亲刺耳的声音。

她女王一般的仪态让很多人都目瞪口呆。他们十分疑惑，这样一位身材高挑匀称、优雅美丽的女人，怎么会生出来我这样一只丑猴子。在她身后跟着波尔齐亚姨妈，她头上依然戴着那块头巾，很容易就能看出这两姐妹样貌上无可辩驳的相似之处。她们身边还站着一个男人，我以前从来没见过他。那是个年约四十的瘦高男人，留着卷曲的小胡子。我希望他不会是我卡泰洛风格的生日礼物。

“亲爱的！”母亲感叹道，拥抱了我，半亲不亲地把嘴凑近，就像往常一样。她的妆容依然是那么精致，发型也经过了精心打理。姨妈抓住我，捏了捏脸颊，还测量了我的手腕，仔仔细细地触摸着我，就像《糖果屋历险记》里的那个女巫在认真地判断着刚从烤箱里拿出来的我是否足够鲜嫩多汁。

“他是奥莱斯特。”母亲用一种肉麻至极的语气说道。

奥莱斯特！那个内衣裤的卖家！我都已经忘记了他的存在。如此看来他还比较讨人喜欢，至少他不是作为寿星追求者的身份前来的。

这位先生牵起我之前划破了的手，礼貌地吻了一下。而后递给我一个被斑点包装纸裹住、系着黑色蕾丝带的东西。

“给你的一份小礼物！”母亲兴高采烈地说道。

我在众目睽睽之下打开包装：反正也没有什么事情比被一群转圈唱歌的人围着还要糟糕。我看到了一条性虐风格的丁字裤，连妓女看到它都会脸红。

“真是精致！”绣球花心服口服地惊呼道。

“这礼物充分体现了大男子主义和性别歧视。”拉拉反对道，“而且这品位也太差了，甚至不像鼎盛时期的西西丽娜[①]……”

而母亲似乎不被任何形式的议论所打扰。

“要想留住男人，就得让他们的眼睛得到些享受。不能成天打扮得像个男人，还期望着他们对你完全忠诚。要不然，没什么可说的，丈夫一定会和那些女秘书们一起跑掉。”她假装完全无意地说出这些话，其矛头却准确地指向拉拉，她的前夫——众所周知——可是和不止一个女秘书有过一腿。

此时此刻，母亲与拉拉之间爆发着一场激烈的争论；我手里拿着

① 意大利著名成人电影女星。——译者注

那条丁字裤，看着上面的皮革、羽毛，还有腹股沟处那条金色的链子；伊里扎试图用切片蛋糕来平息她们的怒火；隔开剧院和中庭的那块幕布被风吹起，沙沙作响。我抬起眼睛，喃喃地咒骂着我正经历着的这个时刻。

门槛边站着两个人：埃丽卡和卢卡。他们站在一起，有点儿淋湿了，卢卡的头发看起来像镶了一串串珍珠，如果他摸一摸头发，水滴就会像海潮一样冲击到他的肩上。埃丽卡走了进来，气势汹汹，匆匆忙忙，嘴里咒骂着坏天气，表情与声音都十分尖刻。卢卡沉默着，但是他的到来引起了一片哗然。母亲停止了与拉拉的争吵，走到他面前，对他喷出一连串令人难以忍受的奉承，时不时把艳羡的目光投向她最喜欢的女儿。我已经头痛欲裂了，手上依旧拿着那条丁字裤。真是够了！我可以忍受他们上了床，但是现在，在我生日的当天，他们居然又一起出现在我的面前，这可着实太过分了！他们来这里干吗？谁邀请的？

我站起身，甩开所有的礼物，觉得就像连续喝了三十杯咖啡，双手和眼皮都在猛烈地颤抖。我不想让刚来的这对宾客假装彬彬有礼地向我献上祝福。我走到椅子旁边，抓起外套和包，迈向大门口，没有与任何人道别。为什么会这样呢？刚刚吹灭蜡烛的时候，我许下愿望，想要再次恢复平静的生活，治愈所有的疼痛，那么，这就是生日之神回报我的方式吗？

外面大雨倾盆，根本就打不到车。比起步行回家，我宁愿待在这里，看着这对收获祝贺的年度夫妻，自己享受着支气管炎带来的痛楚。或许伊里扎可以载我一程？我转过身准备去问问她，却看见门口站着我温柔的小妹妹，脸上带着讽刺，死死地盯着我。

“你要走了吗？”她问道。真是有趣，你把我喜欢的男人抢走，又把他带到这里让我被众人嘲笑，现在你甚至还敢取笑我？

我点点头，但什么都没说。

“嘿，卡洛塔，你的脸看起来像在参加一场葬礼。可今天不是你的生日吗？”

我一直沉默着，看起来就像一尊愤怒的狮身人面像。

“真是位永不满足的卡洛塔小姐！”她感叹道，“你要干什么？逃跑？怎么，你不能忍受埃丽卡——你又坏又愚昧的妹妹，拥有一些你想要的东西吗？但是你知道吗？这是公平的。在这二十五年中，在我生命中的每一个时刻里，我都渴求着能变成你，而现在终于轮到你嫉妒我了。你愁肠百结，我欢欣若狂！”

“什么？”我目瞪口呆，“你说什么？你脑子进水了？”

“你在惊讶什么？告诉我，是那个迷人的男人与我同来让你惊惶失色，还是我与你说‘我一直想要变成你’让你惶恐不安？”

“当然是第二件事情。但我知道的，这是你惯用的伎俩：假装恭维我，却针针见血，一击到底。”

“自然！我是个蠢货。埃丽卡小姐，无脑的美人，十四岁的时候把脑子玩丢了的女人。你就从来没有想过，在你智慧充盈的生活中，其实是你充当着坏姐姐的形象，是你一直轻蔑地看着我，是你抢走了爸爸全部的宠爱。你就从来没想过，总是只有妈妈、那些姨妈在身边，如影随形，也许也是一种折磨吗？”

“可……”

“你总是把自己封闭在自己小小的世界里，你，你的书，爸爸，还有你那些该死的讽刺。你从来不曾想过，我刚刚二十岁就离开家的目的，只是为了止住自己低你一等的对比。你，你的大学学历，你做作的羞怯，甚至于你对性欲的厌恶，都让我感觉到自己的微不足道！我也想，哪怕只有那么一个时刻，可以吸引到爸爸的关注，全身心地关注着我。在我失身于一个毫无前戏的十八岁渔夫前，我也想与你说话，但你那样看着我，像看着一个愚蠢的荡妇……而你现在却又因为卢卡的事情来指责我？他想让我代替你的位置，你忍不了吗？这很奇怪吗？我不值得拥有这样相似的幸运吗？”

我无言。尽管今天已经发生了如此多奇怪的事情，我却万万没想到这一件。我看着埃丽卡，她是如此黯然，如此激动，她的怒火中带着激情与悲伤、回忆与仇恨。她让我难过。埃丽卡——我的美人鱼妹妹，天花乱坠地说着她嫉妒我——她的癞蛤蟆姐姐——一个没有男人也没有钱的女人。这感觉比惊喜还要强烈，更像是一场大屠杀！她是真心实意的吗？还是说，只是希望她带走卢卡的时候，还能够减少我的恨意？我一头雾水，疑惑不解，心中百感交集：怀疑、愤怒、感慨、混乱。

我想离开，结束这令我晕头转向的一幕，但这种想法被拴在另一头的一种冲动牢牢扯住——留下来，拥抱她。话统统被堵在我的喉咙里，有一瞬间，在眨眼的间隙，我面前的这个人似乎成了孩童时的模样：妈妈的衣服松松垮垮地套在她身上，嘴唇被涂上了一大圈口红，这个小女孩呼喊着我的名字，在我身后跑。

而后又重回原样，注视着我陷入幻觉的沉默，她不屑地笑起来。

“你说不出话来了？找不到哪怕一个嘲讽的词？怎么会这样呢？”

我想哭，该死，我想哭。情绪——今天的，昨天的，三十年前的，统统重叠交互，羁绊在一起。我本能地向她迈出一步，为了讲和，为了续战？为了越过那道门逃走？我不知道。埃丽卡倒退了一步，以为我要扇她耳光。一只饥饿的老虎都要比我看起来更有善意。

“别把自己套进那些凄婉动人的场景。”她说道，“更别胡乱妄想，战争还会继续。”

说完这些神秘莫测的话，她转身离开了剧院，消失在雨幕中。我张着嘴看着她，最终吐了口气，耸耸肩。很好，完美结束的一天。我的妹妹对我的反感比我想象中的还要多。但更重要的是，我对她的反感却比我想象中的还要少。当然，卢卡的问题尚未解决。如果他们在一起，我并不能轻松以对，也不能从容自在，就像是走在穿越亚利桑那州大峡谷的索桥上。但现在我不该想这些，我也不想多想。现在我要走了，回到家里，缩成一团吃我的品客薯片，或许再给冰箱除除霜。

然而溜之大吉并没那么简单。显然第二轮的钟声已经敲响，因为，在之前站着埃丽卡的地方，现在站着卢卡。

“如果你是在找你的美人，她已经走了。”我把草莓小包挂在肩上，准备走过那扇门。

“我在找你。”他平静无波地叹道，手搭上我一只肩膀，不让我继续前行。

“我不知道你要干吗，但是我累了，今天我又老了一岁，所以需要休息一下。现在我要回家，努力忘掉这场可怕的生日会。”

“我们得先谈一谈。”

“谈什么？不是已经都说完了吗？对着你这辈子交往过的最蠢的女人你究竟还有什么话好说？”

我挣扎着，但卢卡似乎并不愿意就这样放我离开。他的眼睛燃着熊熊怒火。

“喂，蠢货。”

卢卡再次抓住我的肩膀，开始剧烈地摇晃我，咬着嘴唇。

“我从没见过比你还蠢的蠢货！我曾以为我有些了解你，后来才发现，我对你一无所知。”

我没有回答他的话，终于跨过了门槛。雨继续下着，大雨如注。雨点弹跳在路面上，三秒半后我变成了只落汤鸡。但我不在乎，把我变成一棵垂柳都可以。我想去偷一辆车，或是去搭个便车，车里面最好坐着个观察了我很久的小眼睛疯子，如此便可用一场谋杀来庆祝我美妙的生日。我奔入雨幕，但片刻后就感觉到有人拽我，我吓了一跳，回过头去，是卢卡。他也被这大雨淋得湿透，正拉着我的一只手。

“我两个月没和女人交往了。”他严肃地大声告诉我。

“噢，我很抱歉！”我用尖刻的语调叫道，“但我不得不说，那是你的事。那么现在，我可以走了吗？”

“走去哪里？你现在只能步行。而我是和你妹妹一起来的，她已经走了。我们甚至打不到出租车，即使付黄金也打不到。”

“我打算去撬锁入室行窃，如果运气不好的话，会有个小眼睛疯子潜伏在那儿，他会送我一程。”

他在干吗？笑？有什么好笑的！我们站在这儿，衣服湿透了，我的睫毛湿得开始向下弯，他却这样无所谓地盯着我傻笑。

“你笑什么？”

“我笑你，傻子。”

“你怎么不对着镜子笑？怎么，你已经失去理智了吗？”

“还真可能……对，我这段时间的确不是很理智。”

卢卡，求你了，不要盯着我，好像我是一片羽毛。这种微妙让我喘不过气来。停下你在我手腕摩擦的右手拇指，停下你若无其事的伪装。

但他没有放开我。他拖着我，像拽着个轻便手提箱，一直把我拽到一个阳台下。雨滴拍打着我们，发出细微的响声，又溅到地上，像一颗颗小小的眼泪。

“卢卡……我不知道你想要什么。你爱上我妹妹了？没关系，你不需要我的许可。”

“我没有爱上埃丽卡。”

“不要说谎。你们总是待在一起，像一对浪漫的情侣。还有那花？你从来没为任何人买过花。我很快就明白了，那是为她买的。”

“好，听我说，又倔又笨的女人！第一，是埃丽卡在缠着我。在最近几周，我在工作地点遇见她，在散步的时候遇见她，无论在哪里都能遇见她。我试图表现得礼貌，只是因为她是你妹妹。第二，我不喜欢埃丽卡。更别说什么浪漫的女朋友。我甚至不喜欢和她交往。她太强硬了，似乎一直在生搬硬套：合适的光线，脸部的角度，声音的音调……她过于集中在自己身上，不够大方。简单地说，她就像一尊雕像。毋庸置疑的美丽，却冷冰冰的。第三，花不是给她的，是为了……这不重要。”

“这不重要？在我看来反而相当重要！”

“安静，听我说。那么这是第四。我试着去见你，给你打电话，想要知道我们能不能再见面，你还有没有在生我的气，但你从来都不在家！回答我的只有你那该死的语音留言机！我宁愿碾碎话筒也不要对着语音留言机说话。我也去了剧院，但是没办法和你说上一句话。还有，必须澄清，我和埃丽卡只是偶然遇见，我们并没有交往，只是坐得近而已，也包括那次她在我的房间里。更准确地说，是她坐在了我身边。而现在，我来这里，只是希望可以没有任何干扰地与你说话。埃丽卡什么都知道，是她告诉了我惊喜派对的事情。她问你关于弗兰策的问题，想要知道你们有没有在一起，也是为了告诉我。”

“啊……”我说不出话来。我妹妹的那些举措无疑令我非常吃惊。现在我对于妹妹真正的想法变得非常不确定，就像失去了支撑的柱子一样。她到底是什么样的人？她去剧院看我，难道不知道卢卡也在？她在餐厅向我问起弗兰策，只是为了告诉卢卡？

“我想面对面和你谈谈，你明白吗？没有那棵清炖芦笋打扰。”卢卡沉默了片刻，继续说道。

“什么？”

“那个金发男人。我已经不止一次看见你们在一起了！”他说道。他的眼眸现在是深邃的纯黑色，没有一丝绿影，就像两个铁币。他直直地凝视着我，眼神中的强硬令我心慌。我一头雾水，不明所以。胃部开始生出一股绞痛，而我依然完全不明白。

“我没看见你。”我吞吞吐吐地说道。我的声音有些颤抖，我的身体比声音抖得还要厉害。

“那么你现在看着我！你说，你们真的在一起了吗？你爱上他了吗？如果真的是那样，请当面告诉我。如果你真的爱他，那么……那么……我不会再烦你。”

他不再说话，而我呆立在那里，一言不发，震惊无比。我的心脏就像此时的天气一样，在暴风雨中上下起伏。我不知道该说些什么，只感觉到心脏跳动得快要碎裂开。卢卡眼中闪着泪光，静静地等待着我的回答，仿佛我的回答可以决定他生命中某些至关重要的东西。

“卡洛塔！不要吞吞吐吐，你不想对我说些什么吗？我的确不是一直表现很好，但是我不可以被这样对待，被这样晾在一边。”他抓住了我，将我抱紧。

“我不明白……”

“有什么不清楚的吗？让我想想……你不明白我爱你吗？一切都是如此清晰明了。之前我们只是朋友，直到你开始和人约会，直到一种愚蠢至极的嫉妒把我的肝脏绞得像一块被拧干的布。”

“你爱上弗兰策了吗？”他再次问道。

我依然没有回答，感觉自己的舌头像是打结了一样。他拥抱着我，恐怕是在想着与我永远地道别，恐怕是把我的静默理解成了一种傲慢的慎重。

“卡洛塔，整个地球只有你不明白我的感受……我曾经想要试着写一封道歉信，但是最后删掉了，我找不到合适的词，也讨厌自圆其说。但如果你给我一个机会……如果你让我向你展示……”

什么？！我，一个脸长得像个草莓一样的女人，一个满脸是雀斑的丑猴子，一个没有胸、头发像豪猪一样的小女人，要给这个抱着我、愤怒又悲伤的男人机会？我踮起脚尖，用手指碰触他湿漉漉的脸颊，低声道：“我和弗兰策只是朋友，什么也没发生过。而我……我爱你，傻瓜。我爱你爱到快死了，从很久很久之前，比你能想象到的还要久。”他笑起来，目光迅速传出一种惊讶又狂喜的光芒。作为回应，他把我抱得更紧，吻上了我。他嘴里有雨水的味道，舌头尝起来像是融化的巧克力。我不知道过了多久，我不知道。只知道当他说话的时候，或许过去了片刻，或许是一个世纪，而天空依然下着雨。

“喂，小花蝶，我有个提议。我们回家温存吧，你说好不好？”

“嗯，这个想法倒不坏，”我低声说，“那我们就得穿过那个通道，因为我们两个都没有车。”

我们大笑着，吞咽着雨水，他的舌头轻轻触碰着我的嘴唇。在这里，在此情此景下，我们紧紧地抱在一起。这时后面传来一阵声音，我们转过身去，在这场暴风雨下，在一把糖果色的雨伞下，一张脸被笑容切成了两半。那是母亲，她神气得像一只撒泼打滚的母鹅，手中拿着一串钥匙。她应该已经站在这儿很久了，我们说的话她恐怕一个字都没落下。在她身后，在剧院的玻璃幕墙对面，我所有的同事都聚在一起，好像刚刚看完一场演出。我看到绣球花拍着手，对我们竖起大拇指；伊里扎冲我微笑着；罗米纳在哭，用手帕擦着眼睛；拉拉恶狠狠地盯着卢卡，好像蓄势待发，一旦他犯了什么错，就冲上来把他的血放尽；罗基则像是被他的未婚妻传染了，露出了一种快要呕吐出来的表情。

“我亲爱的孩子，”母亲细声细语地说，“你们需要搭个便车吗？想不想坐坐奥莱斯特的车？就是那边那辆。”她指向一辆庞大的蓝色奔驰，外壳闪亮得像猫眼石一样，正停在路边。

卢卡拿过钥匙，在雨幕中风趣地鞠了个躬。

从来没有人能让她闭上嘴，但是他做到了。卢卡牵起我的手，走向汽车。我们已经全身湿透，也不想再挡什么雨。我们酣畅淋漓地大笑着，坐上汽车，绝尘而去……

尾声

我终于正式跨进了三十岁的大门，这一步比起以往有些与众不同，似乎更加激情四射。

卢卡睡着了，睡姿看起来竟像婴儿一般毫不设防。他仰卧着，床单缠绕在身体上。如果我不是知道他真的睡着了，我会以为他在摆造型：一只手臂枕在脖子后面，另一只放在身侧，裸露着胸膛，头发有着充满艺术气息的错乱的美感。但是他确确实实睡着了，平稳地呼吸着，脸部线条与身上的肌肉都柔软了下来。

我面对着镜子，看到了一个不一样的自己。我不得不承认，母亲说的是对的。我的皮肤现在的确光滑，柔嫩又有光泽。如此这样下去，不到两周我就会年轻十岁。性爱固然美味，但爱才是这世间最滋补的一种东西。卢卡对我的爱，我对卢卡的爱，还有我对自己的爱，对镜子中这个顶着一头鬈发看着我、调皮地对我做着鬼脸的怪异小女人的爱。我感觉自己比昨天更强大了，而明天的我会比今天还要强大。

我越来越确信，时间流逝也算不上什么可怕的事情，那只是一扇挡住胆小和懦弱的屏风。三十岁，四十岁，甚至八十岁，都只不过是一层包装：年龄并不能决定我们的本质与价值，重要的是年龄里面裹着的那些东西。重要的是，你是如何看待自己的。

这几个月里，我学到了很多，在所有人的身上。甚至连母亲也用她自己的方式教给了我一些东西。比如说，永不屈服。只要挡住她重重的攻击，就能长出一身金刚不败的盔甲。这有点儿像燕子妈妈教自己的小雏鸟们飞翔的方式——猛地把它们头朝下地撞出巢窠，即使不会飞也得飞起来。我的母亲就是如此：朝我屁股踢上一脚，于是我坠入高空，不过在我落地之前，一对迷人的翅膀长在了我肩上。

突然我想起了埃丽卡，想起了她和我说的那些事。她怒火冲天，她哽咽难言，她对我喷射出那些如同火山熔岩一般的言语，眼睛里却装着一个迷宫。我把手指放在镜子上，在我眼睛的位置。我想重新开始了解她。一直以来我都觉得，我们这种一触即发的紧张关系是由她和她的态度造成的。或许，我也并没有做得很好。她试着与我说话，与我敞开心扉的时候，我却像曾经对待卢卡那样对待她：我先入为主地以为她想要侮辱我，于是用我不满的情绪将她的双唇紧紧缝上。讥讽是一道难以逾越的障碍。当然，保护自己的确十分有必要，但是有的时候，我们需要将自己展露，就像那些不停地狂吠着的狗，看起来气势汹汹，其实也只是因为害怕罢了。我们需要坐下来，耐心地接近，展露自己的脆弱无害、手无寸铁。我们的手里没有骨头，冒着被咬伤的危险，只为了能够享受到那碰触的、抚摸的喜悦。还有，一位姐姐有责任向着她的妹妹先迈出一步，忍气吞声，越过一切阻碍：为了重新找回那两个梦想着变成公主的小女孩，我会尽全部力气。或者，只要她们能变成两个正常的女人，我就已经心满意足。

我对着镜子微笑，却立刻想起些令我皱起眉头的事情。突然我发现自己身在卢卡以前的房间里，站在床垫上，拿着一个滚刷，脚边还放着白色的油漆。我甚至没有换上工作服，就开始刷新整面墙壁。朱迪塔和奥莱奥斐讷渐渐消失在一层一层的油漆下面，那双绝望而控诉的眼睛，也在一道道白痕下慢慢被覆盖。我感到如释重负，身心都轻快起来。我注视着我的劳动成果，心满意足。

那是一段过去的日子。痛苦随时降临，但现在我要快乐。我会画上一些新的东西，也许是一片向日葵花田，种满了为自己的存在而昂头挺胸的向日葵。我走进厨房，头发上沾着些油漆，饥肠辘辘。我打开冰箱，对于里面那一片苍凉已经习以为常。除了一罐蛋黄酱、一片香蕉皮，鬼都没有。

“看来我们得去买点儿东西。”我身后传来一声低语和一阵温热。卢卡抱住了我，嘴唇触着我的耳朵说道。

“我读过你的小说，你知道吗？”我轻声地对他说道，而他在背后亲吻着我，抚摸着我。

“我故意留给你的，你喜欢吗？”

“我喜欢你做的任何事。”

他拥抱着我，亲吻我的额头。

他眼睛盯着我，像甜蜜的子弹。

我不知道明天会发生什么，我只知道，我现在拥有着想要的一切。在这个怀抱里，我拥有着他和卡洛塔——我最好的两个朋友。

我们一起走向未来，神采奕奕，整装待发。

致　谢

这一场探险中，我遇到了很多美好的人。没有他们，我这株向日葵可能会转向月亮的方向。

感谢劳拉·切卡奇，你已经远远不只是一位代理人，也是一位守护神，一位眼睛里带着笑意的朋友。我的感激之情从我心脏的位置起飞，降落到你的鬈发附近。亲爱的，我真的很爱你。

感谢克里斯蒂娜·卡布尼。你对我孜孜不倦的鼓励以及对我从始至终的信心，都会被我永远牢牢记在心里。你是我暴风雨中的第一位领航人。

感谢朱莉娅·奇诺，接受了我这位流浪的小作家。自从我听到你阳光般的声音，我就知道，我们即将一起走过的这段旅程一定非常美好。

感谢劳拉·切鲁蒂，在最近的这几个月里，你是我在悬崖峭壁上温暖的家。感谢你的建议、你温柔的智慧，还有你水晶般清澈的笑声。

感谢伊丽莎白·巴尔丹，你精心绘制的封面为我们传递出了彩虹一般的好心情与希望！

感谢一直在我身边的家人和朋友们。在所有人当中，尤其要感谢帕特丽夏·玛尔：因为有你，芭比娃娃才进入了卡洛塔的生活；因为有你，即使在那些黑暗的时刻，我也从不曾感到孤独。

感谢这本书第一版的读者们，你们充满了热情与友爱。没有你们的支持，我现在就不能在这里向大家致谢。

最后，感谢这世上所有的卡洛塔小姐。我们这些老女孩一直走着，跑着，跳着舞。然而有时候也会以花做盾，挥起长戟。这个疯狂又浪漫的故事是献给你们的，请尽情地憧憬吧，幻想吧。衷心地祝福你们，在遇见那位真正闪闪发光的王子之前，至少可以少吻几次癞蛤蟆。